CH00897178

Byd y Cymro

Book No.   1347756

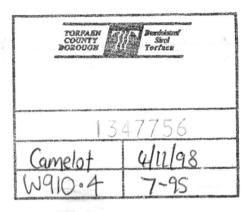
Argraffiad cyntaf: Gorffennaf 1998
⊕ Hawlfraint yr awduron a'r Lolfa Cyf., 1998

Rhif Llyfr Rhyngwladol: 0 86243 452 1

Cyhoeddwyd yng Nghymru
ac argraffwyd ar bapur di-asid a rhannol eilgylch
gan Y Lolfa Cyf., Talybont, Ceredigion SY24 5AP
e-bost ylolfa@ylolfa.com
y we www.ylolfa.com
ffôn (01970) 832 304
ffacs 832 782
isdn 832 813

Byd y Cymro

Deunaw Gwyliau Delfrydol

gol. Penri Jones

y Lolfa

Diolch i'r awduron am y lluniau ac i
Peter Brandes am y lluniau o Hamburg

Cynnwys

Cyflwyniad

AR WYLIAU YN BRUGGE, Pasg 1995 ac yn naturiol eisiau gweld tipyn o'r ddinas a ffosydd FflaNdrys. Yn anffodus doedd dim math o gyfeirlyfr Cymraeg ar gael ac yn y diwedd bu raid i'r wraig a minnau ddibynnu'n llwyr ar y Berlitz guide. Roedd hwnnw'n ddigon defnyddiol a diddorol ond erbyn meddwl does dim cyfeirlyfr gwyliau o gwbl ar gael yn y Gymraeg. Mae hynny'n syndod o ystyried cymaint ohonom sy'n teithio'n gyson ac yn arbenigwyr ar bocedi bach o'r bydysawd. Dyma drafod y sefyllfa efo perchennog Y Lolfa ac fel arfer fe ddaeth y sialens yn syth, 'Sgwenna di fe a fe wnaiff Y Lolfa ei gyhoeddi'.

Ffrwyth y sialens honno yw'r gyfrol sy'n dilyn.

Doedd cael addewidion gan gyfranwyr tra brwdfrydig yn fawr o broblem. Tasg waeth oedd cael gafael ar yr addewidion wedyn. Addawodd un bonwr nid anenwog o gyffiniau Aberystwyth wneud o leiaf hanner dwsin o ddinasoedd enwog y byd ond does yr un wedi dod i'm llaw hyd yn hyn! Druan ohonof os y dônt.

Trefnwyd a thrafodwyd y gyfrol ar daith feicio ar brynhawn hyfryd o wanwyn o gwmpas rhai o fannau cysegredig Llŷn ac Eifionydd. Erbyn oriau mân y bore roedd y cyfan wedi ei wneud, h.y. y trefnu. Y cwbl a oedd ar ôl oedd cysylltu â'r cannoedd cyfranwyr.

Gwnaethpwyd hynny yn ystod yr wythnosau dilynol a dyna gynnwys y gyfrol.

Rhaid diolch rŵan i olygyddion Y Lolfa, Elena Morus, ac wedyn Lefi Gruffudd am gadw trefn ar y gyfrol a pheidio colli erthyglau gwerthfawr. Hyderaf y ceir cyfrol arall eto ymhen rhyw ddwy flynedd os y caiff hon groeso. Diolch hefyd i Esyllt Penri am olygu'r erthyglau.

Hwyl ar y darllen!

PENRI JONES

Ynysoedd y Shetland

Na h-Eileanan
an Iar

Dingle

Granville

Marrakesh

Baja California

Cataratas Do Iguaçu

Patagonia

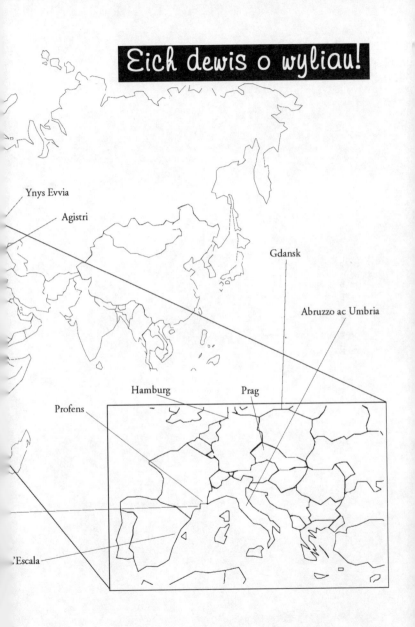

Eich dewis o wyliau!

Ynys Evvia

Agistri

Gdansk

Abruzzo ac Umbria

Hamburg

Prag

Profens

'Escala

Dingle

Croes Geltaidd

IOAN ROBERTS

Dw i wedi brolio cymaint ar y lle hwn trwy'r blynyddoedd nes i rai feddwl 'mod i'n cael fy llwgrwobrwyo gan Fwrdd Croeso Iwerddon. Felly, tro yma, wele rybudd. Mae o'n bell gynddeiriog o bobman, mae'r llongau o Gymru'n afresymol o ddrud a'r ffyrdd yr ochor draw yn droellog a thyllog a chul. Ar ôl cyrraedd byddwch barod am gorwynt fu'n codi wib yr holl ffordd o America er mwyn rhwygo pebyll a dymchwel carafanau. A phan fydd niwl a glaw mân yn cau amdanoch dydi'r holl siarad am olygfeydd hardda'r byd yn ddim byd ond poen.

Mae hyd yn oed pamffledi'r Bwrdd Croeso'n rhy onest i sôn am haul. Addo maen nhw na fydd yr un tywydd, da na drwg, byth yn para mwy na hanner diwrnod. Os mai brownio ydi pwrpas eich gwyliau, Costa Rwla Arall amdani …

Er gwaetha hyn mae Penrhyn Dingle – *Corca Dhuibhne* mewn Gwyddeleg – yn cael rhyw afael rhyfedd ar bobol. Gwn am deulu o Ffrainc aeth yno am fis o wyliau ac aros pum mlynedd. Mae'n demtasiwn flynyddol i minnau wneud yr un fath.

Ar fap o Iwerddon, hwn yw'r uchaf a'r hiraf o'r bysedd sy'n ymwthio i'r môr yn y gornel isaf ar y chwith. Mae popeth sydd yma'n bellach i'r Gorllewin na dim o'i fath yn Ewrop: Dunquin, y pentref mwyaf gorllewinol; Krugers, y bar mwyaf gorllewinol; Dun an Oir, y cwrs golff mwyaf gorllewinol; Fungie, y dolffin dof mwyaf gorllewinol …

Mae'r penrhyn yn cwmpasu'r tir i'r gorllewin o Tralee, rhyw 50 milltir o drwyn sy'n cynnwys Brandon, y mynydd uchaf ond un yn Iwerddon, a'r harbwr ble cychwynnodd Sant Brendan ar ei fordaith i America tua'r un adeg a Madog. Ond pen draw'r penrhyn, y fro Wyddeleg tu draw i dref Dingle *(An Daingean)* ydi'n cartref ysbrydol ni ers blynyddoedd. Wyth milltir y tu draw i Dingle mae pentref Ballyferriter *(Baile an Fhirtearaigh)*. Dyma'r HQ.

Un o rinweddau'r lle ydi na wyddoch chi ar y ddaear beth ddigwyddith yno nesa. Dysgais hynny pan gyrhaeddais gyntaf ym

1969 – wysg fy nghefn mewn Ford Cortina gwyn. Roedd ffrind a minnau wedi llogi'r car yn Nulyn am bris oedd yn swnio'n rhesymol, ond bod chwe cheiniog i'w hychwanegu am bob milltir dros y ddau gant cyntaf. Roedden ninnau wedi anghofio bod Iwerddon bedair gwaith yn fwy na Chymru. Erbyn cyrraedd Tralee roedd y bwystfil gwyn yn llarpio'r chwe cheiniogau.

Dyna pryd y gwnaethon ni ddarganfyddiad mecanyddol o bwys. Pan oedd y car yn mynd tuag yn ôl, fe wnâi'r cloc milltiroedd yr un fath. A bagio o gwmpas y penrhyn y buon ni, gan gysgu yn y car i arbed arian.

Ar y pryd roedd cymdeithas gydweithredol newydd gael ei sefydlu i adfywio economi'r ardal. Ar ôl inni ddigwydd gweld y rheolwr a sôn am ein hargyfwng economaidd ninnau mi dosturiodd wrth y ddau dramp, a threfnu lletty inni ar gost y Gymdeithas. Gan bod hynny'n tanseilio amcan y Co-op roedd yn rhaid gwneud rhywbeth i dalu am ein cadw. Es ati i holi pobol am yr ardal ar gyfer erthyglau i'r *Cymro*. Dechreuais adnabod cymdeithas yn ogystal â lle. Dyna ddechrau'r clefyd Ballyferriter.

Dw i ddim yn awgrymu y dylai pob ymwelydd deithio'r ardal wysg ei gefn, ond byddai'n ddechrau da. Anghofiwch drefn a chonfensiynau'r byd. Na ofala am drannoeth. Unwaith mi welais Bertie Aherne, Gweinidog Cyllid Iwerddon ar y pryd, a'r Prif Weinidog erbyn heddiw, yn cerdded yn hamddenol yn ei jîns trwy'r cae ble'r oedden ni'n gwersylla. Roedd hynny'n syndod gan 'mod i newydd ddarllen pennawd yr *Irish Independent,* 'PUNT UNDER THREAT AS FINANCIAL CRISIS LOOMS'. Esboniodd y Gweinidog na fydd o byth yn darllen papur ar ei wyliau.

Roedd 1969, blwyddyn y Cortina, yn drobwynt yn hanes y penrhyn. Dyna pryd y daeth David Lean yno i ffilmio *Ryan's Daughter,* ac roedd pawb welech chi wedi cael peint efo John Mills neu Sarah Miles neu Robert Mitchum. Y ffilm honno ddaeth â golygfeydd yr ardal i sylw'r byd, gan ddechrau cynnydd mawr yn nifer yr ymwelwyr, y tai haf a'r mewnfudwyr a rhoi gwedd lawer mwy llewyrchus i'r fro. Ond mae rhai'n poeni bod hyn yn digwydd yn rhy gyflym ar les yr iaith a'r traddodiadau. Os na fyddwch chi'n ofalus mi dreuliwch eich gwyliau'n trafod yr union broblemau yr aethoch yno i'w hanghofio.

Er bod cynllunio'n groes i'r graen, rhaid troi at fanion ymarferol. I gyrraedd yr ardal mae angen digon o amser ac, os yn bosib, car. Er bod trenau a bysus di-fai o Ddulyn i Tralee, oriog ydi'r ddarpariaeth weddill y daith. Gwell caniatáu rhyw wyth awr mewn car o Ddulyn.

Ffordd rwyddach i gyrraedd o Gymru yw dal y fferi o Abertawe sy'n cyrraedd dinas Corc tua saith y bore. Mae rhyw deirawr o daith o'ch blaenau wedyn, trwy dref hyfryd ond twristaidd Killarney, a golygfeydd sy'n cynnwys MacGillycuddy's Reeks a Carrantouhill, mynydd uchaf Iwerddon. Cewch oedi i ryfeddu at draeth hir, gwyn yn Inch ble ffilmiwyd rhan o *Ryan's Daughter,* a mynd heibio i ddrws y bwthyn lle bu'r Esgob Eamonn Casey'n gwneud campau nad oes sôn amdanynt yn llyfrau'r Bwrdd Croeso.

Wrth deithio o Ddulyn mae'n werth oedi yn Tralee, tref fwyaf Kerry. Yn ôl hen arwyddbost mae Tralee 30½ o filltiroedd o Dingle, ond mae dau atyniad sy'n cyfiawnhau picio'n ôl yma yn ystod y gwyliau. Un yw'r Aquadome, canolfan nofio Butlinaidd sy'n cadw plant yn ddiddig ar y glaw. A'r llall yw'r Siamsa Tire, y theatr Wyddeleg Genedlaethol. Mae'r portread o gân a dawns a chwedloniaeth y canrifoedd yn brofiad i'w gofio.

Mae'r ffordd o Tralee tua'r gorllewin yn fforchio'n ddwy ym mhentre Camp. Er bod y ddwy'n arwain i Dingle a'r ddwy tua'r un hyd, mae byd o wahaniaeth yn yr uchder. Mae'r ffordd tua'r dde yn codi a throelli trwy'r Connor Pass, gyda golygfeydd syfrdanol o fynydd Brandon, a llynnoedd crog a gwastadeddau a thraethau. Ond mae angen brecs dibynadwy a chalon gref, gan ei bod hi'n drybeilig o gul a serth. Duw a'ch helpo os daw Cymdeithas Carafanwyr Cymru i'ch cyfarfod.

I rywun a diddordeb yn hanes Iwerddon mae'n werth gogwyddo i'r dde am Castlegregory, ac wedyn tua Banna Strand. Dyma'r traeth ble'r oedd yr *Aud,* llong danfor o'r Almaen, i fod i gario arfau ar gyfer Gwrthryfel y Pasg ym 1916. Ond aeth pethau'n draed moch, daliwyd Syr Roger Casement ac fe'i crogwyd …

Dyw'r ffordd arall i Dingle, yr un i'r chwith yn Camp, ddim mor ddramatig ond mae sawl golygfa ar hon hefyd sy'n haeddu llun neu ddau. Yn Anascaul *(Abhainn an Scail)* gallwch grwydro ar lyn sy'n llawn o chwedlau, neu fwynhau sgwrs ym mar enwog Dan Foley.

Bu newid mawr yn nhref Dingle er pan fûm i yno gyntaf. O ystyried mai tua 1200 sy'n byw yno mae'r dewis o siopau a thai bwyta yn rhyfeddol. Daeth marina, pentre crefftau a Sw Fôr. A daeth Fungie y Dolffin i fyw i'r bae. Pe bai 'na wobr Menter a Busnes am hybu economi un dref allai neb gystadlu â Fungie. Mae'r rhan fwya o'r cychod pysgota lleol wedi'u haddasu i gario ymwelwyr i'w weld. Os digwydd iddo beidio ymddangos mi gewch eich arian yn ôl. Ond fydd Fungie byth yn siomi neb. Mae wrth ei fodd yn chwarae mig, gan neidio i'r awyr yn y llefydd mwyaf annisgwyl nes bod y cychod yn siglo wrth i'r camerâu sboncio rhwng port a starbord.

Nid dolffin ydi o bellach ond diwydiant. Mae ei lun ar siwmperi, posteri, bagiau, mygiau a chardiau post.

'Beth ddigwyddith i'r dre pan fydd o farw?' gofynnais i ddyn busnes.

'Mi fydd yn amser maith iawn,' meddai, 'cyn i'r byd ddod i wybod.'

Gyda thri gwesty ac ugeiniau o dai gwely a brecwast mae Dingle yn lle di-fai i letya. Hyd yn oed os penderfynwch aros ymhellach i'r gorllewin byddwch yn siŵr o dreulio ambell ddiwrnod glawog yn y dre. Ar ddechrau'r gwyliau dylech alw yng nghanolfan Bord Failte, y Bwrdd Croeso, ar waelod Main Street. Mae'r ciwiau'n hir ganol haf,

Machlud haul ger Ballyferriter

ond mi gewch wasanaeth siriol, a phob cymorth i drefnu llety a gwybodaeth am beth bynnag sy'n eich diddori.

Mewn stryd gyfagos mae *An Cafe Liteartha,* siop lyfrau werth chweil a lle am baned a phrydau ysgafn yn y cefn. Welais i erioed mo'r perchennog heb ei het. Cewch gyfarchiad Cymraeg, 'Sut yr ydych chi heddiw?', yn acen Corc, a chyngor gwybodus ynglŷn â llyfrau am yr ardal.

Maen nhw'n dweud bod 52 o dafarnau yn Dingle. Mae'r rhan fwya'n ddieithr i mi, nid oherwydd dirwest ond am ei bod hi'n anodd gadael Dick Mack's. Mae'r sefydliad hwnnw, gyferbyn â'r Eglwys yn Green Street, yn unigryw, efo bar ar un ochor a siop grydd ar y llall. Bu farw Richard MacDonnell yn 87 oed ym 1992 ond mae penddelw ohono'n dal i arglwyddiaethu dros y ddau ddiwydiant. Y dwylo sy'n arllwys Guinness wrth un cownter fydd wedyn yn colbio enwau plant i freichledau lledr wrth y llall. Ar y silffoedd mi welwch ambell bot jam neu dun pys yn nythu rhwng y welingtons. Mae plant yn gwirioni ar y lle, diolch byth.

Mae amrywiaeth yn ail natur yn Green Street. Gwelais siop feics yn hysbysebu eirch, a siop bwci efo arwydd *'Horses, Dogs, Football, Politics'.*

Trysor mwya'r penrhyn i rai ydi'r dystiolaeth o weithgareddau'r oesoedd a fu. Byddai'n rhaid ichi fod yn philistaidd iawn i beidio rhyfeddu at 'gamp a chelfyddyd' yr hen olion, rhai ohonyn nhw'n bedair mil o flynyddoedd oed. Mae cannoedd o feddau, caerau, meini ac eglwysi hynafol yn dal yn y golwg. Cyn gadael y dref mae'n werth prynu rhai o'r llyfrau ardderchog sy'n eu disgrifio. Yn eu plith mae llyfryn dwyieithog, *Corca Dhuibne, its People and their Buildings* gan Doncha O Conchuir a llyfr diweddar *The Dingle Peninsula* gan Steve MacDonoch, sy'n sôn am sawl agwedd o fywyd y penrhyn. Am wybodaeth fanylach darllenwch y *Dingle Peninsula Archaeological Survey,* sydd angen berfa i'w gario.

Dechrau da i'r gwyliau fydd taith gron o gwmpas pen draw'r penrhyn. Mae'r *Slea Head Drive* yn rhan o raglen y bysus gwyliau, ac yn hynod o brysur ganol haf. Yn ddiweddar datblygodd confensiwn answyddogol o yrru'r un ffordd â'r cloc, gan adael Dingle ar hyd arfordir y de a dod yn ôl trwy'r gogledd. Mae'r daith mewn car yn llawer rhwyddach wrth ddilyn y llif. Ond ar droed neu feic mae'n ddoethach mynd y ffordd arall. Wedyn gallwch weld y gelyn cyn iddo'ch pwnio i'r ffos.

Dyma awgrym o'r pethau sydd i'w gweld ar daith sy'n dilyn y cloc. Ar ôl gadael Dingle tua'r gorllewin a chroesi pont, anwybyddwch arwyddbost efo llu o enwau'n eich hudo i'r dde, ac ewch ymlaen i Ventry *(Ceann Tra).* Yno dowch at hen neuadd ar y chwith a drowyd yn grochendy a thŷ bwyta. Mae 'na well llestri i'w cael ond mae'r bwyd a'r awyrgylch yn werth chweil.

Ar gwr arall y pentre, gyferbyn â'r eglwys, mae tafarn Paidi O'Shea, un o chwaraewyr pêl-droed chwedlonol Kerry. Ar ôl i'r sir ennill yr *All Ireland* un flwyddyn clywais ar y radio bod y gwpan yn cael ei chadw yma, y tu ôl i'r bar. Gofynnais i ddyn lleol oedd hynny'n wir. 'Ddim *tu ôl* i'r bar,' meddai. '*Ar* y bar.' Ond dydi'r ffin rhwng hanes a chwedl byth yn eglur nag yn bwysig yn Kerry.

Y tu draw i Ventry mae un o'r olion cynhanesyddol pwysicaf, cae o'r enw Dun Bheag, ar y chwith rhyngoch chi a'r môr. Ar ochor y bryn ar y dde mae amryw o gytiau crynion, *beehive huts*. Bu ffermwyr yn codi punt am fynd dros eu tir i'w gweld, nes i siniciaid honni bod rhai o'r adeiladau'n perthyn yn nes i'r ugeinfed ganrif nag i'r cyndeidiau Celtaidd.

'*The most beautiful place on earth*', oedd disgrifiad y *National Geographic Traveler* o'r ardal. Mae'n anodd anghytuno pan gewch yr olwg gyntaf ar ynysoedd y Blaskets wrth nesu at ben pella'r penrhyn. Mae'n anodd ymatal rhag oedi i dynnu'r un lluniau haf ar ôl haf. Ond bydd pob un yn wahanol, wrth i'r tywydd a lliwiau'r awyr amrywio o'r bygythiol i'r tangnefeddus ac yn ôl.

Pan ddechreuais i fynychu'r ardal roedd Dunquin *(Dun Chaoin)* yn enwog oherwydd brwydr i gadw ysgol fach y pentre'n agored. Yn y diwedd fe welodd llywodraeth newydd gyfle i wneud stroc, ac mae ysgol fwyaf gorllewinol Ewrop yma o hyd.

Fe gollodd Krugers, y dafarn fwyaf gorllewinol, lawer o'i chymeriad ers dyddiau'r tafarnwr Kruger Kavanagh. Erstalwm roedd cownter siop yn troi'n far rywle tua'r canol, a'r Saesneg yn iaith estron. Heddiw mae'n un stafell fawr dwristaidd a'i waliau'n blaster o luniau *Ryan's Daughter*. Ond mae rhai o'r cymeriadau'n dal yma.

O Krugers y byddai saer coed o'r enw Dan yn cychwyn i'w waith. Fo fyddai'n trwsio adeiladau yng nghhartref y gwleidydd Charles

Haughey ar Inishvickilane, un o ynysoedd y Blaskets a brynwyd gan y cyn-Brif Weinidog. Mab Mr Haughey yw perchen cwmni *Celtic Helicopters*. Un o'r hofrenyddion hynny fyddai'n danfon Dan i'w waith.

Un diwrnod roedd Dan wedi cyrraedd Krugers yn gynt na'i dacsi, a thynnu sgwrs gyda dau Americanwr hael. Roedd un o'r rheini'n uchel ei gloch ynglŷn â phroblem trafnidiaeth adre yn Washington. Roedd wedi ei goresgyn trwy berswadio ffrind i'w ddanfon i'w waith mewn cwch ar hyd Afon Potomac.

'Mae'n iawn arnat ti,' meddai wrth Dan. 'Mi fedri di gerdded i dy waith.'

'Mewn hofrennydd bydda i'n mynd,' meddai Dan, ac fe drowyd y stori.

Beint neu ddau'n ddiweddarach dechreuodd y dafarn grynu wrth i'r Celtic Helicopter lanio ger y drws cefn. Cydiodd Dan yn ei fag saer, ffarweliodd â'i ffrindiau cegrwth, ac i ffwrdd â fo i'w waith.

O'r pier yn Dunquin y mae dal cwch i *An Blascoad Mor,* yr ynys fawr. Mae'n werth treulio diwrnod arni os bydd y tywydd yn caniatáu. Does neb yn byw yma'n barhaol ers i weddillion yr hen gymdogaeth adael yn y pumdegau, y rhan fwyaf i Springfield, Massachusetts. Wrth ffilmio teithiau Lyn Ebenezer trwy Iwerddon cawsom gwmni gwraig oedd ymhlith y rhai olaf i adael. Yng nghanol adfeilion ei hen gartref gofynnodd Lyn a fyddai hi a'i chymdogion yn Springfield yn dal i sôn am yr hen ddyddiau ar yr ynys.

'Bob diwrnod o'n hoes,' meddai.

Daeth yr ynys yn fyd-enwog oherwydd tri awdur a gofnododd fywyd sydd wedi hen ddiflannu. Dywed pobol leol bod yna lenorion Gwyddeleg cystal ar y tir mawr. Ond denodd yr ynys ysgolheigion o Loegr i symbylu'r sgrifenwyr a chyfieithu'r gweithiau. Y tri llyfr enwoca mewn cyfieithiadau Saesneg yw *The Islandman* gan Tomas Criomhthain, *Twenty Years a-Growing* gan Muiris Suilleabhain a *Peig* gan Peig Sayers. Llyfr Muiris O Suilleabhain yw'r gorau gen i.

Os bydd stormydd yn eich cadw o'r ynys mae ffordd arall i'w hadnabod. Dydi Canolfan y Blaskets yn Dunquin ddim at ddant pawb. Achosodd ffrae cyn ei godi ac o'r tu allan mae'n debyg i ffatri neu hangar awyrennau. Ond oddi mewn mae'n arddangosfa chwaethus a chynhwysfawr o fywyd yr ynysoedd yn ei holl agweddau.

Rhwng Dunquin a Ballyferriter, rhyngoch chi a'r môr, mi welwch ysgol sydd braidd yn agos at y dibyn, heb lwybr na ffordd yn arwain ati. Dyma'r cyfan sy'n aros o set *Ryan's Daughter;* mae'r pentre a godwyd ar fryn cyfagos wedi diflannu'n llwyr.

Ar y dde ewch heibio i ddau grochendy. Mae'n werth galw am baned yn y *Dunquin Pottery,* ond mae'r crochenwaith gorau'n cael ei wneud gan Louis Mulcahy yn y llall. Rhoddwyd set o'i lestri te yn anrheg i'r Pab pan ddaeth i Iwerddon. O ddysglau Louis y byddwn ninnau'n bwyta lobsgows.

Ar gyrion Ballyferriter mae ffordd yn troi i'r chwith, ac arwydd *Ostan Dun an Oir* yn eich tywys tuag at westy gyda golygfeydd syfrdanol allan i'r môr. Mae 'na gwrs golff y tu cefn a chabanau gwyliau o'i gwmpas, ond y prif atyniad i ni fyddai'r nosweithiau hir o gerddoriaeth a dawnsio traddodiadol. Cyn y wawr byddai'r rheolwr, pencampwr byd ar ddawnsio Gwyddelig, yn prancio dros y llawr teils nes bod y lle'n diasbedain.

Ond nid y tywydd yw'r unig beth cyfnewidiol yn y fro. Y llynedd, ar ôl i mi ganmol y gwesty i'r cymylau, daeth prifardd a'i deulu yno i aros. Roedd Sais wedi rhentu'r lle a'i droi'n gybolfa o jazz a karaoke. Tybed fydd o'n dal yno eleni?

Rhwng y gwesty a'r 'briffordd' mae arwydd yn cyfeirio at *Dun an Oir* arall. Dyma Gaer yr Aur, lle mae cofgolofn i chwe chant o Sbaenwyr a Gwyddelod a laddwyd gan filwyr yr Arglwydd Grey pan oedden nhw'n gwrthryfela yn erbyn Lloegr ym 1580.

Rhiw rimyn o bentre un stryd ydi Ballyferriter, a'r stryd honno'n

Ger Ballyferriter

cynnwys eglwys, ysgol, amgueddfa, dwy siop, dau dŷ bwyta, swyddfa bost a phedair tafarn. Mae'r tafarnau i gyd yn gwneud bwyd, a sesiynau cerddorol yn byrlymu ym mhob un yn ei thro. Hwyrach mai Tigh Pheig yw'r man gorau i ddechrau chwilio. Cafodd sylw mawr ddechrau'r nawdegau wrth i'r perchennog ddod â dawnswyr bronnoeth i'r bar. Diflannodd y dawnswyr a'u noddwr ac mae'r adloniant unwaith eto'n draddodiadol.

Os medrwch chi adael y fath demtasiynau a pharhau ar y daith yn ôl i Dingle fe ddowch at dafarn Brics, gyda phympiau petrol o'i blaen. Mae'r enw'n cyfeirio at y perchnogion, nid y gwneuthuriad. Gyferbyn mae arwydd *Tra an Fhiona,* Traeth y Gwin. Bu bron imi beidio sôn am hwn a'i gadw i mi fy hun, gan mai yma wrth y môr, mewn cae na welodd neb ei berchennog, y buon ni'n gosod pabell neu garafán bob Awst er cyn cof. Mae'r tap dŵr filltir i ffwrdd a ddyweda i ddim am y system garthffosiaeth. Ond mae'r un cymdogion yn cael eu denu yma bob blwyddyn ac mae'n lle nefolaidd, hyd yn oed yn y glaw.

Dowch yn ôl at dafarn Brics, ac os na fydd sŵn ffidil neu fagbib wedi'ch hudo trwy'r drws dilynwch arwydd *Reasc* ar y dde. Dyma un o'r safleoedd archaeolegol mwyaf trawiadol, sydd wedi ei gloddio a'i adfer nes rhoi darlun byw o fywyd y Cristnogion cynnar yn yr ardal.

Wrth barhau tua Dingle trowch i'r chwith ble mae arwydd tua *Gallarus Oratory,* hen eglwys sydd bron mor boblogaidd â Fungie ar gardiau post. Mae'n adeilad rhyfeddol, y waliau cerrig sych yn cau'n fwa o do, a'r cyfan wedi'i naddu mor gywrain nes bod pob carreg yn dal yn ei lle, a dim diferyn o ddŵr yn mynd drwodd ar ôl rhyw ddeuddeg canrif.

Pan oedden ni yno unwaith roedd hen begor lleol yn ennill ceiniog neu ddwy trwy ddoethinebu am hanes yr eglwys wrth dwristiaid diniwed. Drannoeth fe'i gwelsom yn gwario'i enillion wrth gownter Dick Mack. Gofynnwyd iddo ddisgrifio Gallarus.

'It's a house with a stone roof,' meddai.

Mae 'na sawl dewis o'ch blaen eto ar y ffordd yn ôl i Dingle. Ond mae'n well imi dewi neu bydd y llyfr hwn hefyd angen berfa i'w gario. Wela i chi yno. Ond peidiwch â 'meio i os bydd hi'n bwrw glaw.

Na h-Eileanan an Iar
(Ynysoedd Heledd)

Fferi Caledonian MacBrayne yn cyrraedd An Tairbeart, Ynys Harris

CENNARD A MARY DAVIES

Mae'r enwau a geir ar yr ynysoedd hyn bron mor niferus â'r ynysoedd eu hunain. I ni'r Cymry, Ynysoedd Heledd ydynt a'r enw hwnnw'n dwyn i gof dristwch a galar y dywysoges anffodus honno o deulu brenhinol Powys a gollodd ei chartref a'i theulu. Os costrelu hen hiraeth a wna'r enw hwnnw, nodi lleoliad yr ynysoedd a wna Na h-Eileanan Siar [Ynysoedd y Gorllewin] a disgrifio eu tirwedd y mae'r Ynys Hir. Unwaith, rai blynyddoedd yn ôl, wrth inni deithio i ogledd America, dargyfeiriwyd yr awyren o Heathrowe tua'r gogledd ac fe gafon ni ein hunain ar brynhawn llachar o haf yn hedfan dros yr ynysoedd hyn. O'n heisteddle uchel, ymestynent oddi tanom yn fap anferth o Rubha Robhanais [Butt Lewis] yn y gogledd i Barraigh [Barra] yn y de a dotiau Bhatarsaigh, Sanndraigh, Pabaigh a Minghalaigh fel pe baent yn awgrymu na ddeuai'r frawddeg hir byth i ben nes inni sylweddoli bod Ceann Barraigh yn cynrychioli rhyw fath o atalnod llawn.

Mae enw'r Gael ei hun ar ei gynefin yn un diddorol – Innse Gall, sef 'Ynys yr Estroniaid' neu'r rhai na allant siarad ei iaith. Ers canrifoedd, bu'r ynysoedd hyn yn gyrchfan estroniaid, yn enwedig gwŷr Llychlyn a feddiannodd y cwbl a'u rhoi dan oruchwyliaeth ieirll megis Goraidh Cròbhan a gofir o hyd mewn caneuon Gaeleg. Bu ef farw ar Ynys Ile [Islay] ym 1075 ond parhaodd ei linach am ddwy ganrif arall. Rheibiodd Magnus III, brenin Norwy, Leodhas [Lewis], Eilean Sgitheanach [Skye], Uibhist [Uist] a Cinntire [Kintyre] tua diwedd yr unfed ganrif ar ddeg. Heidiodd y Llychlynwyr ar draws Môr y Gogledd yn eu llongau hirion a meddiannu'r ynysoedd trwy drais. Yn wir, ni waredwyd yr Alban rhag eu gormes tan 1263 pan drechwyd y gelyn ym Mrwydr Largs. O dan amodau Cytundeb Perth (1266), gorfu i Norwy ildio'r holl diriogaeth a oedd ganddi yn yr Alban ar wahân i Ynysoedd Erch [Orkney] a Shetland. Ond os ciliodd y gelyn, arhosodd ei ddylanwad yn drwm ar y wlad, yn enwedig ar yr iaith. Mae enwau personol fel Torcuill, Amhlaigh ac

Eric yn dal yn gyffredin yn yr ynysoedd ac erys llu o enwau lleoedd yn dyst i effaith barhaol gwŷr Llychlyn. Ydyn, mae'r gwahanol enwau'n allwedd i gyfaredd amrywiol yr ynysoedd hyn – eu dieithrwch, eu tirwedd foel a'u cyntefigrwydd. Rhyw gymysgedd felly sy'n ein denu yno'n gyson ac yn gwneud y daith hir o Gwm Rhondda yn werth y drafferth.

Er inni unwaith yrru bob cam yn ôl o Eilean Sgitheanach i Dreorci ar un cynnig, fydden ni ddim yn argymell hynny i unrhywun call – roedd hyd yn oed ein ci'n dost cyn diwedd y daith! Mae'n werth cymryd dau ddiwrnod gan dorri'r siwrnai ddiwedd y diwrnod cyntaf rywle yng nghyffiniau An Garasdan [Fort William]. Er ei bod yn dipyn o daith mewn un diwrnod, mae pryd o fwyd môr yn nhŷ bwyta Crannog [Garasdan] neu noson yng ngwesty moethus Ault nan Ros yn Onich yn ddigon o gymhelliant i gadw eich troed ar y sbardun. Drannoeth bydd modd teithio'n ddigon hamddenol i gyfeiriad An Caol [Kyle of Lochalsh], heibio i gastell hynod Eilean Donan a chroesi'r bont newydd y cododd cymaint o helynt yn ei chylch i Eilean Sgitheanach. Ymdroella'r ffordd fawr ar draws yr ynys gan basio copaon bygythiol Nan Culainn [Coulins] ar y chwith a thref Port Rìgh [Portree] nes yn y pen draw gyrraedd bae llydan Uige. Oddi yno mae taith fferi o ryw awr a thri chwarter i An Tairbeart [Tarbert] ar An Hearadh [Ynys Harris]. Ffordd fwy rhamantus yw anelu am An t-Oban [Oban] a dal fferi oddi yno i Barraigh [Ynys Barra] – taith o chwe awr heibio i ynysoedd Muile [Mull], Eige [Eigg], Ruma [Rum], Muc [Muck] a Canaidh [Canna]. Trwy lwc, y ddwywaith y mentrom i'r ynysoedd y ffordd hon, cawsom dywydd ardderchog ac fe'n hudwyd yn llwyr gan wychter y golygfeydd. Ychwanegwyd at bleser y daith gyntaf pan gawsom gwmni Mary Sandeman, un o gantorion mwyaf adnabyddus yr Alban yn gyd-deithiwr a llwyddodd rhywun i'w pherswadio i ganu rhai o ganeuon gwerin swynol yr ynysoedd. Wrth gwrs, os oes gennych arian, gallwch hedfan yn syth o Glasgow i Steòrnabhagh yn awyrennau pitw Loganair neu, yn well byth i Eoligearraidh [Eoligarry] ar Ynys Barraigh lle y byddwch yn glanio ar y Tràigh Bhàn – traeth eang o dywod gwyn a disgleirdeb yr haul ar y cregyn dirifedi yn eich dallu.

Cadwyn o ynysoedd ag un iaith ac un diwylliant yn eu huno yw Ynysoedd y Gorllewin ond o fewn y gadwyn sy'n ymestyn o Leodhas i Barraigh trwy Na Hereadh, Uibhist a Tuath [Gogledd Uist], Beinn na Faoghla [Benbecula] ac Uibhist a Deas [De Uist] ceir amrywiaeth mawr. I ddechrau, ceir gwahaniaethau crefyddol dramatig, er bob pawb, ar y cyfan, yn llwyddo i fyw'n eithaf cytûn. Ym mharciau Steòrnabhagh [Stornaway] ar y Sul mae pob siglen wedi ei chadwyno'n sownd, y strydoedd yn wag rhwng oedfaon a phapur llwyd yn gorchuddio'r nwyddau yn ffenestri siopau'r pentrefi bach. Mae hyn yn gyffredinol wir am Leodhas, Na Hearadh ac Uibhist a Tuath. Ar y llaw arall, pe baech yn digwydd bod yn bwrw'r Sul yn Uibhist a Deas [De Uist] neu Barraigh mae'n ddigon posib taw anelu am gêm caman [shinty] y byddech chi ar ôl mynychu'r offeren foreol yn yr eglwys. Protestaniaid pybyr yw trigolion yr ynysoedd gogleddol ond Pabyddion sy'n byw yn y de. Ar ynys Beinn na Faoghla [Benbecula] a leolir tua chanol y gadwyn, rhennir ymlynwyr y ddau draddodiad yn weddol gyfartal.

Er bod crefyddwyr Leodhas yn ymddangos yn hynod gul i ymwelwyr, mae rhyw gyfaredd ym moelni cyntefig eu gwasanaethau. Mae naws ganoloesol i'w llafarganu wrth i'r gynulleidfa ddilyn y codwr canu fesul llinell. Ni chaniateir unrhyw offeryn cerdd ar gyfyl y capel a salmau yn unig a genir. Ond mae'r seiniau dieithr hyn a glywir yn dod o'r capeli ar y Saboth yn un o'r synau sy'n aros yn hir yn y cof fel galwad y rhegen ryg ganol haf neu sŵn gwennol y gwehydd yn clecian wrth iddo ddilyn ei grefft mewn sied neu garej wrth ochr y tŷ.

Ceir amrywiaeth mawr hefyd yn nhirwedd yr ynysoedd, ar wahân i unffurfiaeth ysblennydd y traethau gwynion anferth sy'n rhedeg bron yn ddi-dor o'r de i'r gogledd ar hyd arfordir y gorllewin. Pe bai tywydd y rhan hon o'r byd yn garedicach, prin y byddai angen i neb ystyried mentro i Majorca neu Ynys Creta. Ond yn ôl y drefn sydd ohoni, cewch y traethau dihalog hyn i chi eich hunan ar wahân i heidiau o adar môr o bob math ac weithiau y gwynt a'r glaw. O dro i dro clywch gyfarthiad morloi yn torri ar y distawrwydd a gyda lwc cewch gip ar ambell ddwrgi'n sleifio'n swil i'r dŵr neu lamhidydd yn arddangos ei gampau yn y bae. Ar wahân i hynny, does ond môr gwyrddlas, y bryniau grugog a sbloet blodau gwyllt y machair. Lle i enaid gael llonydd yw hwn.

Pobl syber, dawel yw trigolion yr ynysoedd. Mae eu lleisiau'n dawel, yn enwedig wrth iddynt siarad Gaeleg, fel pe baent yn hanner ymddiheuro am ddefnyddio'r iaith yn gyhoeddus. Mae eu croeso, serch hynny'n dwymgalon a gallant fwynhau eu hunain gyda'r gorau mewn *ceilidh*. Fel yn ardaloedd gwledig Cymru, daeth twristiaeth yn rhan bwysig o'r economi a gellir sicrhau llety gwely a brecwast mewn tai preifat am bris rhesymol. Wrth i deuluoedd gefnu ar y crofftau traddodiadol, daeth hefyd yn bosib i'w llogi ac o dro i dro buom yn aros mewn tai o'r fath a oedd wedi eu haddasu'n chwaethus ar gyfer ymwelwyr.

Y gwestai, fodd bynnag, yw'r lleoedd gorau ar gyfer cwrdd â phobl, yn drigolion lleol ac ymwelwyr. Ein ffefryn ni, yn ddiamau, yw Taigh Osta Na Hearadh [Gwesty Harris] yn Tairbeart. Gwesty *cum* tafarn ydyw yn cynnig bwyd plaen lleol wedi ei goginio'n flasus, ystafelloedd cyfforddus a chroeso twymgalon. Mae'r dewis o wisgi yn y bar gyda'r gorau yn yr ynysoedd ac os daliwch chi John Murdo Morrison, y perchennog, yn ei hwyliau gorau, efallai y bydd yn barod i ganu ichi. Ac yntau wedi cipio'r fedal aur ym mhrif gystadleuaeth canu'r *Mod* [Eisteddfod Genedlaethol yr Alban], mae'n werth ceisio dwyn perswâd arno.

Gwesty bach preifat yw'r Parc yn Steaornabhagh sy'n arlwyo bwyd ardderchog a gellir cael pryd blasus o fwyd hefyd yng Ngwesty Cabarfeidh, gwesty mawr ar gyrion y dref. Os ydych yn chwilio am luniaeth ysgafn yn y cyffiniau hyn, rydych yn siŵr o gael rhywbeth at eich dant yn An Lantair a chyfle ar yr un pryd i weld gwaith artistiaid a chrefftwyr lleol ac ymweld â'r siop lyfrau. Os digwydd ichi fod yn bwrw'r Sul yn Beinn na Faoghla neu Uibhist, ewch am ginio dydd Sul i Taigh Osta an Eilean Dorcha [Gwesty'r Ynys Ddu] lle y cewch ddewis da o gig rhost a bwyd môr am bris hynod o resymol. Y drws nesaf i'r gwesty hwn, gyda llaw, ceir amgueddfa a chanolfan hamdden Ysgol Lionacleit sy'n enghraifft wych o ysgol yn gwasanaethu'r gymuned.

Os taw eich dymuniad yw cael golygfa wych yn ymagor o'ch blaen wrth fwyta, byddai'n anodd curo ystafell fwyta Gwesty Ynys Barra sy'n edrych dros draeth gwyn a thonnau gwyrddlas y môr yn torri arno er efallai y gallai Gwesty Bagh a' Chaisteil gystadlu â hi o ran safle. Trwy ffenestri'r gwesty hwn fe welwch gastell hynod Chiosmeul [Kisimul] a godwyd ar graig yn y bae a'r tu ôl iddo, yn ymestyn tua'r gorllewin, mae gwastadeddau ynys Bhatarsaigh.

Gwesty poblogaidd gan bysgotwyr (a lle da arall i fwyta) yw Gwesty Loch Baghasdail [Lochboisdale], prif borthladd De Uist. Yno gwelwch Saeson cefnog y de-ddwyrain yn eu plus-fours ganol Awst yn arddangos y gêr pysgota diweddaraf, er nad yw hwnnw weithiau'n gwneud llawer o wahaniaeth i'w helfa. Unwaith, pan oedden ni'n aros yn y gwesty hwn, roedd Aelod Seneddol o Dori pur adnabyddus ynghyd â'i osgordd o gynffonwyr acenllyd yn ymgynnull yn y bar i hel esgusodion pam na ddaliwyd dim yn ystod y prynhawn. Roedd y *ghille,* y cwch, y plu, y gwynt a'r haul i gyd yn cael y bai yn eu tro ond bob nos tua chwech o'r gloch ymddangosai bachgen ifanc lleol a chanddo hen wialen bysgota geiniog a dimai. Yn ddieithriad bron roedd ganddo ddau neu dri o'r pysgod pertaf weloch chi erioed a pheidiai holl ymesgusodi'r Saeson ar amrantiad. Yng nghanol distawrwydd llethol y bar, prin y gallai'r bobl leol guddio eu gwenau, na ninnau chwaith o ran hynny.

Mae llogi tŷ neu *croit* [crofft] yn ffordd resymol i deulu i ymweld â'r ynysoedd ac mae Bwrdd Croeso'r Alban yn sicrhau eu bod yn cyrraedd safon dderbyniol. I'r rhai sy'n hoffi hosteli ieuenctid, ceir rhai hynod o ddiddorol mewn mannau bendigedig megis Reinigeadal ar Harris a Gearrannan ger Carlabhag [Carloway] ar Ynys Leodhas. Mae'r olaf yn hen dŷ du traddodiadol sydd wedi ei adfer a'i addasu'n chwaethus at ei ddiben newydd.

Mae digon i'w weld wrth deithio trwy'r ynysoedd yn olygfeydd naturiol ac atyniadau gwneud. Mae hi'n werth ymweld â Nis, pentref mwyaf gogleddol Leodhas a'i oleudy yn sefyll ar ymyl dibyn hunllefus o serth. Yma, ar ddiwrnod stormus, bydd yr ewyn yn disgyn o'ch cwmpas fel plu eira. Peidiwch â cholli gweld traethau prydferth gorllewin Leodhas megis Uig a Bhaltos [Valtos]. Wrth ddysgu Gaeleg byddwn yn arfer ymweld â hen ŵr o'r enw Andrew Buchanan a drigai yng Nghaerdydd. Ef a bwysodd arnaf i ymweld â'i bentref genedigol, Bhaltos [Valtos] a'r ardal yr hiraethai ei gweld cymaint yn ei henaint. Wrth brofi prydferthwch gwyllt yr arfordir unig hwnnw y dechreuais ddeall yr angerdd yn ei lais pan ddywedai, *'Tha ionndrainn orm'* [Mae arna i hiraeth]. Os mentrwch i orllewin Leodhas gellwch groesi Môr Iwerydd trwy ddefnyddio'r bont haearn sy'n cysylltu'r tir mawr â Bearnaraigh Mhòr [Great Bernara].

Er bod pobl Na Hearadh yn ystyried eu hunain yn hollol wahanol i drigolion Leodhas, gan ymfalchïo yn eu tafodiaith eu hunain, un ynys ydyw mewn gwirionedd a bellach ceir ffordd fawr hwylus (A859) yn ei chysylltu â Steòrnabhagh. Y Ffordd Aur yw'r llys-enw lleol ar yr heol sy'n cysylltu pentrefi arfordir dwyreiniol Harris. Costiodd ffortiwn i'w hagor oherwydd y diriogaeth greigiog, ddidostur sy'n ymdebygu i wyneb y lleuad. Cyn lleied yw dyfnder y pridd a'r mawn fel nad yw'n bosib claddu'r meirw yno a rhaid eu cludo ar draws gwlad i'r unig fynwent sydd ar gael ar arfordir gorllewinol yr ynys. Ffordd gul a throellog yw hon ac iddi gilfachau bob hyn a hyn er mwyn i geir basio ei gilydd. Ond o'i thramwyo'n ofalus, dewch yn y pen draw i Roghadal [Rodel] lle y ceir eglwys fwyaf nodedig Ynysoedd Heledd. Eglwys Sant Clement yw ei henw ac yn hon y cododd Alasdair Crotach Macleod feddrod iddo'i hun bedair blynedd ar bymtheg cyn iddo farw ym 1547. Dyma un o'r ychydig enghreifftiau o gerflunio'r cyfnod a geir ar yr ynysoedd a hawdd deall hynny gan brinned oedd yr adnoddau materol i gynnal celfyddyd o'r fath.

Wrth ddilyn y ffordd o Roghadal i Tairbeart ar hyd arfordir y gorllewin byddwch yn gweld traethau claerwyn Scarista, Seilebost a Nisabost ac mae'n werth mentro draw i ogledd Harris i weld traeth Huisinis, ewin o draeth anghysbell ac Ynys Scarp yn gorwedd i'r gogledd iddo. I gyrraedd yr ardal hon bydd rhaid ichi fynd heibio i Gastell Abhainn Suidhe. Pan ymwelon ni gyntaf â'r ynysoedd yn y chwedegau, dyma oedd cartref gŵr â'r enw anhygoel, Syr Hereward Wake. Roedd ei agwedd gymdeithasol mor ganoloesol â'i enw oherwydd yn ymyl y ffordd a redai rhwng y castell a'r afon roedd e wedi codi arwydd, 'Peidiwch ag edrych ar y pysgod yn llamu' – adlais o'r ffiwdaliaeth a oedd yn dal i ormesu Ucheldiroedd yr Alban tan yn gymharol ddiweddar, ac nid yw'n gwbl farw eto.

Rhaid ar bob cyfrif ymweld â meini Calanais ar Leodhas a godwyd ryw bum mil o flynyddoedd yn ôl. O ran pwysigrwydd hynafiaethol, fe'u hystyrir yn ail i Gôr y Cewri. Bellach mae yno ganolfan ymwelwyr sy'n dehongli arwyddocâd y meini ac yn darparu lluniaeth ysgafn yn ogystal â gwerthu cofroddion a chrefftwaith lleol. Nid nepell oddi yno ceir murddun nodedig arall, sef broch Carlabhagh – twr amddiffynnol crwn ac iddo furiau dwbl o gerrig sychion ac sydd, yn ôl pob tebyg, yno ers 2000 o flynyddoedd. Mae'r Gael yn dechrau ymfalchïo yn ei hanes cyfoethog ac un o nodweddion mwyaf trawiadol yr ynysoedd bellach yw'r canolfannau a sefydlwyd gan y Cymdeithasau Hanes Lleol. Defnyddiodd y cymdeithasau hyn adeiladau gwag megis hen ysgolion er mwyn trefnu arddangosfeydd a sefydlu mân amgueddfeydd sy'n dehongli hanes lleol. Trefnir cyfarfodydd cyson mewn llawer ohonynt trwy'r gaeaf ac maen nhw'n agored i'r cyhoedd gydol yr haf. Ynddynt mae'n bosib cael dysglaid o de a thoc o deisen neu fisgïen ac yn bwysicach na hynny, gyfle i

Awyren yn glanio ar y traeth ar Ynys Barraigh

sgwrsio â rhywun sy'n gyfarwydd â hanes yr ardal. Mae'n ffordd dda o ymgyfarwyddo ag ardal ddieithr a dod i adnabod ei phobl. Dyma syniad y dylem ei efelychu yma yng Nghymru.

Gydag amrywiaeth eu daeareg, eu daearyddiaeth a'u byd natur cyfoethog, mae'r ynysoedd yn baradwys i gerddwyr. Ceir gwarchodfeydd natur hynod ddiddorol yn Baile Raghnaill

[Balranald], Gogledd Uist a Loch Druidibeg, De Uist a threfnir bod warden ar gael yn yr haf i dywys teithiau cerdded gan roi cyfle i'r sawl a fynn, gerdded ac ymgyfarwyddo â'r bywyd gwyllt cyfoethog. Wrth sôn am gerdded, un daith y gallwn ei chymeradwyo yw honno o gwmpas Barraigh gan ddilyn ffordd A888. Os dechreuwch o Bagh a' Chastail [Castlebay], byddem yn awgrymu ichi gerdded wrthwyneb i'r cloc gan ddringo'r rhiw i fyny Mynydd Heabhal ar ddechrau'r daith pan fyddwch yn gymharol ffres yn hytrach nag ar ei diwedd ar ôl cerdded 14 milltir fel y gwnaethom ni. Mae'r ffordd hon yn amgylchu canol yr ynys gan gysylltu nifer o fân bentrefi megis Breibhig [Brevig], Earsairidh [Earsary], Bruairnis [Bruernish] a Bagh a Tuath [Northbay]. Yn yr haf bydd ambell neuadd eglwys neu neuadd bentref yn cynnig lluniaeth ysgafn ac mae taith hamddenol o gwmpas yr ynys, gan aros yn y mannau hynny, yn ffordd dda o ddod i adnabod ei daear a'i phobl.

Yr unig dref o unrhyw faint yn yr ynysoedd hyn yw Steòrnabhagh. Er taw ond 8000 o drigolion sydd ynddi, hi, yn ddiamau, yw'r brifddinas, yn ganolfan weinyddol a masnachol. Mae'r harbwr, sydd bron yng nghanol y dref, bob amser yn fwrlwm o brysurdeb gyda llongau pysgota o bedwar ban byd yn mynd ac yn dod drwy'r amser. Ar y cei clywir Gaeleg yn gymysg ag ieithoedd de a gogledd Ewrop a heidiau o adar môr yn sgrechian o'ch cwmpas wrth iddynt ymladd â'i gilydd am weddillion pysgod a deflir o'r llongau wrth i'r pysgotwyr lanhau eu helfa. Deallodd y morloi hefyd fod yma fwyd ar gael heb orfod trafferthu i'w hela ac ymgartrefodd dau neu dri ohonynt yn yr harbwr a dod yn atynfa fawr i dwristiaid. Yn y dref ceir llawer o siopau bach diddorol, gan gynnwys siop lyfrau ardderchog Loch Erisort yn Stryd Cromwell sy'n cadw cyflenwad da o lyfrau Gaeleg a llyfrau Saesneg yn ymwneud â'r ynysoedd. Soniwyd yn barod am An Lantair ac mae hefyd yn werth taro draw i Museum na Eilean. Yn haf 1995 trefnwyd arddangosfa wych o ddarnau gwyddbwyll enwog

Leodhas. Cafodd y rhain eu darganfod wedi eu claddu yng nghyffiniau Bhaltos yng ngorllewin yr ynys ac ers blynyddoedd bellach buont yn yr Amgueddfa Brydeinig yn Llundain. Fel y cerflun yn Eglwys Roghadal, maent yn enghreifftiau prin o gelfyddyd gain gynnar y Gael.

Yr ochr draw i'r harbwr mae Castell Lews sydd erbyn hyn yn Goleg Addysg Bellach lle y rhoir mwyfwy o bwyslais ar ddysgu trwy gyfrwng yr Aeleg. O'i gwmpas ceir parc eang coediog lle y gellir crwydro'n hamddenol. Dyma'r unig le ar yr ynysoedd lle y mae unrhywbeth tebyg i goedwig ac mae'n braf ymdroi yno am ysbaid o sŵn y dref. Tref brysur iawn yw Steòrnabhagh, yn enwedig ar ddydd Sadwrn pan ddaw pobl i mewn o bentrefi'r wlad i siopa. Er bod canran uchel o drigolion y dref yn medru Gaeleg, mae ei brodorion, fel llawer o'u tebyg yn nhrefi bach Cymru, yn hoffi siarad Saesneg â'i gilydd ond ar y Sadwrn cânt eu boddi gan wŷr y wlad:

    Ciamar a tha thu? (Ciamar a ha hw?) [Shwd wyt ti?]

    A bheil thu gu math? (Y fel hw gw ma?) [Wyt ti'n iawn?]

    Tha, tapadh leat. Tha i breagha an-diugh. (Ha, tapa-lat. Ha i briaw anjw.) [Ydw, diolch. Mae'n braf heddiw.]

    Tha gu dearbh. (Ha gw jeraf.) [Ydy, wir.]

Gall y dref fod yn eithaf swnllyd ar nos Sadwrn hefyd gan taw yma yn unig, i bob pwrpas, y ceir bariau a thafarndai ar Ynys Leodhas. Er gwaethaf y prinder hwnnw (neu efallai oherwydd hynny), mae alcoholiaeth a goryfed yn broblem gymdeithasol fawr. Erbyn bore Sul, fodd bynnag, prin y credech fod y strydoedd hyn ychydig oriau ynghynt yn llawn o sŵn canu a rhialtwch pobl ifainc. Rhwng oedfaon bydd y strydoedd yn gymharol wag; ni ddaw na bws na fferi i darfu ar y tawelwch; ni fydd cwch yn symud o'r cei ac nid oes dim ond sgrech y gwylanod i'n hatgoffa am y prysurdeb a fu.

Ar yr wyneb, teimlad o droedio'n ôl i Gymru ein hieuenctid a gawn wrth ymweld ag Ynysoedd Heledd; ymglywed unwaith eto â gwlad ddiogel, gymdogol, ddidrosedd lle y mae bri ar grefydd a'r sabothau'n dal i fod yn 'ddyddiau'r nefoedd'; gwerin ddiwylliedig yn arfer dulliau amaethu traddodiadol sy'n gwarchod yr amgylchedd a'r iaith yn dal mewn bri. Dehongliad arwynebol iawn o'r sefyllfa fyddai hynny gan fod pob un o'r gwerthoedd hynny mewn perygl yno ar hyn o bryd – ond mae'r lle yn ddigon tebyg i Gymru, ac eto'n ddigon gwahanol iddi, i gynnig i Gymry wyliau wrth fodd eu calon – a bwrw nad ydych yn disgwyl gweld gormod o haul!

- Am ragor o wybodaeth, cysyllter â Bord Turasachd nan Eilean, 26 Sraid Chrombail, Steòrnabhagh, Eilean Leodhais HS1 2DD. Ffôn: (01851) 703088; Ffacs: (01851) 705244.
- Gwasanaethau Fferi Caledonian MacBraynes (01475) 650000.

O Gaerdydd i
Muckle Flugga

'Carreg Sefyll', Ynys Unst

MICI PLWM

Fe wn o brofiad, a hwnnw'n un pleserus iawn, fod tomatos Tyddyn Sacha Pwllheli a thorth 'di sleisio'n dena o Fecws R.L.Jones a'i fab, Glan-rhyd, Llanaelhaearn yn gyfeillion hapus braf, a phawb sy'n eu profi ar fwrdd *Panache* ym Mae Ceredigion yn gytûn ma' efo'i gilydd y dylan nhw fod.

Ond pwy fu wrthi dros y blynyddoedd yn hel deu-bethau'r byd 'ma at ei gilydd? Fe benderfynodd rhywun yn rhywle rhywdro fod 'sglods a sgods' yn gweddu'n braf; ond ysywaeth yn amrywiol iawn eu blas a'u safon o siop i siop. Fe aeth eraill ati i briodi pob math o bethau bydol, boed yn y byd bwyd neu o'u cwmpas o ddydd i ddydd ... cig moch a wy 'di ffrio; sosej a bîns; mefys a hufen; ceffyl a throl; cap a chôt a chath a chi (pam ddim cath a chrwban?).

Gan fod, mae'n amlwg, berffaith hawl a rhyddid i unrhywun, pan gymer ffansi, fynd ati i gyplu petha dw inna felly am gymryd yr hyfdra a dŵad a dau beth sydd i mi yn gweddu i'r dim i'w gilydd – be'n well na thrên ac ynys?

Ychydig fisoedd yn ôl, wedi codi o'r gwely, dyma godi un o bapurau trymion y dydd yn Siop John Collins (un o siopau cornel prin Caerdydd sy'n goroesi) ac wrth fyseddu'r tudalennau sylwi fod y bonwr cyfoethog Richard Branson yn teimlo'n hael iawn yn sgîl pwrcasu talp go enfawr o'r hen Reilffordd Brydeinig ac yn cynnig, dim ond i un fel fi hel nifer penodedig o gwpons, y cawn deithio i stesion o'm dewis am bris rhesymol dros ben. Syniad i godi gwerthiant y papur trwm neu roi mwy o dina ar seti trên, dwn i ddim, ond hel a phostio y cyfryw gwpons fu hi, a thoc dyma fi'n berchen dau docyn 'mynd a dŵad' o Gaerdydd i Aberdeen. A be goblyn na'th o yn Aberdeen o bob man? I mi Aberdeen ydi'r giât sy'n agor i un ai'r rigiau olew neu'r ynysoedd i'r gogledd o dir mawr yr Alban – be'n well na 'thrên ac ynys'?

Chwilio partner o'r un anian â mi oedd y dasg nesa, a doedd hynny'n ddim problem yn y byd; un fel finna yn ei throi hi am ynys bob cyfle geith o ydi Ems [gweler 'Agistri, Yr Ynys sy'n Gafael' gan Lyn Ebenezer]. Mae o fel finna ar 'i hapusa yn un ai Ynys Enlli, Iwerddon neu Agistri; a does dim byd gwell ganddo chwaith, fel fi eto, nag ista ar drên efo trwyna smwt yn erbyn ffenest trên, yn pasio rimarcs ar gyrtans llofftydd cefn a blerwch gerddi'r wlad!

Os am Sadwrn difyr prynwch 'docyn crwydro' yng Ngorsaf y Frenhines Caerdydd, gan wedyn deithio'n ffri yn ôl a blaen ac i fyny ac i lawr Cymoedd Rhondda neu Rymni. Mae'r tocyn rhad yma yn rhoi perffaith ryddid i chi gamu i ffwrdd ar blatfform unrhyw stesion ac yna ailgydio yn y daith pan ddaw'r trên yn ôl i lawr y cwm.

Y Sadwrn delfrydol i'r ddau ohonom ydi teithio'n ôl a blaen gan aros i ga'l panad neu 'sglods a sgods' mewn caffi Eidaleg mewn stryd llawn croeso yn un ai Treherbert neu Rymni, ac yna ymlaen â'r siwrna Sadyrnol i gerdded strydoedd pentrefi a fu unwaith yn gyrchfan i lowyr a'u teuluoedd yn siopa – Brithdir, Porth neu Fargoed. Uchafbwynt y daith ydi disgyn yn stesion Pontypridd, tasa fo ddim ond am y ffaith mai yma heb os ma'r 'siop chips' ora yng Nghymru – Corini, 13, Stryd y Farchnad.

Llond bol o'r 'gora', sy'n cynnwys pys slwj, pot o de a bara menyn; wedyn, cyn ei throi hi am adra, crwydro'r farchnad. Heria i unrhyw un i gerdded stondina amrywiol marchnad dan do Pontypridd a dŵad allan yn waglaw. Ar y siwrna'n ôl i Gaerdydd mi fyddwn ni bob amser dan ein pwn o ddanteithion amrywiol fel ffagots cartra (penny ducks); jiaria o nionod picl a chabaij coch cartra; caws a menyn, a thorth o fecws bach teuluol; bron cystal â bara Glan-rhyd.

Wedi cyrraedd stesion y Frenhines Caerdydd ar ein pennau i ffynnon yr Halfway, Heol y Gadeirlan i fwynhau dau neu dri, neu fwy o beintiau llawn o nectar bragdy Brains.

Diweddglo gwych i Sadwrn fel hyn ydi gwrando, rhwng peintiau, ar ganlyniadau pêl-droed y 'Premier' – a be'n well, i ddau o'r un anian, na chael dathlu fod Manchester Utd wedi curo a bod Arsenal

Baltasound, Ynys Unst

wedi gwneud smonach o betha eto!

Ta waeth – 'Trên Branson' o Gaerdydd i Aberdeen ac ymlaen i Ynysoedd y Shetland.

Gadael stesion Caerdydd ben bora toc 'di naw o'r gloch, sy'n golygu'n bod ni'n osgoi bwrlwm y cannoedd ar gannoedd sy'n teithio i mewn i'r ddinas yn sgîl swyddi; a thoc wedi chwiban reffari y platfform yn symud yn ara deg braf am y Dwyrain – Caerdydd, Cheltenham a Birmingham, New Street.

Tydi prisia drud y 'buffet' symudol yn poeni dim arnon ni, achos neithiwr fe fu prysurdeb mawr mewn dwy gegin yng Nghaerdydd! 'Pic-i-nic' ar gyfer y daith i Aberdeen wedi'i baratoi a gwledd y basa Richard Branson, er mai fo yw perchennog y trên, yn siŵr o'i mwynhau: brechdana cig moch a sosej crimp; wya 'di berwi'n galad; hannar dwsin o jops cig oen Ynys Enlli; nionod picl cartra (o farchnad

wych Pontypridd); tomatos; dwy neu dair o borc peis a phecyn bychan
o halen, heb ar unrhyw gyfri anghofio'r gymysgedd sy'n sicr o droi'r
'pic-i-nic' yr un gora – mwstard powdwr Colman's wedi'i gymysgu'n
gariadus hefo dropyn o ddŵr oer, a'i roi mewn potyn cyfleus.

Diolch i'r drefn, doedd dim rhaid aros mond prin hanner awr yn
y diawl-le Birmingham! Fe gyrhaeddodd ac fe adawodd trên 'Virgin'
ganol bora i'r eiliad. Deng awr o rwdlan; rhoi'r byd yn ei le;
pendwmpian; darllen papura'r dydd; sglaffio 'pic-i-nic' a phwyso
trwynau smwt yn erbyn ffenast a phasio rimarcs ar gyrtans a rhesi
tatws a moron – symud ond eto heb orfod symud. Canmoliaeth i
Mistar Branson – do chwarae teg, ddeng awr yn ddiweddarach, eto
i'r funud, dyma lithro'n aradeg i mewn i stesion fawr a glân –
Aberdeen; y ddinas lithfaen *(The granite city)*.

'O heol i heol yn ddyfal bu'r ddau …' a waeth heb a chofio tameidia
o farddoniaeth a adroddwyd 'stalwm yn 'Steddfod Jiwbili Llan
'Stiniog. Toc 'di hannar awr 'di naw o'r gloch y nos yn troedio
strydoedd dinas ddiarth, yn chwilio am 'lety a'r nos yn nesáu'. Gair
o rybudd, os byth y byddwch chi'n penderfynnu dilyn ôl ein traed,
gwnewch yn siŵr o le i aros cyn gadael adra. Aberdeen ydi prif ddinas
y diwydiant olew – 'yr off shore oil rig base'. Peirianwyr; labrwrs
cyhyrog, Scandinafaidd yr olwg a pheilotiaid hofrenyddion … y
matha o 'weithwyr' sy'n slafio mewn pob math o dywydd gan milltir
a mwy allan ym Môr y Gogledd am bythefnos ar y tro, ydi canran go
dda o'r boblogaeth. Gweithio'n galed am oriau meithion cyn ei throi
hi (yn llythrennol mewn hofrennydd) yn ôl o'r 'rig' i ddinas Aberdeen,
i wario'n galed am bythefnos arall! Does ryfedd felly fod perchnogion
gwestai fel y 'Railway' a'r 'Imperial' fawr yn medru hawlio crocbris
am le i roi'ch pen i lawr. Os na dalwch chi'r pris yna am 'stafell mae
'na rywun arall neith ydi'r math o groeso a gewch chi mewn derbynfa
sawl gwesty ar bwys y stesion a'r harbwr. O edrych yn ôl, mi fasa rhoi
galwad ffôn i Fwrdd Croeso dinas Aberdeen a holi am wely a brecwast

rhesymol, ac ma' 'na ddigonedd i'w cael, wedi bod yn llawer ysgafnach ar y boced. Drannoeth, a'r gwesty drud, chwara teg iddyn nhw yn cynnig y math o frecwast fasa'n cadw'r 'labrwr rig' mwya llwglyd yn hapus, taith hanner awr hefo Albanwr clên a fu'n dathlu canlyniad y Refferendwm tan oriau man y bore, i faes awyr y ddinas (prisiau tacsi yn eitha rhesymol ynta mewn hwylia da oedd y gyrrwr?).

Hanner awr arall, gadael tir mawr yr Alban, ac wrth bwyso ein trwynau smwt ar ffenest awyren fechan, yn cael ar ddeall gan y peilot y bydden ni, gan gymryd y tywydd cyfnewidiol i ystyriaeth, yn glanio yn Sumburgh.

Dros gan milltir o ewyn berwedig Môr y Gogledd yn gwibio heibio oddi tano ni, a do, gwir y gair, o fewn hanner can munud dyma'r llais drwy'r spicar yn ein goleuo ynglŷn â glanio. Cyn yr eilad honno, mi ddwedwn i mai maes awyr Alice Springs, Awstralia oedd y maes awyr mwya anghysbell imi erioed lanio ynddo. Drwy'r ffenest a'r cymylau trwchus, dim ond rhyw hanner dwsin o gytiau hirsgwar a llain glanio oedd i'w gweld. Mae maes awyr Sumburgh wedi ei leoli ar bigyn ar y pen mwya deheuol o'r ynysoedd ac o'r awyr hawdd iawn fasa rhoi bet a thaeru mai llanw'r môr oedd yn golchi olwynion yr awyrennau wedi iddynt lanio.

Roedd yr alwad ffôn o Gaerdydd i Lerwick ychydig ddyddiau'n ôl wedi talu ar ei ganfed achos wrth ddrws y maes awyr bychan yn Sumburgh roedd dynes glên o Bolts Car Hire a goriad i Fiesta bach yn ei llaw. Dyma'r geiriau caredig a'n croesawodd i'r ynysoedd: 'Dach chi wedi gwneud yr ymdrech i deithio i'r ynysoedd anghysbell yma ac yn fuan iawn fe fyddwch yn gwerthfawrogi hyn. Mae'r golygfeydd a'r tywydd yn rhywbeth na all dyn ei broffwydo. Fe ddaw pob dydd â phrofiad newydd ichi.'

Dyma danio injan y Fiesta bach a throi trwyn y moto o Sumburgh Head am Hermaness a goleudy Muckle Flugga, Ynys Unst.

Tasa ni wedi trio mynd ar goll mi fasa hi'n amhosib!

Arwydd siop ym mhentre Uyea Sound, Ynys Unst

Y pellter o Sumburgh Head, a'r prif faes awyr (ac mae yna rhyw hanner dwsin llain glanio awyrennau arall) i'r pegwn mwya gogleddol yw 70 milltir. Mae goleudy Muckle Flugga, sy'n orchest bensaernïol, wedi ei godi 192 o droedfeddi uwchlaw'r môr, a chyn i'r Trinity House benderfynu bod yr holl oleudai dan ei gofal yng ngwledydd Prydain yn mynd yn beirianyddol, dyma'r ynys fwya gogledd ac arni drigolion.

Wrth weld y golygfeydd anhygoel o bryderfth o'n blaenau a'r tywydd yn troi ac yn ymdebygu i hin ynysoedd y Caribî (er mai diwedd mis Medi oedd hi) i ffwrdd â ni i dre Lerwick. Gyrru'n hamddenol braf a rhoi gwich o foddhad wrth deithio trwy bentrefi bychain ar chwâl. Dunrossness; Boddam; Scausburgh; Lavenwick; Chanewick; Sandwick; Cunningsburch; Quarff ac yna prif ddinas y Shetland – Lerwick.

Mae'r tirwedd a'r tai a'r bythynnod ar chwâl yn gwneud i rywun ddychmygu mai lle fel'ma ydi'r Falklands. Neb ar droed a phob cerbyd sy'n teithio i'ch cyfarfod un ai'n canu'r corn neu y gyrrwr yn codi llaw.

O'r 22,000 o boblogaeth sydd yn yr holl ynysoedd mae 7,600 yn byw yn nhref Lerwick. Daw'r enw Ler-wick o'r iaith 'Norse' sy'n golygu un ai lleidiog neu glai – 'bae' lleidiog/clai. I gymharu â gweddill yr ynys mae'n dref gymharol ifanc a sefydlwyd yn wreiddiol yn sgîl dyfodiad y pysgotwyr penwaig o'r Iseldiroedd 'nôl yn yr ail ganrif ar bymtheg. Gan fod Swnd Buessay, bae Lerwick, yn harbwr naturiol, buan iawn y tyfodd y diwydiant pysgod, a hefyd y boblogaeth. Diwedd yr ail ganrif ar bymtheg roedd oddeutu 700 o drigolion yn y dref, a dyfodd yn sydyn i 3000 erbyn chwarter cyntaf y ddeunawfed ganrif. Pan oedd y diwydiant pysgod penwaig yn ei anterth ar ddiwedd y bedwaredd ganrif ar bymtheg, tre Lerwick a'i harbwr cysgodol oedd heb os y prysuraf yng Ngogledd Ewrop.

Heddiw, cymharol dawel ydi'r porthladd a'r dref, ac mae'n fan hyfryd i gynefino â'r daith sydd o'ch blaen i begwn gogleddol yr ynysoedd. Rhyw hanner can llath o waliau'r harbwr mae'r Ganolfan Wybodaeth ym Market Cross. O fewn y pedair wal yn y Ganolfan yma fe gewch wybodaeth am bob agwedd o atyniadau'r Shetland. Gan fod yna gymaint o gyhoeddiadau ar silffoedd y Ganolfan gallech yn hawdd iawn, a chroeso cynnes ichi wneud hyn, dreulio awr neu ddwy yn byseddu tudalennau llyfrau diddorol wrth fochel rhag y glaw.

Dros beint yn y Nyth, tafarn fechan bron ynghudd ym muriau trwchus yr hen harbwr, buan iawn fu un o drigolion ffraeth yr ardal i'n goleuo ar ôl iddo ddeall mae trenau ac ynysoedd oedd ein dileit. 'Gewch chi ddigon o ynysoedd yn y Shetland, ond mae'r orsaf drenau agosaf yn Bergen, Norwy!'

Dyma ambell i achlysur sy'n siŵr o aros yn y cof wedi'r ymweliad cyntaf:

- Sgwrs a pheint yn 'snug' tafarn y Nyth – harbwr Lerwick.
- Croesi ar y bad o Tofr i Ulsta (y brif ynys i Ynys Yell) – 20 munud.
- Croesi ar y bad o Gutcher i Belmont (o Ynys Yell i Ynys Unst) – 10 munud.
- Cinio Sul yng Ngwesty St.Magnus, Hillswick. (Y gora erioed!) Mrs McKeen, y gogyddes, nid y 'chef' (a chofied hynny!), yn ein bwydo fel tasa hi'n fam i ni.
- Cyfarfod a sgwrsio, dros beint, ym mar St.Magnus Hotel â Peter Williams (yn wreiddiol o Ddyffryn Nantlle ond wedi cartrefu yn y Shetland ers dros bymtheg mlynedd).
- 'Gwasanaeth Coffa' i John Pierce, perthynas i John Pierce Jones (Bwts) yn Burra Firth, a hitha'n fore Sadwrn stormus. (Collwyd John Pierce a'i griw i'r gogledd o Muckle Flugga dechra'r ganrif, mewn storm enbyd.)
- Cerdded traeth Westing, Ynys Unst.
- Paned o de mewn caffi glan môr yn Uyea Sound, Ynys Unst.
- A llawer mwy.

Pethau i'w hosgoi:

- Bwyd min nos yng ngwesty mwya gogleddol gwledydd Prydain, Balta Sound Hotel (yn anffodus yr unig dafarn ar Ynys Unst).
- Lounge bar y Balta Sound Hotel – gellid yn hawdd iawn a credu eich bod ym Milton Keynes neu Darlington!
- Peidiwch byth â galw trigolion yr Ynysoedd yn Albanwyr, Shetlandwyr bob amser. Fe gawsoch eich rhybuddio!

Sut i fynd i Ynysoedd y Shetland:

- P&O Scottish Ferries (hwylio o Aberdeen) Ffôn: 01224 572615 Ffacs: 01224 574411.
- British Airways (hedfan o Gaerdydd/Heathrow/Gatwick/Stanstead i Sumburgh, sef prif faes awyr Ynysoedd y Shetland) Ffôn: 01345 222111.

Hamburg

MERERID PUW DAVIES

Dinas, dinas. Mae Hamburg, y 'ddinas rydd', 'porth y byd' fel y geilw ei hun, wedi fy nifetha i ar gyfer pob dinas arall. Wrth gwrs dyma gartref y Reeperbahn a'i holl ryfeddodau amheus liw nos: ond mae yma hefyd bopeth arall dan haul. Mae'r ddinas ar y dŵr yn llawn awyr agored, a choed, a chychod, a chaffis cyfrinachol tywyll, a chorneli syfrdanol, ac orielau annisgwyl. Mae yma ddiwylliant trefol hynod gyffrous, yn cyfuno *avant-garde* diwylliannol a gwleidyddol â thraddodiad hen o lewyrch bonheddig.

Ac yn bennaf oll, mae traddodiadau a rhamant y môr mawr i'w gweld a'u clywed ym mhobman. O ganlyniad i hanes hir Hamburg fel man cychwyn a man cyrraedd i fasnachwyr, morwyr a môr-ladron mae cyrraedd yno'n antur. Gorau i gyd yw dod ar un o'r llongau mawr o Harwich neu Newcastle: fe'ch croesawir ar gyrion y ddinas gydag anthem cartref eich llong yn taranu o uchelseinydd ar y lan ac fe godir baner genedlaethol cartref y llong hefyd fel cyfarchiad iddi cyn ichi hwylio i ganol cynnwrf un o borthladdoedd pwysicaf y byd. Gellir treulio pnawn difyr iawn yn y llecyn yma, y 'Willkommhöft' neu'r 'man croeso' yn gweld y llongau'n mynd heibio a gwylio'r cyn-forwyr sy'n codi'r baneri ac yn dethol recordiau yr anthemau cenedlaethol.

Sefydlwyd Hamburg yn y bedwaredd ganrif O.C. ar yr afon Elbe rhyw drigain milltir o Fôr y Gogledd. O'r bedwaredd ganrif ar ddeg ymlaen daeth yn un o chwiorydd mwyaf nerthol Cynghrair yr Hansa. Dinas annibynnol ydoedd nes ei hymgorffori yn Almaen Bismarck ym 1871. O ganlyniad nid yw meddylfryd y ddinas yn fewnblyg ond yn allblyg, ac mae Hamburg â thraddodiad hir o annibyniaeth a hunaniaeth unigryw. Heddiw, mae'n un o daleithiau Gweriniaeth Ffederal Yr Almaen â llywodraeth leol gref yn ogystal â chynrychiolaeth yn genedlaethol, ac er 1946 fe'i rheolwyd yn ddi-dor gan yr SPD, y blaid Lafur.

Adlewyrchir traddodiad rhyngwladol Hamburg yn amlochredd cymdeithasol y ddinas. Mae yna eglwysi i forwyr o wahanol wledydd

Y porthladd o ben Eglwys Mihangel Sant

(Ditmar-Koel-Straße), a'r eglwys anglicanaidd gyntaf i gael ei chodi y tu allan i Brydain, sy'n arbennig o hardd. Yn wir, prif nodwedd treflun Hamburg yw amrywiaeth a gwrthgyferbyniad. Er enghraifft, mae yma fwy o filiwnyddion na'r un ddinas arall yn Ewrop medden nhw, er na ddeuais i, gwaetha'r modd, ar draws yr un; ond ar y llaw arall mae yma hefyd dlodi amlwg. Tueddu wnaf i osgoi'r ardaloedd crand o gwmpas llynnoedd yr Alster, sy'n fy nharo i bob amser yn ddi-chwaeth yn eu sioe o gyfoeth. I mi mae yna fwy o ramant ac o realiti yn yr ardaloedd tlotach fel Altona, St Pauli, y Karolinenviertel a'r Schanzenviertel.

A'r hyn sy'n hudolus yw bod y ddinas yn ddŵr i gyd – 23 milltir sgwâr o'r dalaith gyfan – llynnoedd yr Alster, y camlesi sy'n rhedeg iddynt, a'r Elbe. Ond nid yn unig y dŵr sy'n cyfrannu at awyrgylch Hamburg. Mae'n ddinas ifanc ei naws yn llawn cynllunio modern a chynhyrfus – er enghraifft y Chilehaus (1922-4) ac adeiladau y cyhoeddwyr Grüner & Jahr (1990), y ddau adeilad wrth y porthladd ac, mewn dwy arddull wahanol, yn dynwared ffurfiau llongau. Mae gwreiddyn y moderniaeth hwn fodd bynnag yn drychinebus: tân mawr ym 1842; colera ym 1892 orfododd yr awdurdodau i ddinistrio llawer o'r ardaloedd tlawd; a bomio didrugaredd ym 1943-5 pan laddwyd rhyw 55,000 o'r trigolion. Ond er mwyn cael cip ar yr hen Hamburg ewch i'r ardal o gwmpas eglwys Mihangel Sant a saif uwchlaw'r porthladd ac a ddaeth yn symbol o'r ddinas ac ymwelwch yno â'r Peterstraße, stryd o'r ddeunawfed ganrif. Yno ymwelwch ag amgueddfa i'r cyfansoddwr Brahms a aned yn ymyl – a chodwch law ar rif 39b lle bûm i'n byw am flynyddoedd difyr a ffôl. Yn ymyl hefyd mae adeiladau hynafol y Krameramtswohnungen, elusendai a godwyd i weddwon masnachwyr yn yr ail ganrif ar bymtheg. Ond mae rhai elfennau o draddodiad pensaernïol Hamburg yn llai amlwg. Er enghraifft, arferid hyd y ganrif hon dwyllo'r llygad trwy godi ffasâd crand tua'r stryd – a'r tu ôl iddo deras cyfan o dai rhad a thlawd. Mae enghreifftiau o'r strydoedd cudd yma i'w gweld yn Simon-von-Utrecht-Straße 14 a 17-18. Ac agwedd gudd arall o'r bensaernïaeth drefol yw treftadaeth Iddewig Hamburg. Cyn dechrau'r cyfnod Natsïaidd dim ond tair cymuned Iddewig fwy oedd yna yn yr Almaen gyfan; heddiw dim ond 0.1% o'r boblogaeth sy'n Iddewon. Ond mae olion y gymuned i'w cael yma ac acw. O'r golwg o'r stryd y codwyd y synagogau oherwydd felly y gorchmynnodd deddf ym 1710, ac os ewch chi i mewn i'r iard yn Poolstraße 12-13 mi welwch olion synagog (1842-4) sydd bellach yn garej: cyfuniad anesmwyth.

Heddiw mae yna wrthdaro a dadlau cyson yn Hamburg ynglŷn â sut mae cynllunio dinas gwerth byw ynddi. Mae yma boblogaeth ddigartref sylweddol debyg i ddinasoedd mawr Prydain, ac adeiladau dirifedi'n sefyll yn weigion a datblygiadau masnachol newydd ac ansensitif yn bygwth disodli cymunedau traddodiadol, a thlawd gan amlaf. Ond ers y chwedegau daeth Hamburg yn fan protest amlwg dros gartrefi. Y mwyaf adnabyddus o'r achosion hyn oedd yr Hafenstraße a ddaeth yn enwog trwy'r Almaen gyfan. Stryd yw hi ar lan y porthladd lle penderfynwyd dymchwel cartrefi ar gyfer datblygiadau busnes. Yn ystod yr wythdegau meddiannwyd y stryd gan brotestwyr ac erbyn heddiw wedi ymdrechion lu – a therfysgol gan amlaf – ar ran yr awdurdodau i symud y protestwyr cytunodd y ddinas gyda chefnogaeth llawer o'r cyhoedd na ddylid dymchwel y cartrefi. Heddiw, mae'r tai yn edrych yn cŵl a radical o hyd efo murluniau a baneri a sloganau cyfoes drostynt, ond mae'r cartrefi'n ddiogel ac yn symbol o ddatblygu dinesig doeth – ac yn atynnu twristiaid. Mae'r protestio dros gartrefi a thros fywyd lleol yn parhau; erbyn heddiw yn bennaf yn ardal y Schanzenviertel lle saif ar stryd Schulterblatt hen theatr y Flora sydd hefyd wedi ei meddiannu ers yr wythdegau. Heddiw y *die rote Flora,* 'y Flora goch' yw hi, a bu yn ganolfan bwysig ym mywyd yr ardal, er nad yw'n orlewyrchus erbyn hyn.

Pan gyrhaeddwch chi Hamburg y peth cyntaf i'w wneud yw darganfod y porthladd – dyma hanfod a chalon y ddinas. Ewch am dro ar lein U3 yr U-Bahn, y trên dinesig – mae'r siwrnai rhwng y brif orsaf reilffordd a gorsaf Landungsbrücken yn cynnig panorama fendigedig o'r porthladd. Disgynnwch yn Landungsbrücken, sef y cei canolog. Os yw'r tywydd yn braf, mwynhewch frechdan bysgod a *Pils* lleol (Astra neu Jever) yn un o'r stondinau a gwyliwch y porthladd wrth ei waith. Yn ymyl y cei mae un o drysorau digri y ddinas: y twnnel cyntaf gloddiwyd o dan yr Elbe (1907-11). Mae lifftiau mawr i geir a rhai llai i bobl yn eich gollwng i grombil y ddaear. Un o'r profiadau mwyaf rhyfeddol a gefais erioed oedd cerdded adref yn oriau mân y bore heibio ceg y twnnel a chlywed cerddoriaeth yn codi o'r gwyll. Wrth fentro i lawr yno, yn syfrdan ac yn crynu yn fy sodlau hefyd, dyna lle'r oedd sacsoffonydd yn canu ei offeryn a'i wyneb tuag at y wal. Ymddengys mai yma mae acwsteg gorau Hamburg! Ac mae'r twnnel ei hun yn werth ei weld yn ogystal â'i glywed. Mae yno ryw olau gwyrdd, fel petai o dan y dŵr, a gwaith seramig mewn arddull *Jugendstil* ar y waliau yn dangos bywyd y môr. Ger Landungsbrücken hefyd mae siop anhygoel Harrys Hafenbasar yn Bernhard-Nocht-Straße 63. Wedi talu tâl mynediad bychan mi ewch ar goll mewn labyrinth o selerydd sy'n rhedeg o dan chwe thŷ yn llawn trysorau a thrugareddau o bedwar ban byd, ogof Aladin go-iawn. Ac wrth wylio'r porthladd dychmygwch y cannoedd o longau a ddaeth yma o Gymru yn y ganrif ddiwethaf, o Borthmadog yn bennaf, yn llwythog o lechi i doi tai Gogledd yr Almaen – mae'n bosib fod mwy o lechi Cymru wedi'u hallforio i Hamburg nag i unrhyw borthladd tramor arall. Ac oddi yma, mi welwch ar draws yr afon gysylltiad diwydiannol mwy cyfoes â Chymru, sef ffatri Aerofod sy'n cydweithio gyda'r ffatri Aerofod yn Broughton, Sir y Fflint, i adeiladu'r 'Airbus'.

Wedyn, mi ddylech fynd ar daith mewn llong bleser o gwmpas y porthladd. Ewch ar gwch sy'n cynnig ymweliad â'r Speicherstadt, sydd fel pentref cyfan o stordai mawr hardd lle caiff masnachwyr storio nwyddau am flynyddoedd os oes angen heb dalu tollau mewnforio. Mae'r Speicherstadt yn un arall o ddatblygiadau trefol uchelgeisiol Hamburg (1888) – gorfodwyd 20,000 o bobl i adael eu cartrefi er mwyn ei godi – ond hefyd yn un o fannau mwyaf cofiadwy y ddinas. Mae'n byrlymu o ramant am drysorau pellennig – ac o weithgarwch, o bobl yn danfon a llwytho carpedi o Iran, Afghanistan neu Dwrci, yn profi te a choffi, neu'n dethol perlysiau. Mae yma amgueddfa berlysiau hefyd sy'n werth ei gweld. Ond wrth i'r sylwebydd yn y cwch frolio maint, pwysigrwydd a phrysurdeb y porthladd, cofiwch am y rheini na chânt eu crybwyll, y cannoedd o gaethweision o'r gwersyll crynhoi cyfagos yn Neuengamme a orfodwyd i weithio yma yn y tridegau a'r pedwardegau dan amodau annynol ar gyfer cwmnïau sy'n llwyddiannus hyd heddiw. Os mai'r hanes cymdeithasol yma sy'n mynd â'ch bryd, cysylltwch â chriw'r 'Alternative Hafenrundfahrt' sy'n trefnu teithiau a sylwebaeth mwy miniog na'r arferol (ffôn: 241031). Ac ar ddiwrnod arall ewch yn ôl i Landungsbrücken a dal fferi. Mae yma wasanaeth rheolaidd a rhad i nifer o lefydd diddorol cyfagos, er enghraifft Oevelgönne, hen bentref pysgota sydd bellach yn adnabyddus am ei dai bwyta a'i dafarndai ac am amgueddfa gychod.

Wedi ymdrwytho yn ysbryd y porthladd, ewch i weld beth wnaeth y *Pfeffersäcke* – y 'sachau pupur', y llysenw a roddwyd i'r masnachwyr cyfoethog, ar ôl un o'u nwyddau mwyaf drudfawr – efo'u holl arian. Ynghanol y ddinas fel welwch lynnoedd yr Alster; mae gwasanaeth fferi yma hefyd yn yr haf yn ogystal â gwibdeithiau â sylwebaeth gwerth chweil ar hyd afonydd a chamlesi eraill Hamburg. Crwydrwch bromenâd ffasiynol y Jungfernstieg a galwch yn yr Alsterpavilion (sefydlwyd ym 1799, ond adeilad modern), *café* swel ac un o fannau cyfarfod mwyaf adnabyddus Hamburg efo clamp o deras a ffenestri dros y llyn. Ac yna ewch i weld yr holl siopau gwirion o ddrud yn y 'Passagen' – y rhodfeydd o gwmpas y Jungfernstieg a'r Gänsemarkt. Ond os nad ydych wedi cyfarfod un o'r aml filiwnyddion yn yr Alsterpavilion yn y Mönckebergstraße mae'r siopau mwy rhesymol. Wrth yr Alster hefyd mae Neuadd y Ddinas (a godwyd 1886-97), adeilad sy'n adlewyrchu holl hunanhyder Hamburg yn y ganrif ddiwethaf: mae yno fwy o stafelloedd nag ym Mhalas Buckingham medden nhw, a chynlluniwyd y sgwâr o'i blaen ar fodel sgwâr Marc Sant yn Fenis. Wel, yn ddi-os mae yna ddigon o ddŵr. A sylwch ar y gofeb ryfel a gynlluniwyd gan y cerflunydd mynegiadol Ernst Barlach ym 1931. Yn wreiddiol roedd arni ddarlun mam a phlentyn yn galaru ond tynnwyd y rhain gan y Natsïaid am nad oedden nhw'n ddigon rhyfelgar, a rhoi eryr y *Reich* yn eu lle. Dadwnaethpwyd yr hwliganiaeth yma ym 1949. Ar y sgwâr yma hefyd mae cofeb fodern i Heinrich Heine (1797-1856), un o feibion mwyaf adnabyddus Hamburg, bardd, Iddew a sosialydd cynnar fu'n byw'n alltud am flynyddoedd.

Beth wedyn? Tra bo prif swyddogaeth yr afon Elbe yn ddiwydiannol mae ganddi hefyd draeth a pharciau a llwybrau seiclo tua'r gorllewin. Os eisteddwch chi ar y traeth fin nos yn yr haf a hanner-cau eich llygaid, mi dybiech mai rhuo'r môr mawr yw rhuo'r crenau a'r llongau ac mai sêr dirifedi y Caribî yw'r holl lusernau a llifoleuadau pell yn y porthladd. Ond cofiwch mai ffolineb fuasai ymdrochi yn y dyfroedd llygredig yma – er bod y neiniau a'r teidiau yn cofio gallu gwneud hynny. Mae gan Hamburg hefyd amgueddfeydd ardderchog, gan gynnwys amgueddfa hanes y ddinas, y Museum für Hamburgische Geschichte, ac oriel ddarluniau, y Kunsthalle, sydd â champweithiau rhamantaidd Almaenig arbennig, er enghraifft o waith Caspar David Friedrich. Ond mae dwy amgueddfa arall yn sefyll allan imi. Un yw'r Amgueddfa Gelf a Chrefft, yn rhannol am fod yno gasgliadau gwerthfawr, yn enwedig o ddodrefn *Jugendstil,* ond ocê, mi gyfaddefaf, yno hefyd gefais i ddêt rhamantus mwyaf tyngedfennol fy hanes yn Hamburg. A'r llall yw amgueddfa Barlach ym Mharc Jenisch, eto ar lan yr afon; mae'n arddangosfa anarferol o rymus. Neu ymwelwch â mynwent Ohlsdorf, mynwent fwyaf Ewrop os nad y byd, tyst cyfoethog i eiconograffeg cofiant. Neu – er mwyn profi math gwahanol o gofiant – ewch i Neuengamme lle mae arddangosfa newydd eang ar faes yr hen wersyll crynhoi.

Ac wrth gwrs mae bywyd nos Hamburg yn fyd-enwog, a'r dyletswydd hwyrol cyntaf yw ymweld ag ardal St Pauli. Stryd fawr St Pauli yw'r Reeperbahn anfad. Mae'n werth ei gweld ac yn ddigon saff erbyn heddiw gan mai i'r dwyrain, yn ardal St Georg bellach mae'r dihirod a'r peryglon go-iawn. Stryd enwog arall St Pauli yw'r Große Freiheit, lle safai'r Star Club lle perfformiai'r Beatles ym 1962. Mae'r Star Club wedi ei ddymchwel ond credaf i'r band chwarae hefyd yn y Kaiserkeller, Große Freiheit 36, ac mae fan'ny'n dal i fynd. Ac os gallwch chi stumogi'r *sexual politics* ewch i weld yr

Y cei (Landungsbrüchen) a bad pleser

Herbertstraße, stryd lle na chaiff dim ond dynion fynd iddi ac ymgorfforiad o syniadau gwaethaf pawb am ardal golau coch Hamburg.

Wedi aros ar eich hysgafndraed drwy'r nos, yr unig ddiweddglo teilwng a thraddodiadol yw brecwesta'n bysgodlyd yn y Fischmarkt, yr hen farchnad bysgod ar lan yr Elbe yn St Pauli bob bore Sul, o 5-10 y.b. yn yr haf a 7-10 y.b. yn y gaeaf. Mi gewch chi gerddoriaeth fyw a marchnad liwgar anferth, a gorffen eich gwibdaith trwy Hamburg yn ôl yn y man cychwyn, y porthladd – canol a chalon y ddinas.

MANYLION YMARFEROL

Iaith
Almaeneg – ond mi lwyddwch efo Saesneg. Mae'r dafodiaith draddodiadol, *Plattdeusch,* yn anarferol iawn bellach.

Trafnidiaeth
Dibynnwch ar y drafnidiaeth gyhoeddus fendigedig a phrynwch docyn tridiau i'r trenau, y bysus a'r cychod. Ar gyfer ceir mawr, mawr, cyflym, cyflym, nid beics, y trefnwyd strydoedd Hamburg yn y degawdau ers y rhyfel, er bod y ddarpariaeth i bobl ar gefn beic yn llawer gwell nag ym Mhrydain.

Tywydd
Digon ohono! Mehefin a Gorffennaf sydd orau.

Prisiau
Costus – fel pobman yn yr Almaen, a gwaeth. Ond yn werth pob *Pfennig.*

Llyfrau
Os medrwch Almaeneg, y tywysydd gorau yw: gol. Werner Skrenny, *Hamburg zu Fuß* (Hamburg: VSA-Verlag, 1992).

Coginio

… unigryw. Yn ôl tywysydd Baedeker gyhoeddwyd ym 1951 dyma'r unig goginio Almaenig â bri rhyngwladol. Pawb at y peth y bo medde fi, ond os daethoch ar draws y miliwnydd bondigrybwyll, ewch i'r Old Commercial Room, Englische Planke 10 sy'n arbenigo mewn *cuisine* lleol. Ond mae yna ddigon o lefydd eraill da, er enghraifft ger y Landungsbrücken, neu'r Ratskeller o dan Neuadd y Dinas. Cryfder bwydlen Hamburg yw pysgod – profwch *Matjes* (penwaig ifanc) ac *Aalsuppe* (potes llysywen efo ffrwythau a chig moch). Ac wrth gwrs, *Labskaus,* sy'n fwy cyfarwydd i ni fel lobsgows. Tarddiad cyffredin sydd i'n lobsgows ni a'u *Labskaus* nhw, sef coginio morwyr o Norwy a ddaeth i Gymru trwy borthladd Lerpwl. Ond mae eu *Labskaus* nhw yn rhyfeddol o wahanol, yn cynnwys cig eidion wedi ei biclo, tatws, penwaig a bresych coch i gyd wedi eu hylifo i botes trwchus pinc efo wy am ei ben. I'r glewion yn unig. Ond mae coginio Hamburg yn rhyngwladol: mae'r holl lefydd bwyta Twrcaidd yn Altona, er enghraifft, hefyd yn rhan o ddiwylliant cogyddol y ddinas.

Bywyd nos

Cadwch lygad ar adran faterion lleol y *tageszeitung* a'r *Morgenpost,* y papurau dyddiol, a chylchgronau fel *Szene* ac *Oxmox.*

Yn St Pauli mae'r bywyd nos mawr. Ewch i Schmidt's ar y Reeperbahn i brofi cabaret (rhaid cael tocynnau ymlaen llaw, mae'n boblogaidd). Yn y Prinzenbar yn ymyl mae 'na awyrgylch go-iawn ac mae'r jazz neu gerddoriaeth fyw arall ar nos Sul o safon. Y Kir (Max-Brauer-Allee) yw clwb 'indie' gorau'r ddinas. Os am arlwy fwy anarferol, ymwelwch a'r Fabrik yn Altona, un o ganolfannau cerddoriaeth amgen fwyaf adnabyddus yr Almaen, y Markthalle (Klosterwall), neu'r Flora. Fy hoff ardal anghonfensiynol o drendi liw nos yw'r Schanzenviertel. Mae Exil a Saal II ar Schulterblatt yn ffasiynol, fel Frank und Frei (Schanzenstraße 93). Os am noson fwy sidêt profwch y Café Fees yn nghefn y Museum für Hamburgische Geschichte lle'r aiff y bobl hardd, a'r llefydd dymunol o gwmpas y Großneumarkt yn ymyl. Yn yr haf, ewch i'r Strandperle, *y lle* i wagswmera ar y traeth. Neu, am ddifyrrwch llwyr wahanol a heb ei ail, yn ystod misoedd yr haf mae yna sioe anhygoel yn y parc Planten un Bloumen am ddeg bob nos – ffynhonnau a goleuadau yn 'dawnsio' i gerddoriaeth glasurol am hanner awr gyfan.

... a bore
Un o arferion mawr Hamburg yw brecwesta a'r lle gorau i wneud hyn heblaw am y Fischmarkt yw'r Café Klatsch (Glashüttenstraße) o ddeg o'r gloch ymlaen. Mae yna ardd gudd ar agor yn yr haf.

Theatrau/Opera
Y Deutsches Schauspielhaus (gwasanaeth poenus o araf yn y bwyty – gwell ei osgoi) yw'r theatr fwyaf diddorol. Dyma un o brif ganolfannau drama yr Almaen – nid yw'n dioddef o'r un toriadau mewn ariannu'r celfyddydau ag a welwn ni gartref. Y canlyniad yw theatr arloesol. Mae'r theatr Thalia yn cynnig rhaglen fwy draddodiadol sydd hefyd yn ardderchog. Os ydych yn fodlon mentro cael siom, arhoswch tan awr cyn y perfformiad a phrynu tocynnau mantais os oes rhai ar ôl. Mae'r un system hefyd yn y Staatsoper, un o dai opera mawr Ewrop. Yn y Musikhalle yn ymyl mae yna bob amser gyngherddau o safon rhyngwladol. I'r gogledd o'r Alster mae canolfan gelfyddydau Kampnagel, yn hen adeiladau ffatri haearn Nagel & Kaemp. Mae yma sinema, theatrau, neuaddau ac arddangosfeydd ac mae'n ofod diwylliannol cynhyrfus. Mae yna theatr broffesiynol Saesneg ei hiaith yn Lerchenfeld 14 a pherfformiadau *Plattdeutsch* yn yr Ohnsorgtheater, Großer Bleichen 23.

Gdansk – Danzig

Y dref, yr afon a'r dociau o dŵr yr eglwys

HEINI GRUFFUDD

Affiniau Cymru wedi bod fwy neu lai'n sefydlog ers mil a hanner o flynyddoedd, mae'n anodd dychmygu bywyd mewn dinas sydd wedi newid y genedl y perthyn iddi sawl gwaith yn y cyfnod hwnnw, a hefyd yn ystod y ganrif hon. Dychmygwch hefyd fod y ddinas hon wedi ei dinistrio'n llwyr ac wedi ei hailgodi wedyn.

Dyna yw Gdansk. Mae canol y ddinas ganoloesol hon wedi ei hailgodi'n llwyr ers chwalfa'r Ail Ryfel Byd. Mae hi fel Amsterdam heb y camlesi, a gogoniant yr hen adeiladau, a phensarnïaeth yr Almaen a'r Iseldiroedd, i'w gweld eto yn y strydoedd a'r tai.

Ond i ddeall y ddinas, rhaid gwybod bod 400,000 o siaradwyr Almaeneg yn byw yma cyn yr Ail Ryfel Byd, a rhyw 16,000 yn unig o siaradwyr Pwyleg. Yma y taniwyd ergydion cyntaf yr Ail Ryfel Byd – gan long ryfel Almaenig a oedd am feddiannu'r tir o gwmpas Westerplatte, yn yr harbwr, a thrwy wneud hynny gipio'r llain o dir a oedd yn cydio dinas rydd Danzig wrth y môr. Byddai'r Danzig Almaenig ac Almaeneg wedyn yn rhan eto o'r Almaen. Wedi'r bomio erchyll – a wnaed gan y Rwsiaid wrth iddynt geisio sicrhau na fyddai'r Almaenwyr byth yn ailfeddiannu'r ddinas, ar derfyn y rhyfel – rhoddwyd y ddinas i Wlad Pwyl.

Yma hefyd, yn y maes dociau yn ystod yr wythdegau, y blodeuodd undeb Solidarnosc a sicrhaodd o dan lywyddiaeth garismatig ei arweinydd Lech Walensa ddiwedd gafael Comiwnyddiaeth ar wledydd canol a dwyrain Ewrop.

Bu Danzig/Gdansk felly'n rhan o'r Almaen ac o Wlad Pwyl. Ond hawlir hir hefyd gan wlad arall, Kashubia. Mae Kashubia'n un o wledydd bychain Ewrop, a chanddi ei hiaith ei hun, a siaredir heddiw gan ryw 50,000 o bobl yn ôl un amcangyfrif a chan 100,000 gan amcangyfrif arall. Cafodd yr iaith ei sathru gan system addysg yr Almaen pan oedd y wlad o Gdansk hyd at y ffin bresennol â'r Almaen o dan reolaeth y wlad honno. Bellach bu tipyn o adfywiad.

Ar ben hyn ôl, taflwch fil o flynyddoedd o hanes cyffrous, bwyd

Y brif stryd, Dluga a neuadd y dref

da, poteli di-rif o fodca, llwythi o drysorau ambr, canu gwerin a chlasurol, afon a thraethau, Catholigiaeth a chenedlaetholdeb, maestrefi concritaidd, gwlad o fryniau, coed a llynnoedd, ac fe gewch syniad go lew o'r hyn sy'n eich disgwyl.

Mae sawl dull o gyrraedd Gdansk. Gyda'r car, bydd rhaid teithio trwy'r Almaen, ac ar y draffordd heibio i ddinas Berlin. Mae modd dal trên, hefyd trwy Berlin. Mae gan Gdansk hefyd faes awyr bychan, a gellir hedfan yno'n syth, neu hedfan o Heathrow i Warsaw, a hedfan oddi yno i Gdansk. Os dewiswch y dull olaf, ewch o brif adeilad maes awyr Warsaw ac i'r dde ryw ganllath i fynedfa'r adeilad sy'n delio â hediadau cartref. Ar bob cyfrif gwrthodwch gynnig y swyddog a ddaw atoch i ddweud eich bod wedi colli'r awyren i Gdansk, ac a fydd yn cynnig tacsi i fynd â chi yno am ryw $300. Mae'n o debyg y bydd yr awyren yn hwyr, ond o'i cholli, byddai dal y trên yn rhatach.

Wrth ddynesu at y dref, gan yrru heibio i strydoedd llwydion y blociau digymeriad a godwyd gan y drefn Gomiwnyddol, does dim awgrym fod perl o'ch blaen. Mae'r hen dref yn llechu rhwng y rheilffordd a'r briffordd i'r gorllewin a'r afon i'r dwyrain, a rhwng stryd Podwale Presmiejskie (gynt Al.Leningradzka: mae nifer o'r enwau wedi newid ers y cyfnod Comiwnyddol) i'r de a chamlas Raduni i'r gogledd.

Mae hen furiau trefol yn amgylchu rhannau o'r dref, ac i fynd i mewn i'r strydoedd culion rhaid cerdded trwy byrth addurnedig. Mae'r brif stryd yn rhedeg o'r gorllewin i'r dwyrain, ac ar bob pen mae'r pyrth: dau borth heb fod ymhell iawn o'r orsaf, sef Brama Wyzynna, y Porth Uwch, sy'n sefyll ar ei ben ei hun a Zlota Brama, y Porth Aur. Ar ben pella'r stryd, yn ffurfio un pen i'r prif sgwâr, ger yr afon, mae adeilad cain y Zielona Brama, y Porth Gwyrdd. Mae cerdded i mewn i'r stryd hon, sydd heb draffig, fel camu i mewn i stryd o'r Oesoedd Canol, gan fod llawer o'r adeiladau wedi eu codi yn wreiddiol yn y bymthegfed ganrif a'r unfed ganrif ar bymtheg. Ar ganol y stryd ceir y brif swyddfa bost, lle gwerthir cardiau ffôn ar gyfer y system ffôn newydd effeithiol, ac ychydig yn nes ymlaen mae neuadd y dref, gyda'i thŵr uchel a chloc, a adeiladwyd yn wreiddiol yn y bedwaredd ganrif ar ddeg. A hithau ar ganol ei hadnewyddu, bydd gwaith rhyfeddol crefftwyr yr Iseldiroedd a Gwlad Belg o'r unfed ganrif ar bymtheg a'r ail ganrif ar bymtheg i'w weld ar ei orau unwaith eto. Mae amgueddfa hanes yno, a gwledd yn y bwyty hardd oddi tano.

Rai camau ymhellach dewch at ffynnon a cherflun o Neifion, a'r tu ôl iddo Lys Artus (Dwór Artusa) sydd wedi ei adnewyddu'n wych, a bellach yn neuadd gyngerdd. Byddwch erbyn hyn yn y prif sgwâr, Dlugi Targ, gyda'i adeiladau hardd, sy'n cynnwys y Tŷ Aur wrth Lys Artus, y Porth Gwyrdd ar y pen, a oedd yn breswylfan wyliau frenhinol, a Gwesty Jantar ar y dde. Mae stondinau cwrw'n cynnig cadeiriau a byrddau ar y sgwâr, ac yn sicr dyma un o sgwarau hyfrytaf

Ewrop: dim traffig, pensaernïaeth Othig, cwrw da a danteithion ddigon gerllaw. Mae swyddfa dwristiaeth yma, bar seler swnllyd i bobl ifanc, bariau seler a cherddoriaeth fodern a jazz, siopau ambr, oriel gelf, lle bwyta (drud) rownd y gornel yn Powroznicza, a stondin popcorn a selsig rhad. Ym 1996 cafodd llawer o'r adeiladau hyn eu hadnewyddu – ar ôl cael eu hailadeiladu dro'n ôl, ac mae'r cyfoeth o gerfwaith carreg ac o furluniau cain yn rhyfeddol.

Nid yw'n anodd sylweddoli bod dyn yn un o brif drefi y Cynghrair Hansa canoloesol a reolai fasnach Môr y Baltig am ganrifoedd; dyna, efallai, sy'n peri bod Gdansk yn ddinas gartrefol i rai sy'n gyfarwydd â dinasoedd a threfi'r Iseldiroedd a'r Almaen.

Mae Afon Motlawa i'w chyrraedd trwy'r Porth Gwyrdd. Rownd y gornel mae nifer o gaffes ar lan yr afon, stondinau ambr a phethau eraill, a glanfa llongau pleser. O'r fan hon mae modd mynd ar long i rannau eraill o'r gytref y mae Gdansk yn rhan ohoni – sef Sopot a Gdynia. Mae'r daith yn un hynod ddiddorol. Mae milltiroedd o feysydd llongau a dociau enwog Gdansk i'w gweld. Mae modd disgyn yn Westerplatte, a thro chwarter awr yw hi i'r cerflun enfawr a godwyd i nodi man cychwyn yr Ail Ryfel Byd. Mae yno hefyd gofeb i filwyr Gwlad Pwyl a fu farw yn y frwydr gyntaf, olion baracs ac amgueddfa fach, ac ie, siop yn gwerthu ambr.

Wedi taith fer ar y môr agored cyrhaeddir Sopot, tref wyliau braf, a digon o lefydd bwyta, a thraeth eang. Mae amheuaeth am lendid dŵr y môr yn yr ardal, ond ar ddydd o haf, mae'n lle braf i ffoi. Mae pier hir yn lanfa longau ac yn arwain at sgwâr eang, wedi ei adeiladu yn y dull Sofietaidd. Rhaid mynd trwy glwyd i gyrraedd y dref ac ar y ffordd yn ôl bydd rhaid ichi dalu zloty neu ddau i ddychwelyd i'r ardal hon.

Mae'n werth cael seibiant mewn caffe ar ochr y ffordd i wylio'r dyrfa ffasiynol yn mynd heibio, a digon posib y cewch sgwrs â rhai brodorion, sy'n ddigon eiddgar i ddefnyddio'u Saesneg, er mwyn

Cerflun Neifion a'r prif sgwâr, Dlugi Targ

mynegi eu hannibyniaeth o Rwsia ac o'r Almaen. Daeth un atom gyda'i fab, a'i dristwch ef oedd i'w fab golli'i swydd ym maes llongau Gdansk, wrth i'r Comiwnyddion – a ddaeth eto i reoli'r wlad wedi i Lech Walesa golli ei boblogrwydd (er bod pawb y siaradais â hwy yn gwrthwynebu'r Comiwnyddion newydd) – benderfynu cau'r rhan fwyaf o'r maes llongau, o bosib am resymau gwleidyddol.

Yn ôl yn Gdansk, yr ail borth i fyny'r afon yw'r fynedfa i Mariacka, y brif stryd ambr, lle mae'r siopau drutaf a gorau, er nad ydyn nhw'n ddrud yn ôl safonau'r gorllewin. Ar ddiwrnod braf bydd cerddorion ifanc yn canu gweithiau hudolus cyfansoddwyr yr ail ganrif ar bymtheg rhwng cerflunwaith carreg hynod y stryd hon. Ychydig ymhellach ar hyd yr afon dewch at Grân Gdansk, sy'n perthyn i'r bymthegfed ganrif, ac sydd ar bob cerdyn post. Dyma'r crân canoloesol mwyaf yn Ewrop, meddir. Yno yn awr mae Amgueddfa Forwrol sy'n cynnwys modelau o longau a adeiladwyd yn y maes dociau ers yr Ail Ryfel Byd.

Y tu ôl i neuadd y dref mae Eglwys Fair (Kosciól Mariacka). Mae'n adeilad bric coch enfawr, fel gweddill eglwysi'r ddinas sy'n orlawn ar y Sul ac adegau gwasanaeth, ond mae'r tu mewn, fel yr eglwysi eraill eto, yn annisgwyl o olau. Mae yma gloc seryddol o'r bymthegfed ganrif, a nifer o weithiau artistig. Rhaid dringo'r tŵr, heibio i'r clychau, ac o'r copa ceir golygfa wych dros y dref a'r meysydd llongau. Rai camau i'r gogledd o'r eglwys, mae Canolfan Kashubia, sy'n gwerthu nwyddau gwerin, a lle mae modd cael rhagor o wybodaeth am y wlad fechan hon.

Mae'r holl strydoedd yn yr ardal hon yn werth eu crwydro, ac fe ddewch ar draws nifer helaeth o eglwysi, a llu o ddynion â mwstas, y gallech dyngu mai Lech Walesa ydynt oll. Mae muriau'r dref a'r adeiladau cynnar yn dyst o'r camsyniad gwleidyddol a wnaeth y trigolion Prwsiaidd gwreiddiol, sef gwahodd y marchogion Tewtonaidd i'w hamddiffyn rhag ymosodiadau gan Margrafiaid Brandenburg o'r gorllewin. Daeth y marchogion ym 1308, ond y drwg oedd iddyn nhw ladd y trigolion lleol yn ogystal â'r gelyn. Daeth teyrnasiad y marchogion i ben ym 1454, a daeth Gdansk yn ddinas annibynnol a dalai dreth flynyddol i frenin Gwlad Pwyl. Cafwyd cyfnodau o lewyrch am ganrifoedd wedyn, ond ddiwedd y ddeunawfed ganrif meddiannwyd y ddinas gan y Prwsia Almaenig. Ailsefydlwyd Gdansk yn ddinas rydd wedi'r Rhyfel Byd Cyntaf, ac ym 1945 cafodd ei bomio'n ulw gan y Rwsiaid wrth iddyn nhw 'ryddhau' y ddinas eto.

Ymhlith adeiladau hardd eraill y dref mae hen felin (Wielkie Mlyn). Cafodd yr hen felin hon sydd yng nghanol yr hen dref (ar ynys yn y gamlas, Kanal Raduni, ger Stryd Podmlynska) ei chadw o ran ei muriau allanol, ond ei newid yn llwyr y tu mewn. Codwyd hi ganol y bedwaredd ganrif ar ddeg gan y Marchogion Tewtonig, a hon oedd y fwyaf, meddir, yn Ewrop yr Oesoedd Canol. Erbyn hyn, fodd bynnag, mae'n cynnwys nifer helaeth o siopau llachar sy'n gwerthu dillad a nwyddau gorllewinol.

Ond un o'r mannau mwyaf diddorol yw'r lleiaf hardd, sef mynedfa'r maes llongau. Gallwch ei chyrraedd wrth gerdded i'r gogledd ar hyd unrhyw un o'r prif strydoedd: o'r orsaf ar hyd Podwale Grodzkie a Waly Piastowkie, gan fynd heibio i swyddfeydd Solidarnosc, neu ar hyd Wielkie Mlyny o'r hen felin.

Mae cofgolofn drawiadol, dal iawn, ar ffurf angor a chroes, ar ganol cylch eang o dir, i goffáu gweithwyr a laddwyd yn nherfysgoedd 1970, a choflech a cherfluniau eraill i gofio am eraill a laddwyd yn ystod y gwrthdaro â'r system Gomiwnyddol. Yma trwy'r 80au bu Solidarnosc yn herio ac yn trefnu'r gweithwyr gan arwain at Drafodaethau'r Ford Gron, y cam cyntaf at rannu pŵer, ac at etholiadau. Heddiw, fodd bynnag, nid prysurdeb gweithwyr dociau welwch chi, ond un sied fach sy'n gwerthu cofroddion Solidarnosc, yn grysau-T, agorwyr poteli a lluniau o Margaret Thatcher a'r Pab.

Does dim gormod o lefydd aros yn Gdansk, ond mae sawl gwesty yng nghanol y dref. Mae'r lleoliad gorau gan Hotel Jantar, yn y prif sgwâr, Dlugi Targ, rhif 19 – heb fod yn rhy ddrud, ond gall fod yn weddol amheus ei adnoddau – y gawod ddim yn rhy effeithiol bob amser, a gall tipyn o sŵn godi o'r stryd islaw hyd at oriau mân y bore. Mae gwesty Hewelius (ul.Heweliusza 22), a redir gan Orbis, yn fawr ac yn fodern, yn agos at ganol y dref ond yn fwy costus. Mae nifer o westai llai a thai preifat yn cynnig lle a gallech wneud yn waeth na holi am y mynachdy Ffransisgaidd, ger canol y dref, sydd yn Dom Pojenania i Spotkan, Ulíca Swietej Trójcy 4. Gyferbyn â hwn mae'r Amgueddfa Genedlaethol, mewn rhan o'r eglwys, ac ymhlith ei thrysorau mae darluniau allor trawiadol.

Mae swyddfa lety yn Biuro Sakwaterowan, yn Ul.Elsbietanska, gyferbyn â'r orsaf reilffordd. Byddai'n ddoeth trefnu o flaen llaw. Mae dwy hostel ieuenctid yn agos at yr hen dref, sef yr un yn

Ul.Walowa, 21, rhyw ddeng munud o'r orsaf, a'r llall yn ul.Karpia 1, ger y gamlas ar ymyl ogleddol yr hen dref. Mae gwersylloedd ar gael i'r gogledd o'r dre; mae un yn ardal Brzezno yn Al.gen J.Hallera (gynt Al.Marska) a'r llall ger y traeth yn Jelitkowo, yn Ul. Jelitkowska 23. Serch hynny, mae pethau'n newid yn feunyddiol.

Mae digon o lefydd bwyd da ar gael yn y brif stryd, ac o gwmpas. Mae'r brif stryd, serch hynny, dipyn yn ddrud, a chewch lawer gwell bargen mewn strydoedd cyfagos. Mae bwyty Arno, er enghraifft, yn stryd Tkacka, i'r dde o waelod stryd Dluga, sy'n barhad o'r prif sgwâr, yn cynnig prydau digonol. Ym 1996 roedd modd cael pryd cig eidion wedi ei goginio'n hynod dyner gyda ffrwythau, ac yna fefus, hufen iâ a chwrw am ryw 8 zloty – tua dwy bunt. Maen nhw'n cynnig bwyd Eidalaidd, ond cystal manteisio ar fwyd Gwlad Pwyl, gyda chigoedd blasus, a chawl betys.

Mae ambell le pizza newydd wedi ymddangos, ond gall y rhain fod yn eitha diflas. Mae'r un yn stryd Piwna ger Eglwys Fair i'w osgoi, ond ar bob cyfrif manteisiwch ar y bwyty pizza ger y lanfa long ar Afon Motlawa. Mae llawer o'r llefydd bwyta, serch hynny, yn cau'n gynnar – erbyn tua 9 neu 10 y nos, felly ewch yn gymharol gynnar. Ond bellach yn y strydoedd ger y brif stryd, er enghraifft stryd Chlebnicka, mae rhai ar agor tan yr oriau mân.

Mae'r Pwyliaid ar hyn o bryd yn ymffrostio bod cwrw'n dechrau dod yn fwy poblogaidd na fodca. Mae'r cwrw lleol – e.e. Hewelius – yn hynod flasus. Ond allwch chi ddim mynd heb brofi'r fodca, sydd ar ei orau wedi ei weini'n oer. Y tebygrwydd yw y cewch botelaid yn lle gwydraid, ond fydd hynny ddim yn gwneud gormod o dwll yn eich poced, ac os oes gennych gwmni, byddwch mewn hwyliau da tan oriau mân y bore. Mae sawl math o fodca y mae'r Pwyliaid yn falch ohono, gan gynnwys Zubrowka, un a deilen o laswellt beison ynddo (anodd gweld bod hwn yn wahanol i unrhyw laswellt arall), a Goldwasser, sy'n cynnwys dail aur a lyncwch heb sylwi.

Liw dydd a liw nos gwelir dynion hen ac ifanc yn cwympo i'r llawr o dan ddylanwad fodca, rhai'n methu rhoi penelin ar ben-glin wrth eistedd, un arall yn disgyn wrth i bwysau ei fag siopa fod yn drech na'r anghydbwysedd simsan a oedd ganddo. Os ewch i'r wlad, tybed a welwch chi mewn un pentre'r hen wraig honno a welsom yn baglu o ddrws blaen ei bwthyn bach, a photelaid o wirod yn ei llaw, cyn simsanu rai camau a lled-ddisgyn i mewn i gwt ieir a'r rheini'n clochdar mewn braw?

Does dim modd newid punt i zloty cyn mynd. Mae mannau newid yn y maes awyr, a hen ddigon o siopau newid arian o gwmpas y dre. 'Kantor' yw'r enw ar y rhain, ac fe gewch gyfradd deg ym mhob un. Ym 1996 roedd tua 4 zloty i'r bunt, ond roedd gwerth y zloty'n disgyn yn ddyddiol. Ar bob cyfrif osgowch y dynion clên ddaw atoch o bob cyfeiriad ar strydoedd y ddinas yn cynnig newid arian. Mae'r rhain yn sicr o'ch twyllo. Yn ddiweddar newidiwyd gwerth yr hen zloty, a throi 10,000 ohonynt yn 1 zloty newydd. Y tebyg yw y cewch werth ceiniog am ganpunt, felly. Ym 1996 roedd y rhan fwyaf o brisiau'n dangos dau werth, mewn hen zlotys a rhai newydd.

Dyw'r rhan fwyaf o siopau (ac eithrio'r hen felin ac ambell fan arall) ddim eto wedi newid i systemau hysbysebu a gwerthu'r gorllewin. Bydd y nwyddau y tu ôl i gownteri a'r tu ôl i wydr, a siopau bach yw'r rhan fwyaf o hyd.

Ond mae digon o fargeinion i'w cymryd adre. Y mwyaf amlwg yw'r llwythi di-ben-draw o ambr sydd ar werth mewn siopau crand a stondinau fin y ffordd. Mae safon yr ambr yn amrywio: mae'n debyg bod rhyw 7,000 o grefftwyr yn Gdansk yn trin y garreg werthfawr hon. Fe gewch ddigon o ddewis felly o glustdlysau, mwclysau, breichledau, tlysau ac yn blaen i fodloni unrhyw wraig, cariad neu ferch! A'r cyfan yn debyg o fod yn ddigon rhesymol. Bydd 32 zloty (£8) yn ddigon i brynu clustdlysau digon hardd. Dim ond ambell le, serch hynny, sy'n derbyn cerdyn credyd. Stryd Mariacka, sy'n rhedeg

Yr afon Motlawa a'r hen graen

o'r afon at gefn yr Eglwys, yw'r brif stryd ambr. Mae siopau eraill ar hyd glan yr afon.

Yn y farchnad, yn stryd Panska a Swietojanska, fe gewch nwyddau lledr digon rhad,yn slipars ac esgidiau a bagiau. Gall y rhain fod yn fwy drud mewn mannau eraill. Mae llestri crochenwaith yn ddigon rhad hefyd. Mae crochenwaith brown, gyda phatrymau lleol arbenigol, ar gael, a chrochenwaith glas a gwyn smotiog, sy'n atyniadol dros ben. Gwyliwch nad yw gŵr y siop ar y gornel yn stryd Piwna, yn gorlwytho'r cwdyn plastig tenau, a chithau'n gollwng jwg sy'n chwalu'r cownter gwydr. Cofiwch fi ato!

Dyw'r dillad ddim yn arbennig o ffasiynol, er eu bod yn ddigon rhad. Y fargen orau yw dillad i blant a babanod, sy'n atyniadol hefyd. Mae siop dda yn stryd Zlotnikow, heb fod yn bell o Eglwys Fair. Gwyliwch na phrynwch ddim o Indonesia – mae digon o nwyddau o Wlad Pwyl yn y siopau.

A gwydr – mae llestri gwydr hyfryd ar gael, a rhai ohonyn nhw'n llawer rhy fregus i fentro mynd â nhw adre mewn awyren. Ond os daethoch mewn car, bydd hi'n werth rhoi cynnig arni.

Mae ffrwythau'n afresymol o rad ym marchnad y dref, ac os ewch allan i wlad Kashubia ym mis Gorffennaf, fe welwch hen wragedd a'u plant ar fin y stryd yn gwerthu mefus, prif gnwd ffrwythau'r rhan hon o'r wlad. Nid pwys na chilo gewch chi am 4 zloty, ond basgedaid gyfan, rhyw 7 neu 8 pwys, efallai.

Mae'r wlad hon yn hynod braf, a'i phentrefi diog ar lan llynnoedd glas yn perthyn i oes a fu. Un o'r rhain yw Wdzydze Kiszewskie, lle mae amgueddfa San Ffaganaidd sy'n cynnwys hen eglwys bren â pheintiadau lliwgar gwerinol y tu mewn iddi. Cyrchfan arall yw Penrhyn Hel i'r gogledd ac mae modd mentro hefyd i Kaliningrad, tref agosaf Rwsia at Wlad Pwyl, sydd mewn darn o dir Rwsia ar ochr orllewinol y gwledydd newydd, Estonia, Latfia a Lithuania. Mae hi'n bryd dod i adnabod canol Ewrop!

Prag

SIONED PUW ROWLANDS

Er gwaetha'r ffaith fod Prag yn gorfod cwffio rhag bodiau digywilydd y diwydiant twristaidd, ac yn beryg o gael ei llyncu gan ystrydebau, tydi hi'm wedi mynd yn gwbl benchwiban. Ac os am ychydig o flas penci, does unlle'n debyg. Ers yn hogan bach, blysio a chynhyrfu mae hi wrth sodro ei phawennau ar bob mudiad rhyfedd dan haul, o alchemi i swrealaeth. Ac er gwaetha'r holl gluniau trwchus Americanaidd ym mhob man, yn bowld ac yn fras, toes dim modd osgoi na rhyfeddu at yr olion o wallgofrwydd canol oesol, y darnau ffantastig baroc, y tai ciwbistaidd a'r howldiau Comiwnyddol sydd yn stwffio eu gyddfau'n braf i'r awyr.

Un o fy amryw gartrefi ym Mhrag oedd fflat anfaddeuol o hyll yn stad Prosek, sef adain hir o dir yn llawn o flociau concrid parod. Hon ydi'r hynaf o'r holl stadau o fflatiau sydd yn cylchu cyrion Prag. Ac yn wir, mewn tyrau cyffelyb mae'r mwyafrif o'r bobl leol yn byw, nid yn y canol hanesyddol sydd yn costio crocbris ers y Chwyldro Felfed ym 1989, wedi i'r mewnlif o Americanwyr a thramorwyr fachu'r adeiladau a'u gwyrdroi'n dai bwyta drudfawr, di-gic, neu'n fflatiau moethus ar gyfer gweithwyr tymor-byr y cwmnïau rhyngwladol megis *Coopers & Lybrand* a'u tebyg. Y tu allan i oriau gwaith, pan nad oedd gen i awydd sbio'n hurt ar y blociau pygddu, fath â sigaréts yn mygu'r awyr, mi fyddwn yn stwffio fy llyfrau i fag, ac i ffwrdd a fi am sgowt o gwmpas llyfrgelloedd y dref. Ond cyn wired â phader wedi glanio yn y Llyfrgell Genedlaethol, sydd yn rhan o gymhlethdod y Klementinum, wrth droed Pont Siarl, mi fuasai llwydni'r ystafelloedd darllen yn dechrau deud arna i. Er gwaetha'r hanes ymhlyg yn y lle, mae yna ryw dinc ffatri bysgod i'r lle, rhyw arlliw oeraidd i'r rhesi hir o ddesgiau un ar ôl y llall yn streipiau ar hyd yr adeilad. Ac felly, dyna roi gorau i fy llyfrau a hopian ar dram, heb boeni pa rif nac i ble oedd o am anelu ei drwyn. Achos yn ddiwahan, mi fuasai'r tram yn gwegian symud heibio pob math o weledigaethau pensaernïol. Weithiau, mi fuaswn yn llithro dan gesail y gornel Iddewig a chael cip ar y *Staronova synagoga* [Y Synagog Hen-Newydd] ble anfarwolir y Rabbi Loew. O feddwl ei fod yn ffrindiau efo Rudolf II, tydi o'n ddim syndod yn y byd ei fod yn adnabyddus am greu anghenfil o fwd, sef y *golem.* Dwn i ddim sut y llwyddodd i droi'r mwd yn greadur byw, ond yr hanes ydi iddo gerdded o gwmpas y corff mwdlyd saith o weithiau, yn groes i'r cloc, gan ddyfynnu o ail lyfr Genesis, a gosod *shem* neu dabled o garreg yn y geg. A'i fryd mae'n siŵr ar fwy o greadigaethau, mi anghofiodd y Rabbi dynnu'r *shem* o'r geg, ac mi ddechreuodd y *golem* golli arno fo'i hun, a chreu hafoc fel peth gorffwyll. Mi ddoth y Rabbi'n ei ôl a'i wynt yn ei ddwrn, tynnu'r *shem* o geg y *golem* gan adael ond bwndel difywyd o glai. Mi fuodd y creadur creadigol hwn fyw tan oedd yn 97 oed, ac i'r dde o'r Neuadd y Dref Newydd, yn Marianske namesti, mae yna gerflun yn dangos sut y buodd farw. Un cyfrwys oedd y Rabbi. Digon cyfrwys i guddio yn ei lyfrau dwyfol, fel nad oedd modd i Farwolaeth ddod ar ei gyfyl. Felly mi benderfynodd Marwolaeth guddio mewn rhosyn a gynigwyd i'r Rabbi gan ei wyres ddiniwed. Dyna'r stori beth bynnag. Fe'i claddwyd yn y fynwent Iddewig, U stareho hrbitova, sydd ddim mwy na hances efo miloedd o gyrff wedi eu claddu yno. Fe waharddwyd yr Iddewon rhag ymestyn eu llain o dir, ac felly doedd dim dewis ond claddu un ar ben y llall, yn ddeuddeg haen.

Mae tramiau 17, 18, 51 a 54 yn rhygnu ar hyd stryd 17. listopadu (17 Tachwedd) heibio namesti Jana Palacha (sgwâr Jan Palach) wedi ei enwi ar ôl y myfyriwr losogodd ei hun i farwolaeth ym 1969 mewn protest yn erbyn ymosodiad y Rwsiaid. Os neidiwch i lawr yn fan'no, ger y Rudolfinum, a cherdded oddi wrth yr afon, heibio ysgwydd yr Umeleckoprumyslove muzeum, neu Amgueddfa'r Celfyddydau Ymarferol, mi ddowch chi i'r fynwent. Mae hi'n debycach i ddraenog na mynwent bellach, a'r cerrig beddi yn pigo'r awyr higyldi-pigyldi, fel pwdin halfa indiaidd. Cyn wiried â phader, mi ddaw yna haid o bobl efo'u llyfrau tywys a'u llygada wedi fferu fath â phlant ysgol ufudd ar eich traws. Ac os felly, ewch yn ôl am yr amgueddfa ble mae yna gaffi digon handi ar y llawr isaf. I ddianc rhag awyrgylch y ffatri bysgod yn y Klementinum, ambell dro, mi fuaswn yn llusgo fy llyfrau i'r stafell ddarllen yma ar y llawr cyntaf, sydd efo digonedd o le o dan drwyn y llyfrgellwyr gwepsur i ymestyn papurau, a ffenestri hyfryd i syllu trwyddynt. Hefyd, os ydach chi'n hoff o lyfrau Bruce Chatwin, ac wedi darllen *Utz*, ewch i weld y porslen Meissen. Mae'r nofel hon yn disgrifio casglwr Iddewig a gadwai siop yn Siroka rownd y gornel, yn malu'r Meissen yn deilchion wedi i'r haciaid Comiwnyddol yn yr amgueddfa gael gafael arno. Ond hyd yn oed os nad ydych yn greadur sentimental, ac yn licio dilyn yn ôl traed cymeriadau, mae hi'n werth mynd i weld y casgliad o ddodrefn anhygoel a wnaethpwyd yn ngweithdy llys Rudolf II, sef ffrind y Rabbi Loew uchod, a chreadur ecsentrig os fuodd yna un erioed. Wedi iddo symud ei lys o Fienna i Brag ym 1583, mi drawnewidiwyd y ddinas yn ganolbwynt yr Ymerodraeth Habsburgaidd am y tro cyntaf ers dau gan mlynedd. Ond onibai am astroleg ac alchemi, dim ond Otakar, sef ei lew anwes fuasai'n mwynhau ei sylw. Ac felly, wrth i Ewrob fynd â'i phen i ganol y Rhyfel Trideg Mlynedd, mi drwynswynwyd Prag gan fyd o ffantasi swreal. Digon i ddenu haid o boblach rhyfedda i'r ddinas i drafod sgwario cylchoedd a bodolaeth cewri hynafol.

Os ewch chi'n ôl ar un o'r tramiau sydd yn sgyrnygu heibio'r amgueddfa, mi groeswch yr afon, a dod i gymdogaeth Holesovice. Digon di-nod medda chi wrth rythu dros ysgwyddau a thrwy ffenestri'r tram – stwnsh di-fflach o adeiladau troad y ganrif a haen o lwch yn dew drostynt, fel rhyw jam annymunol wedi ei wneud o lo. Ond dyma Dribeca neu Menilmontant Prag, ac os sbiwch chi'n ofalus, heibio llenni bach y fflatiau, mi welwch ddigon i gymeriad yn crechwenu'n bles efo fo'i hun, yn ei lordio hi'n swel ac yn ailwampio'i hun a la Kafka neu Apollinaire, uwchben pentwr o bapurach, wedi eu gosod yn bwrpasol flêr, a photel o *anise* neu *fernet* chwerw wrth fawd ei droed. Ac os oes gynnoch chi'r amynedd i oedi, mi welwch y creadur yn dod allan, yn steil i gyd, gyda'r cyfnos, yn croesi stryd neu ddwy, am Janovskeho a'r *Globe*, sef caffi llenyddol [mae bri arnynt ym Mhrag] yn orlawn o lyfrau Saesneg a chadeiriau lledr esmwyth i fwynhau cawl bresychen wen, neu *absinthe* os ydach chi am, wrth durio trwy dudalennau un llyfr ar ôl y llall, a hynny heb godi gwrychyn neb. Aml i noson, mi godith bardd cwac ar ei draed a gweiddi ei linellau i lawr twneli'ch clustiau, dros botel o win, a rhwng lawnsio dau lyfr.

Rhyw gam neu ddau yn ôl i Dukelskych hrdinu, a'r tramiau, ac mi welwch Veletrzni palac, sef cartref casgliad y Galeri Genedlaethol o arlunio, cerfluniau, pensaernïaeth, ffilm a chelfyddydau rhyng-gyfryngol yr ugeinfed ganrif. Mae'r adeilad yn perthyn i bensaernïaeth lluniadaethol Oldrich Tyl a Josef Fuchs. Hyd yn oed petai gennych lond eich pocedi o amser i loetran, fuaswn i ddim yn poeni oedi efo'r casgliad Ewropeaidd, neu mi fydd eich llygaid yn dechrau troi, gan fod digonedd o weithiau Tsiec nas arddangoswyd erioed o'r blaen i'w byseddu a'u procio. A gwehilion yr Ewropeaid sydd yma, nid eu gwaith bythgofiadwy.

Wrth gamu allan a'ch llygaid yn grachenni o liwiau a siapiau, rhowch gip i fyny i gyfeiriad y gogledd, ac mi welwch ysgwyddau'r Vystaviste. Dyma ble cynhaliwyd Arddangosfa Grand 1891, ac yn ystod y pedwardegau, mi fuodd yn gartref i amryw o gynadleddau Comiwnyddol. Heddiw, ffeiriau masnach o bob math sy'n cael eu cynnal yno, o geir a chyfrifiaduron i lyfrau. Ond mae hi'n werth gwthio'ch ffordd heibio'r boblach sydd wrth eu busnes i weld y gwydr staen lliw a'r addurniadau blodeuog yn y strwythur haearn gyr. Mae'r olygfa orau o'r tu allan i'w chael o'r cefn, ble mae yna ffynnon fodern floesg yn cystadlu efo clasuron poblogaidd. Mae yna ffair hefyd, os oes gennych blant, a digonedd o deuluoedd Tsiec yn heidio iddi ar y penwythnosau, er mai golwg digon gwachul sydd arni.

Os neidiwch chi'n ôl ar dram rhif 12 neu 54 fan hyn, mi gewch drip diddorol i weld yr union fath o dirlun sydd yn rhan o fywyd bob dydd y mwyafrif o drigolion Prag. Ar ben draw'r daith o ryw hanner awr, mi fyddwch ar gyrion Prosek yn ardal 9, ble mae cwn ar eu ffordd allan am dro bach i wneud eu busnes, yn cael eu gneud i fyny'n grand, ac yna'n paredio fel ledis yng nghysgod y tyrrau syber sy'n rhedeg i fyny ac i lawr am filltiroedd. Melltithio'r *panelaky* am beidio â disgyn fel dominos mae'r trigolion. Ac mae'n wir nad oes llawer o gysur i gael mewn pedair wal blastig. Os gewch chi ennyd rhwng griddfan y bysiau ar y ffordd ddeuol sy'n rhedeg drwy ganol y stad, mae'n ddigon posib y clywch dwrw tanddaearol o du un o'r garejys, achos dyma leoliad un o glybiau mwyaf arbrofol cerddoriaeth goncrid Tsiec.

Wedi'r holl sôn am dramiau, mi ddylswn ychwanegu mai cerdded i bob man fydd y Prif Weinidog a'r Arlywydd Havel. Ac mae modd cerdded o'r Staromestke namesti / Sgwâr yr Hen Dref ar draws Pont Siarl i'r Mala Strana mewn cwta ugain munud o loetran ar hyd ffenestri siopau. Ystyr Mala Strana ydi'r gymdogaeth fechan neu'r dref lai. Tro bach hynod o braf ydi'r llwybr hwn yn y gaeaf a'r eira'n drwm ar lawr. Tydw i erioed wedi gweld plu eira mor fawr ac mor gywrain â'r rhai ddisgynnodd ar fy mhen un gaeaf, wedi pwl o dymheredd 25 gradd o dan bwynt rhewi. Os fedrwch chi berswadio'r gwaed i ddal i redeg i flaenau bodiau'r traed ac i ben draw'r bysedd, mae hi'n werth dod i Brag ar adeg felly, pan mae modd cerdded yn hamddenol braf o un pen y ddinas i'r llall heb gael eich stwyrian gan ambarél a haid o dwristiaid o'i hôl yn dysgu eu llinellau'n gydwybodol. Ac am eich pen, awyrlun Mala Strana yn glaer, a'r coed yn gymylau o iâ, a'r Vltava'n gwrthod yn lân â rhewi, yn swnian efo llygredd, fel crochan wrachlyd. Os y dilynwch y grisiau i lawr adain dde'r bont ar ochr Mala Strana i'r afon, a dilyn Misenska i lawr i U luzickeho seminare, mi ddowch at barc tawel a di-rodres, a'r eira heb ei gyffwrdd gan enaid byw. Wedi i chi ddringo i ardal y castell, ar draws Malostranske namesti ac i fyny Nerudova [wedi ei henwi ar ôl Jan Neruda, sef yr awdur o'r bedwaredd ganrif ar bymtheg, sy'n adnabyddus am ei straeon *Malostranske povidky*, bellach yn ffilm o fath], dowch i lawr drwy'r cefnau, ar hyd Vlasska a Trziste, heibio'r llysgenhadaethau a'r tai bach hyfryd yn cyrcydu benelin wrth benelin. Mae yna olygfa fendigedig o ben y llwybr sy'n ymuno efo Vlasska o gyfeiriad y Strahovsky klaster, ar hyd ystlys y berllan sy'n ymestyn i lawr i Mala Strana a dim enaid byw i'ch poeni.

Os ydi hi'n ganol haf arnoch ym Mhrag, a hithau'n nesu at naw yr hwyr, mae hi'n werth mynd i'r sinema awyr agored ar Strelecky Ostrov / Ynys Strelecky, sydd wrth ben isaf Parc Kampa. Dyma un o'r llefydd gorau i ddod i gael blas ar gynnyrch diweddaraf y diwydiant ffilm Tsiec. Tydi hi ddim yn anarferol i gael is-deitlau Saesneg chwaith. Rhowch gip ar y rhifyn cyfredol o'r *Prague Post* am restr o'r ffilmiau sydd ar gael. Fel arall, yn ystod gweddill y flwyddyn, dangosir ffilmiau Tsiec, o'r clasuron megis *Ostre Sledovane Vlaky / Closely Observed Trains* [enillydd Oscar, ac wedi ei seilio ar nofel Bohumil Hrabal] gan Jiri Menzel i'r cynhyrchiad diweddaraf gan Vera Chytilova neu Jan Sverak o dan drefniant y *Prague Post* yn arbennig ar gyfer tramorwyr, a chydag is-deitlau Saesneg. Mae'n werth chweil cadw llygad ar y manylion yn gyson, gan fod aml i ffilm na fuasai gan neb obaith caneri o'i gweld y tu allan i'r Weriniaeth Tsiec, yn cael ei dangos efo is-deitlau. Cofier fod y diwydiant ffilm Tsiec wedi magu ei gymeriad unigryw ei hun ers erotigiaeth *avant-garde* Gustav Machaty yn *Extaze* ym 1933, lle'r ymddangosodd y ddynes noeth gyntaf ar seliwloid – Hedy Lamarr. Mi roedd cyfnod y Don Newydd yn ystod y pumdegau a'r chwedegau yn arbennig o gynhyrchiol. Ac ers 1989, mae yna ddigonedd yn cyniwair, a Chytilova, Sverak a Jan

Svankmajer a'u tebyg yn dal wrthi.

Pan fydd gen i bnawn ac esgus i gicio fy nhraed, mi fyddaf yn aml yn mynd i chwilota am olion ciwbistaidd Prag. Does yna unlle'n debyg drwy'r byd am enghreifftiau o bensaernïaeth y mudiad hwn a godwyd yn bennaf rhwng 1911 ac 1920, wedi dylanwad Picasso a Derain ym Mharis. Yn ymyl metro Narodni trida, yn Spalena 82/4, mi welwch y Dum Diamant. Mae ei arwyneb fel petai wedi ei wneud o gorneli diamwntiau i gyd. Ychydig yn agosach at Vaclavske namesti, mae yna bolyn lamp ciwbistaidd, o flaen eglwys Panna Marie Snezna ar Jungmannovo namesti. Hyd y gwn i, dyma'r unig bolyn lamp ciwbistaidd ar wyneb y ddaear. Os am olygfa go-iawn o'r polyn, ewch i fyny i dop y siop sgidiau Bat'a, a sbio drwy'r wal gyrten wydr, a ddefnyddiwyd am y tro cyntaf erioed yn yr adeilad hwn. Yr adeilad cyntaf ciwbistaidd i'w adeiladu ym Mhrag oedd y Dum U cerne matky bozi, Celetna 34, ger metro Namesti Republiky, neu nepell o'r Hen Sgwâr. Fe'i adeiladwyd fel siop adrannol yn wreiddiol, ac mi roedd y caffi ar y llawr cyntaf yn gyrchfan ar gyfer cymeriadau *avant-garde* y dauddegau. Yn lled ddiweddar, prynwyd y lle gan Amgueddfa'r Celfyddydau Cain, ac arddangosir casgliad parhaol o gelfyddyd ciwbistaidd yno.

Os oes arian yn eich pocedi, ac awydd tipyn o steil, peidiwch da chi â mynd i un o'r tai bwyta gorllewinol sydd yn atgynhyrchu ym mhob cornel. Ddim nad ydi'r bwyd yn sâl – mae'n ddigon blasus, ond toes yna ddim modfedd o gymeriad na gwreiddioldeb iddynt, yn union fel petai rhyw Derence Conran wrthi'n eu creu, fel gwallgofddyn yn un o'r seleri, un ar ôl y llall, fel magu pys. Os oes rhaid i chi gael gwario'ch arian, yna ewch i Parnas. O leia mi glywch Tsiec yno, hyd yn oed os ydi'r lle'n llawn o'r *apparatchiks* ar eu newydd wedd cyfalafol. O dan yr hen *regime* mi roedd y lle'n boblogaidd gyda cherddorion a chantorion y Theatr Genedlaethol draws y ffordd. Mae'r colofnau gwyrdd marmor yn dal yno, a mosaic uwchben y bar yn dwyn y teitl 'Yr Yfwyr Absinthe' yn ddigon i ddenu dŵr o ddannedd unrhyw guradur amgueddfa. Heblaw am yr olygfa fendigedig ar draws yr afon i gyfeiriad y castell, mae'r lle yn haeddu nodyn am eu dehongliadau anarferol o ffefrynnau Tsiec, megis yr hwyaden efo piwre pwmpen. Lle arall digon dymunol, er gwaetha'r ffug-lordio deallusol gan gwsmeriaid prydferth, prydferth, ydi'r FX Café ar Belehradska, rhif 120, ym Mhrag 2, ger metro I.P. Pavlova. Lle handi hefyd os ydi'r llygaid yn gwrthod cau, gan eu bod ar agor tan bump y bore, a chlwb nos yn y seler, cadeiriau moethus yn nghefn y bar, lluniau cyfnewidiol ar y waliau, a thŷ bwyta yn y blaen, a siop yn cadw un o'r casgliadau gorau o recordiau cerddoriaeth arbrofol yn y ddinas, ac ambell gyfnodolyn llenyddol neu gelfyddydol. Lle da am frecwast hwyr ar fore Sul. Ac os arhoswch chi tan yr hwyr, mi gewch wrando ar fwy o feirdd-cwac yn perfformio ym mhob iaith dan haul.

Un lle fedra i ddim peidio â tharo heibio iddo fo cyn gadael Prag ydi Atelier Renata Vokacova yn y cefnau rhwng yr Hen Sgwâr a Namesti Republiky, ar y gornel rhwng Jakubska a Templova. Mae hi'n cynllunio ac yn pwytho ei dillad ei hun ar y llawr cyntaf, ac yn eu harddangos mewn siop fechan ar y llawr daear. Os oes angen pwt o ddiod i sobri ar ôl gwario, mae yna le llawn cymeriad yn Vezenska, rhyw bum munud i ffwrdd ar droed, sef Blatouch – y math o le sy'n codi archwaeth i ddarllen yno'n hamddenol am weddill y dydd, efo cypyrddau llyfrau pren hardd yn pwyso'n erbyn y waliau. A glywch chi byth neb yn siarad Saesneg yno.

Os ydach chi'n dal heb ddod o hyd i le i aros, does unlle gwell na'r Pension City, Belgicka 10, ym Mhrag 2 – Vinohrady [ffôn: 00 422/ 691 13 34; ffacs: 00 422/691 09 77]. Lle glân, efo digonedd o le i droi yn yr ystafelloedd cysgu. Ystyr Vinohrady ydi gwinllannoedd ac mae'r ardal yn llawn o adeiladau *fin de siecle* a choed wrth eu bodd yn dangos eu dail. Calon y gymdogaeth ydi namesti Miru ble mae'r eglwys neo-gothig svateho Ludmila a'r theatr o droad y ganrif Divadlo na Vinohradech. Yn Ibsenova, sef stryd fechan sy'n rhedeg oddi ar y prif sgwâr, mae cartref un o'r prif gyhoeddwyr Tsiec, Paseka, efo caffi a thŷ bwyta a siop lyfrau ddymunol yn rhan o'r cymhlethdod. Bron yn ddiwahan, mi fydd Ivan Beranek neu Vit Kahle yno'n mwydro dros gwrw efo'u hawduron a gwraig osgeiddig fath â neidr yma ac acw rhwng y dynion, fel rhyw Dorothy Parker yn tiwnio'r lle. Os oes awydd mwy o foethusrwydd arnoch, yna yr unig westy gwerth ei halen ymysg y rhai drud ydi'r Hoffmeister, Pod Bruskou 9, Prag 1, wrth droed y castell. [Ffôn 00 422/561 81 55; ffacs: 00 422 530 959]. Mae wedi cadw ei gymeriad personol ac yn un o'r ychydig westai sydd yn aelod o *Relais & Chateaux*.

Ynys Evvia, Groeg

MENNA MEDI

Yassas – cyfarchion cyfarwydd ar ôl gwylie ar ynys Evvia, neu Euboea i'r Groegwyr. Hon ydi ail ynys fwya Groeg ar ôl Creta, ac os ydw i'n meddwl 'mod i wedi gweld dipyn o'r ynysoedd erbyn hyn, wel, mae gen i lawer i fynd gan fod yna dros ddwy fil ohonyn nhw!

Mae'n handi nabod ffrind sy'n nabod ffrindie sy'n nabod ffrindie Groegaidd sydd efo busnes gwely a brecwast yng Nghaerdydd, tŷ yn Athen a fila yn Evvia! Achos felly ddos i yma – Ann Fach yn nabod Len Alc a Sandra Llan sy'n nabod Vasso a Petros Tombroz; fo'n enedigol o Athen a hithau o Lesbos. Mae'r ddau'n treulio hanner eu hamser yng Nghymru a'r gweddill yn Pefki sydd ar gyrion Athen, a phan mae bwrlwm y brifddinas, sydd â phedair miliwn yn byw yno, yn mynd yn drech na nhw, maen nhw'n picio i Amarynthos, tre dawel, glan môr yn Evvia sydd awr a hanner yn unig i'r de-ddwyrain.

Ddoth Petros i'n nôl ni'n pedwar o'r maesawyr a braf oedd pasio'r Acropolis unwaith eto efo'r Parthenon yn sefyll yn osgeiddig uwch Plaka, hen sgwâr Athen, ers bron i ddwy fil a hanner o flynyddoedd. Doedd neb am gerdded i'r top heddiw – roedd hi'n ddau o'r gloch y bore! Cawsom groeso gwych gan Vasso, llond bol o fwyd a gwin a cherddoriaeth hyfryd yn gefndir – nage, nid Sorba the Greek, ond cryno ddisg Dyddiau Digymar Bryn Fôn! a stori arall ydi honno!

Prin welwch chi enw Amarynthos mewn unrhyw lyfr i dwristiaid, ac mae'n hollol wahanol i rywle masnachol fel trefi yn Corfu neu Creta. Allwch chi fynd o Athen i Evvia mewn car, cwch, bys neu drên gan fod pont droi yn arwain iddi o'r tir mawr. Hanner awr ar gwch oedd y daith o Oropou i Eretria ond roedd digon o amser i gael can bach o Amstel cyn cyrraedd!

Duwies y môr roddodd ei henw i'r ynys, mae'n 109 milltir o hyd a 35 milltir o led ac yn gyforiog o draethe, creigie a gwyrddni. Er mai ychydig iawn o law sy'n disgyn ar y rhan yma o'r byd, dywed Petros fod Groeg yn gorwedd ar sbwng o fôr a dyna pam fod y coed bob amser yn wyrdd. Roedd yn wych cael aros efo pobol leol gan imi ddysgu dipyn mwy na phe bawn yno efo rhyw rep Prydeinig uchel ei gloch/chloch.

Braf hefyd oedd cael bwyta allan ar lan y môr am naw y nos a blasu'r bwyd a'r diod traddodiadol, efo tonnau'n torri'n ysgafn ar y traeth a sŵn parabl y Groegwyr ac ambell gricedyn di-baid yn y coed. Roedd bonion y coed ger pob taferna wedi'u peintio'n wyn, ond yr eglurhad oedd mai calch oedd o i gadw'r pryfed draw. Wrth edrych i fyny gallwn weld fy mhwdin ar y coed – grawnwin ffres! Mi fyse'r lle 'ma'n berffaith i gig-fwytawyr a ffrwyth-fwytawyr fel ei gilydd er nad ydi llysieuwyr yn hoff o'r bwyd gan ei fod mor undonog iddyn nhw. Ond roedd digon o ddewis efo'r souvlakis cig oen, porc a chyw iâr oedd wedi'u cwcio efo oregano ar sgiwer; a dyna i chi'r sardins mewn olew olewydd a'r ffigys ffres, y melone, fale, orene, leimie, lemwn a phomgranade – nefoedd!

Mae yna ddigon o westai ac apartments yma yn Amarynthos a hynny'n rhesymol iawn. Mae'r dref yn cyd-redeg â'r môr felly rydych yn llythrennol o fewn deg cam i'r traeth. Mis Medi fuom ni yno a welon ni ddim ymwelwyr eraill o gwbl yn y dre! 'Run Sais nac Almaenwr, a'r unig dwristiaid eraill oedd yn llenwi'r lle ar benwythnosau oedd y Groegwyr eu hunain gan fod cannoedd yn dod yno i'w tai ha o Athen.

Mi stwffiodd 'na ferch daflen i fy llaw un dydd a deallais mai rhywbeth gwleidyddol oedd o – y Sosialwyr oedd yn canfasio heddiw. Ond yn ôl Taki, y fferyllydd "I zink zee Democrats go in zeez time". Hawdd oedd dod yn rhan o'r gymdeithas glòs yma er nad oedd gan 99% fawr ddim Saesneg. Roeddem ni'n gwybod digon o Roeg i ryw fath o gyfathrebu ac roedd iaith arwyddion yn handi iawn!

Roedd Ann a finne wedi mynd i'r Tabepna (tafarn) un noson gan eistedd efo pump cwsmer lleol (yn hytrach nag wrth fwrdd gosodedig i ymwelwyr). O fewn dim roedd yna botel o retsina o'n blaene gan y

'Captain' – hen ddyn bach crebachlyd, gwallt brith a di-ddant oedd yn hynod feddw ac yn reidio beic adre am 3 o'r gloch y bore! Yassu medde fi wrtho a cala nichta (neu calimera ddylswn i fod wedi dweud?).

Dro arall fe gawsom ni gwmni Groegwr brynodd blatied o domatos i ni gan fod Ann yn mynnu bwyta'i rai o! Roedd gan hwn Ffrangeg da gan ei fod yn forwr, a gallem gyfathrebu'n haws yn yr iaith honno, er y byddai iaith y corff wedi gwneud yn iawn iddo fo dw i'n siŵr. Roedd Ann yn ymdebygu i Shirley Valentine bob nos!!

Mae'r toiled twll yn y llawr yn dal i'w gael mewn ambell le mwy hen-ffasiwn ond ei fod yn drybeilig o ddrewllyd, ac yn anffodus – os ydych yn ddynes – mae'n hawdd piso ar eich sgert! Dwn i ddim lle mae deddfau caeth Ewrop ynghylch glanweithdra, ond dydyn nhw ddim wedi cyrraedd y wlad yma dw i'n siŵr – nid fod y lle'n afiach ond am fod pawb yn byw'n hapus fel mae pethe wedi bod erioed.

Ddaru ni ddim trafferthu efo siesta ar ôl y pnawn cynta ond doedd dim pwynt mynd allan i siopa neu am beint gan fod pob man ar gau! Cyfle da felly i flasu'r haul crasboeth er bod cymyle a gwynt ambell ddiwrnod. Roedd Len a Sandra wedi ffeindio clwb Keidi oedd yn gwerthu vodka arbennig a dysgwyd dau air Groegaidd newydd yno – 'miamishw' a 'basdarddo' – y cyntaf yn air am y symbol dau fys, a'r ail yn egluro'i hun! Roedd y bobol leol yn cael hwyl ar ein pennau'n galw'r mosgitos yn 'basdarddos'!

Cawsom ninne hwyl un dydd pan welsom fan *pick-up* yn cario mul a chortyn beindar rownd ei din rhag iddo ddisgyn! Ar sodle'r fan honno roedd merch yn gyrru moped, un fraich yn rheoli'r brecs a'r gers, a babi o dan y llall fel petai'n cario torth o dan ei chesail! Dyma beth oedd ffordd wahanol o fyw.

Rhyw ddeng milltir o Amarynthos mae tre Aliveri sy'n ganolfan dda am sgidie a gemwaith, a pheint o Krononbourg yn hytrach nag Amstel! Dydi o ddim yn lle delfrydol i dorheulo felly gawson ni dacsi i Karavos lle mae yna harbwr a digonedd o dai bwyta, ond sŵn mawr gan fod atomfa yno sy'n cynhyrchu trydan efo glo.

Chalkis ydi prifddinas Evvia sy'n dre ddiwydiannol efo nifer fawr o strydoedd culion a siope hyfryd. Mae'r cerrynt sy'n llifo drwy sianel gul yr Evripos wedi creu dryswch i wyddonwyr ar hyd y canrifoedd gan ei fod yn newid cyfeiriad nifer o weithiau'r dydd, a dywedir i Aristotle daflu ei hun i'r dŵr a boddi'i hun gan gymaint ei benbleth!

Yn Chalkis mae posib rhentu car neu feic ac mae yma nifer o arddangosfeydd gan gynnwys yr un archaeolegol. Yn Limi, fe gewch harbwr del efo tai yn arddull yr Eidalwyr a digonedd o westai rhad. Mae Gregolimano'n fwy o dre dwristaidd yn llawn ambaréls a gwelyau haul. Ond y lle i fynd, yn enwedig os oes gennych chi gerrig yn eich coden fustl neu os ydech yn diodde o grud cymale neu'r felan yw Loutra Aidipsou lle mae ffynhonnau swlffwr a dros gant o westai'n llawn o Roegwyr (afiach mae'n rhaid) yn grediniol eu bod yn mynd i gael iachâd!

Mae trafaelio'n hawdd i Evvia unwaith ydech chi wedi ffeindio'r orsaf drene neu fysie yn Athen. Os am fws, ewch i Orsaf Liossion, Terminal 260 i ddal bws i Chalkis sy'n mynd bob hanner awr. Mae'r bysus yn mynd yn rheolaidd hefyd i drefi fel Kimi neu Karistos. Os am drên ewch i orsaf Larissis yn Athen ac mae tuag ugain trên y dydd yn mynd am Chalkis a gymer awr a hanner yn unig. Mae nifer o borthladdoedd hefyd i fynd yno ar gwch ond yr agosa yw hwnnw y cafon ni gwch ohono o Skala Oropou i Eretria. Yr ynysoedd sydd agosa i Evvia ym Môr Aegean ydi Skopelos, Skyros, Andros a Skiathos.

Ym 1830 y daeth Evvia'n rhan o Roeg. Yn yr Oesoedd Canol ymladdwyd am yr ynys gan y Bysantiaid, Ffrancod a'r Fenesiaid a dyna pam fod cymaint o dyrau canoloesol a chaerau i'w gweld ar hyd a lled y wlad – dipyn gwell i'r llygaid na'r holl adeiladau sydd ar ganol eu hadeiladu a'u hanwybyddu i arbed talu treth! Slei iawn. Collodd y Fenesiaid yr ynys i'r Twrciaid ym 1470 ac meddai Vassos

'I hate the basddard Turks'. Roedd yn swnio'n agwedd gyfarwydd iawn at gymdogion!

Gawson ni ddyn tacsi gonest iawn a doedd o'n deall 'run gair o Saesneg. Yn y nos roedd y tu allan i un o'r tabepnas a phrynodd fwyd a diod i ni'n pedwar trwy'r nos! Roedd yn diflannu weithie i anfon pobol adre yn ei dacsi, dod 'nôl am fwy o vino a mynd â rhywun arall adre! Welson ni'r un plismon yno a doedd neb mae'n amlwg yn ofni yfed a gyrru! Roedd yr ouzo'n hyfryd, yn enwedig efo'r sardins a'r ciwcymbr oedd yn dod efo fo. Maent yn cysylltu ouzo â'r trefi pysgota yn fwy na gwin gan mai yn y wlad y cynhyrchir hwnnw gan fwyaf.

Os nad oeddem yn bwyta allan, roedd Vasso a Petros yn ein sbwylio yn y fila – toes ffilo, bisgedi bwlwri, satziki efo'r iogwrt a'r mintys, cig oen mewn oregano a digon o win retsina i'n cadw'n hapus cyn mynd allan i'r tafarndai tan 3, 4 a 5 y bore! Yn aml iawn ni oedd yr unig rai oedd yno.

Porc oedd y swper un noson efo sbigoglys mewn olew olewydd a lemwn – bendigedig. Noson adre oedd hi (ie, 'adre' medde fi gan fod Vasso a Petros yn gwneud i ni deimlo mor gartrefol). Roedd yn gyfle i wylio rhaglenni ar deledu'r wlad a gwelsom un actor enwog iawn oedd â'i lun mewn fffram gan Vasso – oeddem roeddem yn cymysgu efo mawrion y wlad! Stori fawr y dydd oedd ewyllys y diweddar arweinydd Papandreou oedd yn gadael popeth i'w ail wraig ifanc – pechod mawr dybiwn i yn ôl ymateb y bobol leol. Sôn am bres, fe brynodd Sandra docyn loteri – roedd cytiau bach pwrpasol yma ac acw'n gwerthu ticedi ac mae'n bosib chwarae'r gêm yng Ngroeg ddwy waith yr wythnos ers amser.

Roedd Vasso'n llawn jocs a straeon. Cofiai amdani'n Roeges ifanc yn mynd i siop yng Nghaerdydd a gofyn am 'ffwco'. Dywedodd y siopwr nad oedd y ffasiwn beth yno, ac aeth hithe i siop arall gan weld 'ffwco' ar y silff. Prynodd un a gofyn beth y gelwid o yn Saesneg.

Aeth yn ôl i'r siop gynta efo'r fflachlamp yn ei llaw a dweud 'In Ingliz "Toorch", in Greek, "Fuko"!'

Roedd dwy eglwys Bysantaidd yn Amarynthos. Roedd y gweinidog barfog a'i wisg ddu, laes yn yr allor yn llafarganu yn eglwys goeth ac euraidd Sant Ioan. Mi oedes wrth y fynedfa a phasiodd hen wraig yn ei du gan roi ambell ddrachma ym mlwch y canhwyllau – prynodd ddeg. Eisteddodd i wrando'r addoliad. Daeth gwraig iau ati a dechreuodd y ddwy siarad. Ceisiais ofyn drwy iaith y corff a oedd hi yn 'En daxi' (OK) i fi fynd i mewn. Edrychodd yr hynaf arnaf gan bwyntio at fy siorts, yna edrych i fyny gan bwyntio at y nenfwd (neu'r Nefoedd), ac ysgwyd ei phen gan ddweud 'Ohi' – Na! Sylweddolais na fyddai Duw'n rhy falch o weld coesau pinc yn llawn seliwloid yn ei addoldy!

Roedd yna nifer o barlyrau pysgod yn y dre a hawdd oedd gweld bod eu cynnyrch yn ffres gan fod yr octopysau'n cael eu hongian i sychu ar ganghennau'r coed uwch ein pennau tu allan i'r tai bwyta – dwn i ddim pa les oedd mwg ceir yn ei wneud iddyn nhw chwaith! Roedd fferm bysgod y tu allan i'r dre yn magu hyrddynod coch *(red mullets)* yn fwyaf arbennig. Braf a hamddenol oedd edrych ar y cychod bach a'r pysgotwyr yn rhwyfo allan i'r môr tawel efo'u rhwydi. Hawdd fyddai dychmygu Simon ac Andreas yn dod yma i bysgota am newid o Fôr Galilea! Yn y nos roedd tawelwch y môr yn wefreiddiol a goleuadau'r tir mawr yr ochr arall fel rhimyn o gadwyn aur yn disgleirio yng ngolau'r lleuad – rhamantaidd iawn pe baech efo'r cymar perffaith.

Mae yna ffatri almwnau yn Amarynthos hefyd. Roedd y drws yn gilagored ac yno'n didoli'r cnau roedd hen wraig yn ein hannog i fynd i mewn i weld ac i gael llond dwrn i'w blasu. Roedd hi fel cerdded 'nôl i'r 30au mewn ambell siop – y paent gwyrdd a glas angen côt newydd, y walie gwyngalchog angen dos arall, a'r cadeirie pren caled a'r byrdde diaddurn yn nodweddiadol o'r symylrwydd.

Ond roedd lliwie coch a phinc y blode'n hongian dros y waliau gwynion yn falm i'r llygaid.

Yn eu launderetta roedd un peiriant golchi'n unig a hwnnw fel hen injan mawr dur. Na, does dim pwynt bod yn fodern eich meddylfryd yma, er bod pobol gyfoethog iawn yn byw yma. Mae'r archfarchnad fawr newydd agor yn creu siarad – a hwythe, fel ninne yn y wlad yma'n gweld siope mawrion yn fygythiad i'r rhai bach. Prin oedden ni angen siopa, roedd Sandra wedi dod â'i chŵl bocs efo hi yn llawn o hwyaid i Vasso a Petros! Roedd chwaden Gymreig yn amlwg yn fwy blasus na chwaden Roegaidd!

Mae gan ein gwlad ni lawer i'w ddysgu gan onestrwydd y Groegwyr – roedd un siop yn y dre'n cadw eu baddone, eu potie a'u teils y tu allan dros nos, a dim ond 'Prydeinwyr' dwl fel ni oedd yn ysu am dynnu llun o Sandra a Len yn cael bath efo'i gilydd! Gadawodd rhywun gamera drudfawr ar fwrdd yn un o'r caffis ac roedd yno'r bore wedyn. Ac wrth siopa am afalau, mi ges inne nifer o orene am ddim gan hen wreigan.

Cofiwch fynd a chwistrellydd ac eli rhag y mosgitos. Er nad oedd yn or-boeth yno'r adeg honno o'r flwyddyn, ges i naw marc ar ffêr fy nhroed, cafodd Len rai ar ei fol a'i goese, Sandra rai anferth ar ei migwrn a'i hwyneb, ond roedd Ann yn eu gwenwyno efo'r holl alcohol oedd yn ei chyfansoddiad mae'n siŵr – chafodd hi'r un!

Wrth fynd adre i'r maes awyr cofiwch ofyn am y terminal cywir, fe aethon ni i'r un anghywir! Ac os ydech chi'n methu gwario'r ddrachma ola am rywbeth yno, sydd yn afresymol o ddrud, mae'r cwmnïe awyrenne yn eu derbyn at achosion da. Ond, y cybydd ag ydw i, fe gadwes fy rhai i, gan mod i'n pasa mynd yno eto – yn fuan! Ond os na fedrwch *chi* fynd i Evvia, ond am flasu'r bwyd a'r bywyd Groegaidd, cofiwch am 'Vasso's' oddi ar Heol yr Eglwys Gadeiriol yng Nghaerdydd, achos oni bai amdani hi a Petros, fydde ni'n pedwar ddim wedi cael gwylie mor ardderchog. Yassas!

Agistri, yr Ynys
sy'n Gafael

LYN EBENEZER

Nid porthladd Piraews yw'r hysbyseb orau i ynysoedd Saronicos. Petai Themistocles, a sefydlodd y porthladd yn y 5ed ganrif C.C. yn gweld y lle nawr, fe daflai ei hun i'r môr. Hyd yn oed wedyn, wnâi e ddim marw drwy foddi. Gymaint yw'r llygredd yn yr harbwr fyddai dim perygl iddo suddo. Fe allai gerdded ar ei draws.

Ardal ddi-raen, flêr o Athen yw ardal yr harbwr. Llongau fferi hwterog yn ymladd am le ar y doc tra allan yn y bae, sgerbydau llongau tancer anferth yn rhydu ac yn mathru. A thros y cyfan, haul dyfrllyd yn ymladd brwydr amhosib i dorri drwy'r mwg a'r tawch.

Yn anffodus, Piraews yw'r brif fynedfa i'r ynysoedd Argo-Saronic: Egina, Spetse, Hydra, Poros a'u chwaer fach, Agistri.

Ar ôl treulio pythefnos ar Kos bum mlynedd yn ôl fe wnes i addunedu nad awn eto i un o ynysoedd Groeg. Fedrwn i ddim godde hymian di-baid y sgwteri oedd yn gwibio'n ddi-stop nos a dydd heibio i'r gwesty. Ond ar anogaeth fy ngwraig a ffrindiau fel Ems ac Ifan Defi dyma ildio a rhoi un cynnig arall arni.

Doedd neb ohonom wedi clywed am Agistri. A dyma'r prif reswm i ni fynd yno. Tra ar Kos roeddwn i wedi cael cyfle i ymweld ag ynysoedd fel Pserimos, Kalymnos a Leros a'u cael nhw, am wahanol resymau, yn brin. Apêl Agistri oedd y ffaith ei bod hi'n absennol o'r mapiau twristaidd ac fe awgrymai hynny ei bod hi'n ynys anffasiynol.

Hanner awr allan o Piraews fe wellodd y posibiliadau. Ar ôl taith hedfan o bedair awr o Fanceinion i Athen, pum awr arall o ddisgwyl awyren hwyr yn cludo teithwyr oedd i ymuno â ni o Heathrow, a thair awr arall o hepian mewn gwesty ymgynnull roedd modd ymlacio o'r diwedd ar y llong fferi. Ei henw oedd y *Manaras Express*. Fe'i hailfedyddiwyd gan Ems, cyn iddo syrthio i gysgu, yn *Maenara Express*. Yn anffodus roedd Ifan Defi ar ddi-hun ac yn ychwanegu'n sylweddol at amhuredd yr awyr drwy smygu sigâr ar ôl sigâr. Nid drama gan Shakespeare yw Hamlet i Ifan Defi ond rhywbeth sy'n cynhyrchu mwg. Mae bod yn ei gwmni fel byw ym Mhorth Talbot.

Tua dwy awr o daith o Athen ar y llong fferi yw Agistri. Saif ychydig dros filltir ar draws y culfor o ynys – a thre – Egina. O'r môr ymddengys yn grwbanaidd ei ffurf ac o ran adeiladau, y tirnod cyntaf i ymddangos yw eglwys glaerwen, gromennog Sant Anargiri ym mhentre Scala, un o dri phentre'r ynys.

Ac o'r môr y gwnaiff rhywun sylweddoli bychander yr ynys, tua phedair milltir wrth ddwy gyda phinwydd yn gorchuddio 90 y cant ohoni. Yn Kontari, ei man uchaf, saif tua 800 troedfedd uwchlaw'r môr. Ac oddi yno mae modd gweld i bob cyfeiriad – tir mawr Groeg i'r gogledd a'r gorllewin, Egina a'r mân ynysoedd i'r dwyrain a Trizina a Poros i'r de.

Er mai cymharol newydd yw Agistri fel atynfa wyliau i ymwelwyr o'r tu allan i Athen ceir arwyddion eisoes ei bod hi'n cael ei gorfarchnata a'i chamfarchnata hefyd. Mae pentre Scala wedi'i ddatblygu'n gwbwl ddigynllun gyda blociau diolwg wedi'u codi blith-draphlith yma ac acw. Ar wahân i ddau westy, yr Aktaion a'r Anayennisis, mae'r gweddill o letyau yn cynnig stafelloedd hunanarlwyol.

Rhagoriaeth Scala yw natur y traethau. Yng nghyffiniau'r eglwys mae modd gadael eich stafell a cherdded lai nag ugain llathen dros y tywod melyn, llyfn yn syth i'r môr. Ac yn y rhan honno o'r traeth mae'r môr yn ddigon bas i rywun gerdded ganllath cyn mynd allan o'i ddyfnder. Lle delfrydol i blant.

I oedolion, ac yn arbennig i dancwyr, mae'r traeth yng nghyffiniau bar y Copacabana yn berffaith. O fynychu'r bar hwnnw cewch ddefnyddio gwelyau haul am ddim. Ac er bod gormod o Brits, yn dwristiaid ac alltudion sydd wedi ymsefydlu ar yr ynys yn mynychu'r lle, mae yno groeso mawr bob amser. Hwn yw hoff far Ifan Defi. Bob bore bydd yn gosod ei fag yn ofalus ar wely haul cyn troi am beint. Ac yno y caiff y bag aros am weddill y dydd tra bo'i berchennog yn tancio. Unwaith fe gymerodd Jên, fy ngwraig, drugaredd dros y bag, druan, ac fe'i hirodd ag olew atal llosgi.

Pentre cwbwl ddi-siâp yw Scala gydag un stryd, neu'n hytrach lwybr, yn igam-ogamu drwyddo. Mae yno tuag ugain tafarn – y Quatro a'r Alter-Ego ymhlith y goreuon, tair siop yn gwerthu pob math o fwydydd a nwyddau eraill ac un siop gigydd. Yn un o'r siopau cewch gyfle i brynu papurau dyddiol. Y newydd drwg yw mai'r *Sun* neu'r *Mirror* yw'r dewis. Newydd gwaeth yw eu bod nhw'n cyrraedd ddiwrnod yn hwyr.

Ynghanol y pentre mae siop y pobydd sy'n cynnig pob math ar fara a chacennau amrywiol ac sy'n agored o chwech o'r gloch y bore tan ddeg o'r gloch y nos. Mae'n werth troi i mewn petai ond am yr arogl hyfryd sy'n llenwi'r lle.

Mae'r bwyd, ar y cyfan, yn syml a sylfaenol ac yn hynod rad. Yn un o dafarnau gorau'r pentre, Taferna Andreas, cewch bryd da a llond bol o gwrw neu win am rywbeth sy'n cyfateb i tuag £8.00 y pen. Anfantais y dafarn yw ei bod hi bron yn amhosib gadael Andreas. Mae'n gymeriad hynod o hael sy'n mynnu prynu piser o retsina ei hun, am yn ail a'i gwsmeriaid. Cyfaill mynwesol i Ifan Defi.

I fyny i'r cyfeiriad arall, ar hyd llwybr y mynydd tuag at Halicada, ceir gwestai mwy moethus a bwyd o safon uwch ac am bris sydd hefyd dipyn yn uwch. Ac yn y cyffiniau hynny mae Clwb Agistri, sefydliad sy'n dueddol o fod yn agored drwy'r nos.

Prif bentre'r ynys yw Milos, neu Megalohori, sydd filltir yn unig o Scala. Oherwydd yr holl adeiladau mae'r ddau bentre bellach bron yn un. Mae hwn eto mewn perygl mawr o gael ei orddatblygu. Ac ym Milos mae'r dafarn orau ar yr ynys oll o ran bwyd, y Ta Tria Adherfia.

Tarddiad yr enw Milos, neu Mylos, yw'r felin wynt sydd ym mhen draw'r pentre ond sydd bellach yn segur. Ac mae hi'n werth troi i mewn i Eglwys Tarddiad Bywyd yn y pentre i weld yr addurniadau gwych sydd yno.

O ddilyn eich trwyn drwy Milos ar hyd y ffordd fawr (jôc) fe ddewch i'r trydydd pentre, Limenaria. Dyma'r man mwyaf deniadol ar yr ynys, pentre bach heb le o gwbwl i letya twristiaid. Mae'n werth ymweld â thafarn Taso, sy'n paratoi pryd arbennig o gyw iâr mewn tomatos ffres a gwin. Ceir yno hefyd fara cartre wedi'i grasu yn ffwrn draddodiadol y dafarn. Ac yn fonws cewch weld gwraig Taso wrth ei gwaith yno yn nyddu carpedi petryal, lliwgar sy'n cael eu gwerthu'n rhyfeddol o rad.

Dylid cyfeirio at bedwerydd pentre, sydd bellach yn rhan o Scala. Saif Metohi ar y bryn uwchlaw Scala a dyma hen bentre traddodiadol yr ynys. Bellach mae ymfudwyr o Athen ac o'r Almaen wedi prynu'r hen dai ac wedi'u gweddnewid, er gwaeth. Problem y medrwn ni, Gymry Cymraeg sy'n ymweld â'r ynys uniaethu â hi.

Ac mae hynny'n arwain yn dwt at y nifer – a'r math – o ymwelwyr sy'n mynd i Agistri. Mae hi'n denu llawer iawn o Atheniaid ar benwythnosau. Mae hi hefyd yn denu llawer iawn o Lychlynwyr ac Almaenwyr, nifer o'r rheini yn cael eu hudo gan draethau i byrcs yn Halicada, Aponisos a Dragonera.

Yn anffodus, yn ystod y blynyddoedd diwetha, datblygodd hefyd yn atynfa i'r Brits, y mwyafrif mawr yn dod o ogledd Lloegr ac o Lunden. Hyd yma, mewn pedair blynedd o ymweld â'r lle, dydw i ddim wedi clywed acen Brymi. Hir y parhaed hynny.

Mae poblogaeth yr ynys yn newid yn syfrdanol yn ystod misoedd yr haf. Dydi cyfanswm poblogaeth naturiol Agistri yn ddim mwy nag 800. Yn ystod tymor y gwyliau mae'r nifer yn fwy na threblu.

Fel ar bob ynys, bron, fe all fod braidd yn swnllyd ar adegau gan mai mopeds a thractorau yw'r ffyrdd mwyaf poblogaidd o deithio. Mopeds yw trafnidiaeth yr ifanc. Tractorau yw dull y ffermwyr lleol o deithio ac mae'n ddoniol gweld teulu cyfan yn teithio drwy Scala ar gefn tractor.

Mae hi'n ynys ddelfrydol ar gyfer mopeds er y gallant, oherwydd natur raeanog y ffyrdd, brofi i fod yn beryglus. Un bws sydd ar yr ynys, bws bach Peter Gianos sy'n teithio, neu'n hytrach yn chwyrlïo, ar hyd y ffordd o Scala drwy Milos i Limenaria. Mae angen nerfau cryf a chyfansoddiad ceffyl i fentro ar fws y Bonwr Gianos.

Mae nifer o ffotograffau yn addurno borden flaen ei fws. Ond y cwestiwn yw, ai lluniau ei deulu ydyn nhw? Neu ai lluniau o anffodusion a drawyd i lawr ganddo ar y ffordd? O weld yr holl gysegrfeydd coffa bychain sy'n britho ochrau'r ffordd fe fyddai'n haws gen i gredu mai'r ail bosibilrwydd sydd agosaf at y gwir.

Y tu allan i'r pentref, ar hyd llwybrau'r goedwig mae'r ynys ar ei gorau. Gan ei bod hi'n ynys mor fach mae modd ei cherdded yn gyfan mewn ychydig oriau. Fe'i hystyrir yn ardd Saronicos. Mae sawr y coed pîn, medd yr ynyswyr, yn denu gwenyn yr holl ffordd o Egina. Ac mae arogl y teim gwyllt, yr origano, y syclamen a'r saets yn hudolus. Defnyddir ffrwythau'r gwahanol goed gan yr ynyswyr, ffrwythau'r prennau olewydd a lemwn. A chaiff rhisgl y pinwydd ei ddefnyddio fel un o gynhwysion y gwin retsina.

I rywun fel fi, sy'n hoff o greaduriaid, mae Agistri, fel y mwyafrif o ynysoedd Groeg, yn heidio o gathod. Felly hefyd gŵn. Yn wir, rwy bron iawn wedi mabwysiadu'r hen Petros, Labrador y Copacabana. Neu, tybed, ai ef wnaeth fy mabwysiadu i? Mae'n anodd dweud.

Peidiwch â disgwyl gormod o naws Roegaidd cyn belled ag y mae miwsig discos y tafarnau yn y cwestiwn. Ry'ch chi'n fwy tebygol o glywed Freddie and the Dreamers na Takis Theodorakis. Ac mae'r miwsig hwnnw'n dueddol o fod braidd yn uchel.

Ac o gyfeirio at sŵn, mae twrw o ddau wahanol darddiad yn dueddol o darfu ar eich siesta – glaniad rheolaidd y llongau fferi, sy'n cyhoeddi hynny gyda chaniad hwter sy'n ddigon i achosi i chi neidio'n glir o'ch sandalau. A chanu di-baid ceiliogod yr ynys, un yn ateb y llall mewn cylch dieflig, ond swynol. Mae eu canu yn welliant sylweddol ar gerdd dant. Yn wir, mewn gardd y tu ôl i westy Yianna fe glywsom un ceiliog arbennig yn canu mor swynol fel i Ems ei fedyddio yn Timothy, fel teyrnged i'r tenor Timothy Evans o Lambed.

Yn ogystal â chanu ceiliogod dylwn hefyd gyfeirio at drydar di-baid y sicadas sy'n cynnal cyngerdd neu eisteddfod ar gangen pob coeden. Roedd un ohonynt yn ei morio hi gystal ddwy flynedd yn ôl fel i Ems fedyddio hwnnw yn Washi, fel gwrogaeth i Washington James.

Er mai ynys yw Agistri does dim angen i neb deimlo'n ynysig yno. Trefnir teithiau rheolaidd i wahanol gyrchfannau, i Hydra a Poros. I Gorinth ac yn ôl drwy Mycenae, Napflios ac Epidawrws. I wyliau drama yn Epidawrws. Teithiau machlud haul o gwmpas Agistri. Ac, wrth gwrs, i Athen. Ac mae teithiau fferi hanner dwsin o weithiau'r dydd ar draws y swnt i Egina, lle mae prif gyrchfan siopa'r ynyswyr. Y llong fwyaf poblogaidd yw'r *Kitsolakis Express* gyda'i chapten unigryw. Dyn boldew yw'r capten gyda thrwyn fel tomato a golwg fileinig. Dyna pam y'i bedyddiwyd gan Ems yn Gapten Blagardos. Rydych chi wedi sylwi erbyn hyn, mae'n siŵr, bod Ems yn dipyn o foi am fathu llysenwau.

Yn wahanol i'r ynysoedd mwy, does fawr o dynfa ar Agistri i rai sydd â diddordeb mewn archaeoleg neu hen hanes. Dywed rhai mai Agistri yw hen safle Kekryfalia, lleoliad brwydr forwrol rhwng yr Atheniaid a'r Corinthiaid a'u cynghreiriaid yn 485 C.C. Ond does dim sicrwydd o hynny. Felly does dim perygl cyfarfod yno â Syr Mortimer Talbot, hen gyfaill Ifas y Tryc. Er i ni unwaith mewn tŷ bwyta yn Napflios weld, ar y fwydlen, ddiod oedd yn cael ei disgrifio fel 'Peter Lemon'.

Ond mae 'na un agwedd hanesyddol diddorol iawn yn ymwneud ag Agistri. Mae'r trigolion cynhenid yn ddisgynyddion i fewnfudwyr o Albania. Ac mae'r cysylltiadau hynny yn dal yn amlwg ym mhenwisg y gwragedd, math ar sgarffiau arbennig. Ac mae olion iaith y wlad honno i'w canfod yn y dafodiaith leol, cymysgedd o iaith ganoloesol

Albania gyda chysylltiadau Groegaidd.

Mae ofergoeledd yn rhemp ymhlith yr hen bobol. Wnân nhw, er enghraifft, ddim mentro ar gyfyl y goedwig wedi nos gan eu bod nhw'n credu mai yn y coed mae eneidiau'r meirw yn trigo. Ac mae gen i ryw deimlad bach yng nghefn fy meddwl mai nid ar gyfer anghenion coginio'n unig mae'r rhaffau garlleg yn hongian ymhob tafarn a thŷ.

Yr amser delfrydol i fynd i Agistri yw'r gwanwyn, cyn dyfodiad y twristiaid, neu ddechrau Medi, pan eu bod nhw bron iawn â diflannu. Ar anterth y tymor mae'r ynys yn rhy fach i gynnal y cynnydd enfawr yn ei phoblogaeth.

Mae modd mynd i Agistri ar eich liwt eich hunan, wrth gwrs. Ond os am gael cwmni teithio i drefnu ar eich rhan, y ddau gwmni arbenigol yw Kosmar a Manos. Mae cost y pecyn cyfan, ar sail prisiau 1997, tua £300 am wythnos, hynny yn cynnwys yswiriant.

Mae manteision ac anfanteision o ddewis treulio gwyliau ar Agistri. Yn gyntaf yr anfanteision: mae'r daith yno, ac yn arbennig yr anhrefn ym maes awyr Athen wrth ddisgwyl gadael, yn uffernol. I rywun fel fi, sy'n casáu haul, mae hi'n rhy boeth yno. Mae'r mopeds yn rhy swnllyd. Mae'r cwrw potel, yn arbennig yr Amstel, yn ddiawledig. Ceir gormod o Brits yno. Gormod o Almaenesau tew, anferth yn torheulo'n fronnoeth. Caiff yr haul ei guddio'n rhy aml gan fwg sigârs Ifan Defi. Ac mae'r gwaith plymio – y pibau nid y deifio – yn gyntefig.

Nawr y manteision: Dim prysurdeb. Digon o seidr (poteli). Bwyd rhad. Llawer o hen ffrindiau lleol erbyn hyn. Neb yn trefnu'n gweithgareddau. Toreth o ferched lluniaidd yn torheulo'n fronnoeth. Dim diwylliant. Dim Brymis. A diolch i Dduw, neu i Zews, dim blydi cyfryngis (ar wahân i Mici Plwm, sy ddim yn gyfryngi gan ei fod e'n byw yn y byd go-iawn).

Pan wnaethon ni fynd yno am y tro cynta bedair blynedd yn ôl fe'n sicrhawyd y byddem yn dychwelyd. Ystyr Agistri, medde nhw, yw bachyn neu grafanc. Ac unwaith mae'r bachyn yn cydio mae'n gwrthod gollwng ei afael. Yn ein hachos ni mae hynny'n wir. Y flwyddyn nesa fe fyddwn ni'n ôl unwaith eto yn segura ac yn yfed, yn crwydro ac yn yfed, yn bwyta ac yn yfed, yn cymdeithasu ac yn yfed ac yn ceisio osgoi mwg sigârs Ifan Defi. O, ie ... ac yn yfed.

Cofiwch, mae mantais fawr mewn cael Ifan Defi yn y cwmni. Diolch i goelcerth fyglyd ei Hamlet ni wna'r mosgitos fentro'n agos. Maen nhw'n rhy brysur yn peswch.

Yr Eidal: Y Taleithiau Mynyddig

R. Gerallt Jones

Abruzzo ac Umbria

I'r mwyafrif o ymwelwyr, gwlad y dinasoedd hanesyddol ydi'r Eidal: i Rufain, Firenze (Fflorens) a Venezia (Fenis) y mae'r mwyafrif llethol yn mynd a'r tebyg ydi y byddan nhw'n dod adre'n ôl gyda rhai delweddau llachar o eglwysi a cherfluniau, argraff barhaol o dorfeydd llethol yn ymwthio yn y gwres a chlicio hollbresennol y camerâu. Yn bersonol, mae gen i atgof ysol o gyrraedd y Capel Sistîn yn y Fatican i weld y llawr wedi'i garpedu â thwristiaid yn gorwedd ar eu cefnau er mwyn tynnu'r llun gorau posib o nenfwd Michelangelo. Wrth gwrs, ddylid ddim bychanu gogoniannau'r dinasoedd hanesyddol; maen nhw'n rhyfeddol. Does neb a'i gwelodd yn debyg o anghofio anferthedd cymesur basilica Sant Pedr yn Rhufain. Ond i'r ymwelydd sydd ddim yn rhy hoff o dorfeydd, ac sy'n hoffi darganfod rhyfeddodau drosto'i hun, mae Eidal arall yn bod, Eidal sy'n dal yn Eidalaidd ac Eidal lle nad ydi'r iaith Saesneg, hyd yn oed ar ei gwedd Americanaidd hollbresennol, ymron fyth i'w chlywed.

Rydw i wedi cysylltu taleithiau Abruzzo ac Umbria am fod y ddwy yn daleithiau mynyddig, sylfaenol wledig, sy'n gorwedd ar hyd asgwrn cefn yr Eidal – mynyddoedd yr Appenino – am fod y naill a'r llall yn llawn trysorau a phleserau annisgwyl i'r teithiwr sy'n wir deithiwr ac sy'n fodlon gwneud rhywfaint o ymdrech i gyrraedd y nod. Mae'r ddwy dalaith, serch hynny, yn wahanol i'w gilydd ar sawl cyfrif ac un ohonyn nhw, Abruzzo, gryn dipyn yn llai cyfarwydd na'r llall. O hyn ymlaen felly, fe wahanwn ni'r ddwy a'u hystyried ar wahân.

Abruzzo

Y mae Abruzzo yn fwy gwledig nag Umbria, mae'r mynyddoedd yn llawer uwch, ond mae ganddi hefyd arfordir dwyreiniol difyr a dymunol. Yn Abruzzo y mae'r Appenino ar eu huchaf; mae'r Gran Sasso D'Italia, yn ei begwn uchaf i gyd, y Corno Grosso, yn cyrraedd uchder o 2,912 m (9,554 tr) ac mae'r holl diriogaeth o gwmpas

L'Aquila, prifddinas y dalaith, yn gwm anferth gyda'r mynyddoedd penwyn yn syllu i lawr arno o'r ddwy ochr. Y cwm yma, o L'Aquila yn y gogledd i Sulmona, rhyw 40 milltir i'r de, gyda'r mynyddoedd o boptu,ydi craidd Abruzzo wledig, gyda'r mynyddoedd Maiella wedyn yn ymestyn i'r ffin â thalaith Molise. Y mae modd gweld gwedd ychydig yn wahanol ar y dalaith wrth blymio trwy'r twnnel anferth dan y Gran Sasso ac anelu am un o'r trefi twristaidd ar arfordir y dwyrain, tua'r un pellter i ffwrdd. Yn gyffredinol, ar wahân i'r hyn a welir, o ran hynafiaethau a golygfeydd, ac i'r rhai sy'n hoffi cymysgu gweld a gwneud, mae cyfle da yn y rhan yma o Abruzzo i farchogaeth, i gerdded eangderau gwag a rhyfeddol o hardd ac i sgïo-traws-gwlad. Hwyrach mai'r ffordd orau i roi cip – a chip yn unig – ar y dalaith, fydd cymryd dwy daith, un o L'Aquila i'r arfordir a'r llall i lawr i Sulmona.

L'Aquila

Mae'r brifddinas, fel sawl tref a phentref arall yn Abruzzo, yn sefyll ar ben bryn, ac mae ei seiliau'n ddiddorol os nad yn ddychrynllyd o hen mewn termau Eidalaidd. Fel gyda'r Normaniaid yng Nghymru, ond yn llawer cynharach, cafodd y Rhufeiniaid drafferth i oresgyn y llwythau mynyddig, a oedd wedi bod mewn meddiant o'r ucheldir ganrifoedd cyn i'r Rhufeiniaid ddod i rym. Hyd yn oed cyn belled ymlaen mewn hanes â'r Oesoedd Canol, roedd poblogaeth Abruzzo yn teimlo'r angen i greu amddiffynfa rhag gormes Rhufain. Felly, tua 1250, daeth yr holl fân drefedigaethau mynyddig o gwmpas y Gran Sasso at ei gilydd i greu dinas ddigon gref i'w cynrychioli ac i amddiffyn eu buddiannau. L'Aquila oedd y ddinas honno, ac fe dderbyniodd pob pentref y cyfrifoldeb dros adeiladu un rhan o'r ddinas. Yn ôl traddodiad, roedd 99 o drefedigaethau ynglŷn â'r fenter, ac i nodi cyflawni'r gwaith yn llwyddiannus, adeiladwyd ffowntun fawr ac urddasol ym 1272, gyda 99 o bennau – a phob un yn wahanol –

yn poeri 99 pistyll o ddŵr i'r sianeli sy'n rhedeg o gwmpas yr adeilad. Mae'r cyfan yno heddiw, yn union fel y'u crewyd. Ychydig yn ddiweddarach, ym 1287, codwyd mynach tlawd o'r fro, Pietro da Morrone, yn Bab, dan yr enw Pietro Celestino. Fe'i cysegrwyd yn Bab yn L'Aquila, ac adeiladwyd eglwys hardd i goffáu'r achlysur ym 1287, basilica Santa Maria di Collemagio. Ar ôl cyfnod byr iawn, cafodd Pietro ddigon ar foethusder a llygredd Rhufain ac ymddiswyddodd o'r Babaeth a dod yn ôl i fyw bywyd meudwy tlawd yn Abruzzo. Mae wedi ei gladdu yn y Colemaggio ac mae'r holl eglwys, yn ei symlrwydd glân ac agored ac urddas ei phileri a'i muriau gwynion, yn addas ac yn anghyffredin ymysg eglwysi sy'n aml yn orlawn o bethau ac yn or-addurniedig. Y mae llawer o eglwysi eraill yn llechu yn y gwe pry cop o strydoedd culion sy'n gweu o gwmpas y piazza mawr ar ben y bryn, ac mae'n werth crwydro'n hamddenol o'u cwmpas o'r farchnad ddyddiol hwyliog a phrysur sy'n llenwi'r piazza bob bore. Ond mae'n hen bryd gadael L'Aquila a chychwyn ar y daith gyntaf i gyfeiriad y môr.

L'Aquila – Pineto.

Dringwn i'r gogledd o L'Aquila trwy hen bentrefi fel Paganica ac Assergi, pob un â'i gymeriad ei hun pe bai amser i'w harchwilio, nes cyrraedd croesffordd, un yn arwain i'r chwith i dref Teramo a'r llall i'r dde i fyny heibio i *funicula* a gwesty sgio, y ddau wedi'u hadeiladu yng nghyfnod Mussolini er mwyn ysgogi twristiaeth, i *piano* neu lwyfandir anferth, agored, y Campo Imperatore, lle mae'r golygfeydd mwyaf ysblennydd o'r Gran Sasso yn ein hwynebu i bob cyfeiriad a lle mae trefi a phentrefi mynyddig yn codi'n uchel ar eu bryniau caregog. Yma hefyd, yn y gwanwyn, y mae amrywiaeth llachar o flodau'r mynydd yn taenu carped porffor a melyn dros y Campo i gyd. Ond troi'n ôl a wnawn ar y daith hon a mynd i gyfeiriad Teramo. Gellid dewis peidio â mynd trwy'r twnnel er mwyn gweld rhagor o'r wlad. Camgymeriad fyddai hynny oherwydd fe fyddai'n daith hir a throellog ac er bod pethau diddorol i'w gweld ar y daith, fydden nhw ddim yn sylfaenol wahanol i'r pethau a welem ar deithiau eraill. Trwy'r twnnel felly, sydd, fel twneli'r Alpau, yn rhyfeddod ynddo'i hun, a dod allan i diriogaeth mwy moethus a threfnus. Mae trefi bychain yn codi ar fryniau o hyd, ond mae'r bryniau'n llai ysgythrog a'r llawr gwlad rhyngddyn nhw yn tyfu gwin a ffrwythau. Mae'n werth dringo i fyny i un o'r trefi bychain, Atri hwyrach, lle mae lluniau ffresgo o'r 15fed ganrif gan Andrea Delitio yn cuddio a lle mae bwyd da iawn i'w gael. Mae Abruzzo, ar wahân i'r arfordir, yn arbenigo mewn gnocchi ac mewn cig oen wedi'i rostio ar dân agored. Mae'n werth cofio fod y bwyd gorau yn aml i'w gael mewn caffis bychain, digon diolwg o'r tu allan ar strydoedd cefn, caffis sy'n bwydo'r trigolion, ac nid mewn gwestai mawrion sy'n gwneud sioe er mwyn ymwelwyr. Mae'n sicr yn llawer mwy rhesymol o ran cost ac mae'r lleoedd hyn, yn yr Eidal, ymron yn ddieithriad yn lân a chysurus y tu mewn, y gwasanaeth yn serchus ac ystyriol, y pasta'n ysgafn a'r bwyd yn naturiol flasus. Mae'r Eidalwr yn hoff iawn o'i fwyd ac yn disgwyl gwasanaeth serchus, ac ni fyddai unrhyw gaffi'n para'n hir iawn heb ateb y gofynion. Dydi Abruzzo ddim yn enwog am ei win, ond mae'r Montepulciano D'Abruzzo coch yn dda a rhesymol, ac mae 'gwin y tŷ' bob amser yn yfadwy. Fe fyddai'n werth troi o'r neilltu ychydig ar y daith hefyd i ddinas Chieti, y mwyaf hynafol o ddinasoedd Abruzzo a dinas lle mae olion o'r cyfnod Rhufeinig ym mhobman. Rydyn ni'n anelu am Pineto, yn hytrach na thref Pescara, am nad ydyn ni'n hoffi torfeydd a dinasoedd mawrion. Pescara ydi prif dref glan môr Abrusso ac yn wir un o drefi glan môr mwyaf ysblennydd a phwysig yr Adriatig i gyd ac mae ganddi holl gyfleusterau arferol lle o'r fath. Ond mae lleoedd llai fel Pineto a Roseti degli Abruzzi yn meddu ar draethau hyfryd, yn llawer haws gyrru i mewn ac allan ohonyn nhw, yn cynnig croeso hamddenol yn yr haul, pysgod wedi'u coginio'n arbennig o dda a newid byd o galedi'r mynydd-dir.

L'Aquila – Sulmona

Wrth yrru i'r de i lawr y cwm o L'Aquila, gwelwn bentrefi braf fel San Demetrio yn wynebu'r de-orllewin ac yn hamddena yng ngwres y machlud pob min nos. Ond ar yr ochr arall i'r ffordd fawr, serch hyny, y mae'r trysorau mwyaf annisgwyl i'w cael. Pawb drosto'i hun ynglŷn â'u darganfod ac ni ellir ond awgrymu un neu ddau. Fossa, er enghraifft, rhyw filltir neu ddwy i'r dde o'r ffordd fawr yn fuan ar ôl gadael L'Aquila. Mae'r dref fach ei hun yn llechu yng nghysgod y mynydd, ond wrth yrru i mewn iddi gellir yn hawdd basio heibio i eglwys fechan Santa Maria ad Cryptas, wedi'i hadeiladu gan y Sistersiaid yn y 13eg ganrif a'i muriau, o'r llawr i'r nenfwd a thros y to eu hun, yn llawn o'r murluniau ffresgo mwyaf rhyfeddol yn darlunio pob math o storïau o'r Beibl a phob un o filoedd o wynebau'r bobl sy'n llenwi'r waliau yn fyw, yn ffraeth ac yn unigryw. Uwchben Fossa mae mynachdy Sant Angelo d'Ocre, wedi ei adeiladu yn yr un cyfnod, yn hongian wrth y graig ac ar yr un pryd yn tyfu allan ohoni. O ddilyn y ffordd droellog yn uwch fyth, down ar draws hen ddinas gaerog Castelo D'Ocre sydd bellach yn adfail ond lle gellir cerdded ei strydoedd o hyd ac edrych i lawr ar Fossa a'r cwm dros ddibyn enbyd. O ddychwelyd i'r ffordd fawr a mynd ychydig filltiroedd eto i'r de, gwelwn arwydd i bentref bychan Bominaco. Unwaith eto mae'n rhaid dringo ond, o gyrraedd, gwelwn ddwy eglwys ryfeddol eu pensaernïaeth a'u ffresgos, cwbl annisgwyl mewn lle mor ddiarffordd. Maen nhw'n debyg o fod wedi eu cloi a thipyn o helfa drysor fydd tracio i lawr yr ofalwraig a'i pherswadio i'w hagor, ond mae'n werth y drafferth. Ymhell uwchben y pentrefi hyn y mae trefi sgïo Rocca di Cambio, Rocca di Mezzo ac Ovindoli, nad ydyn nhw ddim werth eu gweld ynddynt eu hunain, ond mae'r olygfa o'r mynyddoedd o'r llwyfandir ble maen nhw'n sefyll a'r golygfeydd o'r gwastatir wrth ddringo ymron werth y drafferth. Mae tref Sulmona ei hunan yn agored, yn ddymunol, yn meddu ar piazza mawr, yn fan geni un o feirdd mawr y Rhufeiniaid, Ovid, ac yn gwerthu'r hufen iâ gorau a gefais o gwbl yn yr Eidal, ac mae hynny'n ddweud mawr!

Cyrraedd, Aros a Theithio o gwmpas

O ran cyrraedd, y modd hwylusaf ydi hedfan i Rufain a chymryd y draffordd am oddeutu can cilometr i L'Aquila. Mae'n ffordd rwydd, er yn dringo'r holl ffordd. Os am logi car, a dyma'r ffordd orau o bell i fynd o gwmpas a ffeindio'r llecynnau cudd, os gellir fforddio gwneud, yna fe fyddai'n well ei logi yn Rhufain, oherwydd antur enbyd fyddai ceisio llogi car yn L'Aquila. Os am aros ar yr arfordir, ar y llaw arall, mae modd hedfan i Pescara ac mae wedyn yn weddol rwydd llogi car i yrru i mewn i'r mynydd-dir. Os am ddibynnu ar drafnidiaeth gyhoeddus, mae digon o fysiau ar gael ac maen nhw'n gymharol rad, a digon cyfleus. Os am deithio gyda'r trên, mae angen gwneud yn hollol sicr ymlaen llaw fod y gwasanaeth priodol ar gael. Gan nad ydi Abruzzo, ar wahân i'r arfordir, yn gyfoethog mewn cyfleusterau twristaidd, awgrymir y byddai'n syniad call i weithio allan yr anghenion ymlaen llaw a chysylltu â Swyddfa Dwristaidd y Wladwriaeth yn Llundain (ENIT) er mwyn sicrhau'r wybodaeth angenrheidiol: Italian State Tourist Office, 1 Princess St. Llundain W1R 8AY (0171-408-1254).

Atyniad Abruzzo

Atyniad mawr Abruzzo i mi ydi'r modd y mae'r ymwelydd yn mynd yn ôl ganrifoedd wrth ymweld â'i threfi a'i phentrefi mynyddig. Ar wahân i'r holl ryfeddodau cudd y mae modd taro arnyn nhw a'r golygfeydd cwbl ysblennydd, mae arafwch bywyd y lle, hynafiaeth yr amaethyddiaeth a'r ffaith nad oes neb yn gwneud fawr ddim

cyfaddawd i dwristiaeth, i gyd yn creu byd gwahanol iawn i'r hyn rydyn ni bellach yn ei adnabod, a hwyrach yn wir ei fod yn codi rhywfaint o hiraeth am orffennol Cymru, a fu hefyd fel hyn un tro!

Umbria

Y mae Umbria yn gorwedd i'r gogledd o Abruzzo, er bod rhan o dalaith fawr Lazio yn torri'r cysylltiad rhyngddyn nhw. I'r gogledd y gorwedd talaith Toscana, sydd yn dwristaidd iawn, yn bennaf yn rhinwedd dinasoedd Firenze a Pisa ac sydd, ers dwy ganrif bellach, yn hoff gyrchfan y Sais sy'n dymuno ymsefydlu yn yr Eidal. Ond mae i Umbria ei hun ei harbenigrwydd. Mae Umbria, ar un wedd, fel yr afon Tevere (Tiber) sy'n llifo drwyddi, hefyd yn dilyn cwrs ei phrif afon o'i phrifddinas, Perugia, tuag at dalaith Lazio a Rhufain yn y de. Mae'r hen air amdani – 'Calon Werdd yr Eidal' – am unwaith yn agos i'r gwir. Yn llawer tynerach nag Abruzzo, mae Umbria, serch hynny, yn llawn bryniau a mynyddoedd, dyffrynnoedd a chymoedd, gyda'r Tevere a'i llu o isafonydd yn rhedeg rhyngddynt, weithiau'n agor allan yn llynnoedd, weithiau'n rhuthro'n ffrydlifau sy'n disgyn i lawr rhaeadrau. Mae'r cyfan yn laswyrdd ac mae hyd yn oed y trefi mynyddig yn ymddangos yn garedicach na threfi caerog Abruzzo. Lle mae Abruzzo'n hagr ac yn hardd, mae Umbria'n fwyn ac yn brydferth. Serch hynny, o ymweld ag Umbria am y tro cyntaf, yn hytrach na theithio'n foethus o Firenze i Perugia, ac yna gweithio i lawr trwy'r trefi eraill, a gorffen hwyrach yn Rhufain, fe fyddwn i'n awgrymu'r gwrthwyneb. Ond cyn sôn am hynny, mae'n rhaid talu gwrogaeth byr i'r brifddinas.

Perugia

Perugia ydi'r ddinas fwyaf o ddigon, naill yn Abruzzo neu Umbria, ac nid yw'n nodweddiadol o gwbl o'i thalaith. Er bod ei chanol yn ganoloesol, yn hardd ei hadeiladau ac yn gyforiog ei hatgofion o'i phrif artistiaid, Perugino a Pinturicchio, yn ei hanfod dinas brysur, fodern, lwyddiannus ydi Perugia. Yr oedd hanes cynnar y ddinas, yng nghyfnod cyn-Rufeinig y gwareiddiad Etruscaidd, yn bwysig iawn, ac mae llawer o olion Etruscaidd ar hyd a lled Umbria. Wedi hynny, yr oedd hanes anarferol o waedlyd i'r lle, hyd yn oed yn ôl mesur dinasoedd yr Eidal, hyd nes y cymerwyd y ddinas drosodd gan y Babaeth ym 1538 a'i rheoli am dair canrif wedyn yn ddi-dor. Heddiw, mae'n ddinas gyfoethog ei bywyd diwylliadol ac addysgol, ond anodd cyrraedd ei chanol, gan fod yr awdurdodau dinesig wedi cau craidd yr hen ddinas i bob trafnidiaeth gerbydol ond i geir sydd â chaniatâd arbennig. Mewn unrhyw daith o gylch dinasoedd yr Eidal, fe ddylid cynnwys Perugia, ond gan nad taith felly sydd gennym ni, a chan mai ymweliad ag Abruzzo ac Umbria sydd gennym dan sylw, awn yn ôl at y modd gorau i ddynesu at Umbria. A chymryd ein bod yn gweithio ein ffordd i fyny o Abruzzo a'n bod wedi bod yn ddigon ffodus i sicrhau cerbyd, yna mae taith ysblennydd yn cynnig ei hun. (Dylid osgoi ar bob cyfrif y daith ar y briffordd trwy Rieti a Terni. Mae Terni yn ddinas fawr, ddiwydiannol hawdd iawn mynd ar goll ynddi.)

Onid ydyn ni yn y sefyllfa ddelfrydol hon o fod mewn meddiant car, yna mae'n ddigon rhwydd cael trên o Rufain i Perugia, neu o Firenze i Perugia, a theithio Umbria ar fws wedyn. Fe fyddwn yn parhau i argymell gwneud y teithio lleol ar fws yn hytrach na cheisio datgymalu cymhlethdod trenau.

Sut bynnag, mae'r daith sydd gennym dan sylw yn cychwyn yn L'Aquila ac yn cyfeirio i'r gogledd dros lwyfandir Montereale, a chan weu o gylch llyn hardd a deniadol Campotosto, i Amatrice, tref sy'n enwog iawn am ei choginio, yn arbennig felly madarch o bob math. Ymlaen ar ôl cinio hamddenol, gyda gwin Orvieto hwyrach, i Norcia, sydd dros y ffin yn Umbria. Mae'r daith o Amatrice i Norcia ymysg y mwyaf ysblennydd y gwn i amdani yn unman. Mae'n rhaid troi oddi ar y briffordd cyn cyrraedd tref Arquata a dringo'n enbyd am amser cyn cyrraedd y brig a gweld Norcia yn y dyffryn ymhell bell islaw, a holl ffrwythlonder Umbria o'i chwmpas. Tref fechan, gyda'i muriau canoloesol yn gyfan o'i chylch, ydi tref Norcia, ond mae'n bwysig iawn yn hanesyddol oherwydd yma y ganed Sant Benedict, sefydlydd mynachaeth Rufeinig, yn y bedwaredd ganrif, ac yma y gellir gweld o hyd fan ei eni a'r eglwys a godwyd er cof amdano, mewn piazza clyd a chartrefol sy'n llawn mynd a dod cyfoes y gymuned amaethyddol o gwmpas y dref. Erbyn heddiw, mae Norcia'n adnabyddus am orchest wahanol iawn. Dyma gartref math o fwyd y telir crocbris amdano yng ngwestai mawr Llundain a Paris, y tryffl. Mae'n werth aros noson yn Norcia, a symud ymlaen wedyn ar draws gwlad i Spoleto, un o'r llu o drefi bychain a chymharol fychain yn yr ardaloedd hyn sy'n sefyll, pob un ar ei uchelfan, yn edrych trwy'r tes ar wyrddlesni'r gwinllannoedd a gwyrdd gwahanol yr olewydden ac aur yr erwau ŷd. Yn Spoleto yn yr haf y mae gŵyl gelfyddyd enwog iawn a sefydlwyd fel gŵyl gerdd awyr-agored gan y cyfansoddwr Giancarlo Menotti ym 1958, ond sydd bellach yn cwmpasu'r celfyddydau i gyd. Ar wahân i'r ŵyl, yn Spoleto y mae'r Duomo, a adeiladwyd ym 1067 ac a adnewyddwyd ganrif a hanner yn ddiweddarach; heb amheuaeth yr eglwys harddaf yn y ddwy dalaith. Mae'n gorwedd mewn piazza ar waelod rhes hir a llydan o risiau carreg ac felly, fel gyda chadeirlan Tyddewi, mae rhywun yn edrych i lawr ar ei harddwch. Y tu mewn, y tu ôl i'r allor ac uwch ei phen ar y to, y mae murlun rhyfeddol gan Fra Lippo Lippi yn darlunio bywyd y Forwyn Fair. Mae modd eistedd yng nghefn y Duomo ac ymgolli yn hir iawn yn rhyfeddod y llun hwn. Ond ni ddylid anwybyddu rhyfeddodau eraill Spoleto, gan gynnwys eglwys hŷn hyd yn oed na'r Duomo, San' Eufemia, sy'n gwbl wahanol yn ei noethni a'i symlrwydd piwritannaidd, eglwys sy'n mynnu tawelwch a myfyrdod, hyd yn oed oddi wrth dwristiaid swnllyd a chamera-lwythog. Mae llawer o westai hwylus yn Spoleto, ac mae safon y lleoedd bwyta yn uchel iawn a heb fod yn ddrud, er mai yn Spoleto, yn y Piazza della Fontana, y deuais ar draws yr unig le bwyta gwael a di-ras a brofais erioed yn yr Eidal.

Rhwng Spoleto a Perugia, y mae llu o drefi mynydd, rhai ohonyn nhw'n wirioneddol wych, gan gynnwys yr enwog Assisi, lle mae eglwys fechan ryfeddol yn coffáu Sant Ffransis a basilica anferth ac erchyll wedi ei hadeiladu drosti; a thref Gubbio, sydd ymron yn union fel yr oedd yn yr Oesoedd Canol. Fy ffefrynnau i ydi Trevi a Spello, dwy dref yn sefyll yn uchel uwchben y gwastatir tesog, yn frith o berllannau olewydd ond yn gysgodol a thymherus o fewn eu muriau. Mae Spello yn arbennig yn llawn rhyfeddodau cudd. Nid oes unman yma sy'n ifancach na'r Dadeni, ac mae'r rhan fwyaf o'r adeiladau, gan gynnwys y tai y mae'r trigolion yn byw ynddyn nhw, yn dyddio'n ôl i'r Oesoedd Canol. Un o'r pethau rhyfeddaf hwyrach ydi gweld y golch wythnosol yn hongian yn ddi-hid o falcon haearn a luniwyd gan ryw grefftwr lleol chwe chan mlynedd yn ôl. Ymhobman yn y trefi, mewn eglwys ac mewn neuadd dref, gwelir lluniau gwreiddiol o'r safon flaenaf gan Perugino, Pintorucchio, Fra Lippo Lippi, a hyd yn oed Giotto, a phawb yn pasio heibio iddyn nhw, ar drywydd eu gorchwylion beunyddiol.

Hwyrach mai'r lle gorau i ffarwelio ag Umbria ydi Orvieto, rhyw gam neu ddau eto i'r gorllewin o Spoleto. Mae modd gweld Orvieto, yn sefyll ar ei chraig sgwâr anferth, am filltiroedd lawer i bob cyfeiriad. Wedi dringo i ben y graig, gwelwn piazza anferth, gyda neuadd dref go anghyffredin, y Palazzo del Capitano del Popolo, ar un pen ac un arall o eglwysi mawr Umbria, y Duomo a gynlluniwyd gan yr un pensaer a oedd yn gyfrifol am y Palazzo Vecchio yn Firenze, ar y pen arall. Mae wedi ei hadeiladu mewn cyfuniad o fasalt du ac o galchfaen lwyd-felen gyda cherfluniau a threfniant mosäig cynnil a chymhleth iawn gan feistr arall, Lorenzo Maitani, dros wyneb y pen gorllewinol.

Y tu mewn, mae ffresgos cwbl arbennig gan Fra Angelico a Signorelli, yn dangos Dydd y Farn ac yn ddylanwad cryf iawn ar ffresgos Michelangelo yn Rhufain. Islaw y ddinas, yn y graig, y mae brodwaith o ogofâu, lle cedwir gwin gwyn enwog Orvieto hyd nes y bydd yn barod i'w yfed. Dywedir fod gwin gwyn Orvieto'n ddigon enwog yn gynnar iawn i Signorelli ofyn am hanner ei ffi am lunio'r ffresgos, yng ngwin Orvieto.

Aros

Mae'r amrywiaeth o westai sydd ar gael mewn trefi fel Norcia, Spoleto ac Orvieto yn cynnig amrywiaeth o brisiau hefyd. Fel enghreifftiau, gellir dweud fod modd cael lle cysurus a bwyd da iawn mewn lleoedd fel y Nuovo Clitunno yn Spoleto neu'r Grotha Azzurra yn Norcia, ac felly fe ddylid ymchwilio cyn setlo ar westy.

Bwyd

O ran prynu bwyd i'w goginio – yn arbennig i rai fydd yn bwydo'u hunain – dylid cofio fod yr Eidal, er yn meddu ar yr uwchfarchnadoedd arferol erbyn hyn, o hyd yn llawn marchnadoedd awyr-agored lle mae'r llysiau a'r ffrwythau'n rhagorol a'r prisiau'n llawer is nag mewn siopau. Mae'r profiad o siopa ynddyn nhw'n ddifyr hefyd.

Atyniad Umbria

Prin fod angen tanlinellu atyniad Umbria. Mae cymaint o gyfoeth yr Eidal yma, ond mae'n llawer mwy swil a thawel na'r dinasoedd mawrion, neu hyd yn oed trefi Toscana. Mae modd oedi a mwynhau yn Umbria, a phrin y byddai neb yn prysuro i adael, unwaith y maen nhw wedi profi'r lle.

Profens

Hen dai yn Riez

WYN BELLIS JONES

Dechrau Caru

Roedd hi'n ormod o demtasiwn. Ar y naill law, roedd byrddau gwynion dan y coed a sŵn pobl yn mwynhau eu hunain; ar y llall, yr haul yn danbaid, y car fel ffwrnes a'r ffordd yn bell. Roeddem wedi mwynhau gormod ar y swper y noson cynt, wedi codi'n hwyrach nag y dylem ac roedd yn rhaid cyrraedd Puimoisson y noson honno. 'Chymrwn ni mo'r cinio, 'sti, dim ond rhyw blatiad o salad ysgafn a digon o ddiod oer.' Ond roedd y bwyty mor ddymunol, a'r croeso mor dwymgalon, a chriw o Ffrancwyr, y rhan fwyaf ohonynt yn tynnu at oed yr addewid, yn mwynhau eu hunain ac am ein cynnwys ninnau yn yr hwyl. Dyna sut y trodd y salad yn bryd tri chwrs a'r ymweliad brysiog yn arhosiad dwyawr. Roedd hi ymhell wedi tri o'r gloch arnom yn ffarwelio â'r hwyl a'r gyfeddach, a hynny'n groes i'r graen.

Felly doedd dim amdani ond sgrialu mynd i lawr i ddyffryn y Rhône ac ar hyd y lan orllewinol i osgoi Valence ac wedyn dros yr afon ac i fyny dyffryn y Drôme. Heibio i Crest a Die, a dringo'r myrdd troadau nes cyrraedd pen Col de Cabre. Yn y fan honno y cefais y weledigaeth, yr un wefr yn union ag a gawn bob blwyddyn ar drip yr Ysgol Sul i'r Rhyl. Bryd hynny, ymhell cyn gweld y rhyfeddod ei hun, yng nghyffiniau'r bont yn Rhuddlan fe fyddai'r hogiau'n gweld lliw'r awyr yn las gwahanol ac fe fyddem yn gweiddi, 'y môr, y môr', gyda'r un cynnwrf ag y gwaeddai milwyr Xenophon gynt, mae'n siŵr. Yma ar ben y bwlch, roeddwn lawn cyn sicred fod paradwys o fewn cyrraedd; roedd glesni crisialaidd yn y golau yn datgan fod ffin anweledig wedi ei chroesi, a'n bod ym Mhrofens o'r diwedd.

Yn ddiweddarach y deellais na fyddai'r mwyafrif yn ystyried y llecyn hwnnw'n rhan o Brofens. Ta waeth am hynny. Dyna ddechrau fy ngharwriaeth i â'r dalaith hyfryd honno, a does dim a ddigwyddodd wedyn wedi gwneud i mi wyro dim oddi wrth yr ymrwymiad cyntaf hwnnw, na phylu dim ar y serch.

Wedyn trwy Serres a Sisteron, osgoi Digne ar lonydd culion, drwy

Mézel yn y gwyll, ar hyd dyffryn Afon Asse, dringo i fyny i lwyfandir Valensole ac, ar ochr y ffordd gul, wledig, golau car yn fflachio a chroeso ffrindiau yn ein haros. Erbyn hynny roedd yr haul wedi hen fachlud a thywyllwch melfed yn amgáu caeau lafant. Ond roedd yr arogleuon hyfryd a chân y sicada yn hudolus, ac fe lwyddwyd i godi pabell yn rhyfeddol o sydyn gan mor olau oedd y ffurfafen serog uwch ein pennau. Yn ddiweddarach, wrth fwyta'r swper oedd yn ein haros ar y bwrdd hir y tu allan i'r hen ffermdy, ni allwn i lai na rhyfeddu at fy lwc yn cael fy hun yn y fath baradwys.

Fe fûm wrth yr un bwrdd wedyn ar adegau eraill yn mwynhau rhai o seigiau traddodiadol y Midi fel penfras wedi ei halltu gydag *aïoli* neu'r cawl pysgod, *bourride* a gorffen y pryd gydag almonau ffres o'r coed a mêl lafant. Gyda'r nos gallwn edrych draw dros y coed tywyll i lawr i gyfeiriad y Verdon a gweld y gwyfynod yn dawnsio yn ngolau'r lampau. Gyda lwc, deuai'r gwyfyn enfawr hwnnw, y *porcelaine,* ar adenydd melfed du i orffwyso ennyd ar fur y tŷ. Un noson daeth canwr lleol yno a chanu i gyfeiliant ei gitâr rai o alawon ei fro a cherddi Provençal, ac roedd yn ei ganu hiraeth am y gogoniannau fu. Ond fu'r un noson fel y noson gyntaf ledrithiol honno.

Yn ystod y dyddiau dilynol cawsom gyfle i ddechrau adnabod yr ardal ac mewn ymweliadau diweddarach fe ddwysaodd fy serch at y lle. Mae hynny ynddo'i hun yn rhyfedd, oherwydd fûm i erioed yn hoff o haul crasboeth ac mae gorwedd ynddo yn anathema. Ond yn y rhan hon o Brofens roedd haul Gorffennaf ac Awst yn llai gormesol nag yn y tir is neu'r trefi, ac roedd cyfle pan fyddai'r haul yn ei anterth i ddianc am ysbaid i'r bryniau uwchben y Col de St Jurs lle byddai awel iachusol i'w chanfod dan y pinwydd.

Llond Gwniadur o Hanes y Dalaith

Mae hanes dyn yn y dalaith yn ymestyn yn ôl ymhell, filiwn neu fwy o flynyddoedd cyn Crist. Daeth y Celtiaid yma yn yr wythfed ganrif C.C. Fe welodd y Groegiaid leoedd addas i sefydlu trefi masnachol – Massalia (Marseille) i ddechrau tua 600 C.C. ac wedyn eraill fel Hyères a Nice. Erbyn tua 100 C.C. roedd y Rhufeiniaid yn llygadu Gâl ac yn 125 C.C. fe ddechreusant oresgyn y wlad. Fe frwydrodd y Celtiaid yn galed yn eu herbyn nes eu gorchfygu mewn brwydr fawr wrth draed Mte-Ste-Victoire (hoff fynydd Cézanne) yn 102 C.C. Fe ddaeth de Ffrainc, o'r Pyreneau i'r Alpau, yn rhan annatod o'r ymerodraeth newydd ac o'r enw Lladin ar y dalaith, *Provincia,* y tarddodd yr enw Profens.

Yn ystod yr Oesoedd Tywyll, wedi cwymp yr ymerodraeth, roedd goresgynwyr yn bla. Bu'r Gothiaid, Ffranciaid, Normaniaid, Arabiaid yn ymosod yn eu tro, ond erbyn yr Oesoedd Canol roedd Profens, mewn enw, yn rhan o'r ymerodraeth Almaenig. Serch hynny, roedd yn gyfnod cythryblus a'r arglwyddi lleol yn anystywallt iawn. Dyma'r cyfnod yr adeiladwyd y *villages perchés* ar ben bryniau serth er mwyn diogelwch. Daeth y rhan fwyaf o Brofens i ddwylo Cowntiaid Catalunya ym 1125 ac fe lwyddasant i gadw'r meddiant hyd nes y bu farw'r olaf ohonynt heb etifedd ym 1481 a gadael y dalaith i frenin Ffrainc.

Yr Oesoedd Canol oedd oes aur yr iaith Ocitaneg, neu'r Hen Brofensaleg, iaith oedd yn perthyn yn agos i Gatalaneg. Hon oedd iaith y trwbadwriaid y dylanwadodd eu cerddi gymaint ar lenyddiaethau eraill Ewrop, gan gynnwys y cywyddwyr yng Nghymru. Polisi llywodraeth Ffrainc oedd cael unoliaeth mewn llywodraeth, cyfraith ac iaith ac ym 1539 pasiwyd deddf oedd yn gwneud Ffrangeg yn iaith swyddogol y dalaith ar draul yr Ocitaneg (cymharer hyn â'r Deddf Uno yng Nghymru ym 1536). Edwino fu hanes yr iaith Ocitaneg neu'r *langue d'oc,* fel y'i gelwid wedyn.

Fe gafwyd adfywiad ar ddechrau'r ganrif hon, ac fe enillodd Frédéric Mistral Wobr Nobel am ei farddoniaeth yn yr iaith. Erbyn heddiw fe ddywedir fod ambell hynafgwr yn gallu rhywfaint ar yr hen iaith ond pobl yn byw yn y cymoedd anghysbell yw'r rheini. Er hynny, mae Ffrangeg pobl Profens yn cynnwys llawer o eirfa'r *langue d'oc* ac mae eu hynganiad yn dangos dylanwad synau'r hen iaith. Mae hefyd ddiddordeb newydd yn yr iaith ymysg yr ifanc ac mae gwersi i'w cael mewn rhai ysgolion. Hefyd, yng nghefn gwlad Profens, hyd yn oed heddiw, pan fydd pobl yn beirniadu'r llywodraeth am hyn a'r llall fel glywir islais o rywbeth dyfnach na'r cwyno arferol. Mae'r Ffrancwr ymhob talaith yn hoff o feirniadu'r ymyrraeth o'r canol. Gellid meddwl mai o Baris y daw pob dim sy'n annymunol mewn bywyd! Ond pan fydd y Profensalwr yn cwyno ar ei fyd mae ambell ymadrodd sy'n awgrymu ei fod yn hiraethu am fwy na gostwng rhyw dreth neu'i gilydd.

Yn y gymdeithas geidwadol hon mae lle i ofni fod yna symud yn wleidyddol tua'r dde. Mae arwyddion Jean-Marie Le Pen a'i blaid, y Front National, i'w gweld yn gyffredin, ac mae'r blaid wedi ennill rheolaeth ar bedair tref yma, sef Toulon, Orange a Marignane ym 1995 a Vitrolles ym 1997. Mae, hefyd, bryder fod y llywodraeth ym Mharis yn dechrau gwrando, a bod y polisïau ar fewnfudo yn cael eu haddasu i blesio'r teimladau mwy eithafol. Mae mewnfudo anghyfreithlon o Affrica ac o rannau eraill o'r byd yn broblem yma fel ymhob gwlad arall yn Ewrop. Mae polisi Ffrainc o ganiatáu dinasyddiaeth lawn i frodorion y rhannau hynny o'r hen ymerodraeth sy'n dal yn ei meddiant, wedi cynyddu ofnau'r gweithwyr gwyn eu croen mewn cyfnod o ddirwasgiad a diweithdra.

At hynny mae Le Pen wedi gallu manteisio ar y diflastod sy'n ymateb i'r llygredd mewn bywyd cyhoeddus. Fe honnir fod drwgweithredwyr y Côte d'Azur wedi manteisio'n helaeth ar grantiau a delir o Baris ac o Frwsel, ac wedi llygru llywodraeth leol a'r ynadaeth er mwyn cael eu ffordd. Ym 1992 fe lofruddiwyd merch o'r enw Yann Piat oedd yn *député* (Aelod Seneddol) ar y Riviera gan ddau ddyn ar gefn beic modur, oherwydd, mae'n debyg, ei safiad yn erbyn llygredd. Dyma un pryfyn, o leiaf, yn afal coch Profens.

Ble mae Profens?

Erbyn heddiw mae ansicrwydd hyd yn oed ymysg y Ffrancwyr eu hunain ynglŷn â ble yn union mae ffiniau Profens. Fe fyddai rhai yn cynnwys cornel dde-ddwyreiniol Ffrainc i gyd o'r Camargue ar aber y Rhône i bendraw'r Riviera a'r ffin â'r Eidal, i fyny wedyn cyn belled â Valence, Gap a Briançon. Fe fyddai eraill yn cyfyngu Profens i ardal lai gan ollwng lleoedd fel Marseille a Toulon ac anghofio am y mynydd-dir i'r gogledd o Digne.

Apêl y Lle

Beth bynnag am ffiniau'r Brofens go-iawn, mae rhin arbennig y dalaith wedi gafael yn nychymyg pobl Ewrop ers diwedd y ganrif ddiwethaf, ac mae sawl rheswm am hynny. Mae pawb ddaw yma'n sylwi ar y golau. Mae'n wahanol i oleuni ymhobman arall, medd llawer. Dyna pam yr heidiai arlunwyr mawr yma ddiwedd y ganrif ddiwethaf a dechrau hon – Matisse, Renoir, Miró, Modigliani, Picasso ymhlith amryw.

Y ddau a gysylltir â Phrofens, yn fwy na neb, yw Van Gogh a Cézanne. Fe baentiodd Van Gogh 300 neu fwy o luniau tra oedd yn byw yn Arles cyn iddo wallgofi a chwilio'n ofer am wellhad yn ysbytai Arles a St-Rémy-de-Provence. Un o Aix-en-Provence oedd Cézanne. Yno y treuliodd ei fywyd ac yno y bu farw, yn un o'r arlunwyr medrusaf ei feistrolaeth ar liw. Y ddinas hardd hon a'r ardal o'i chwmpas oedd ei ysbrydoliaeth. Mae'r awyr hefyd yn glir iawn ac oherwydd hynny mae arsyllfeydd seryddol wedi eu hadeiladu ar y bryniau. Yn wir, yng nghefn gwlad Profens, ymhell o'r trefi a'u mwg a'u golau, mae ehangder y ffurfafen a gloywder y sêr ar noson haf yn brofiad lledrithiol nas ceir i'r un graddau yng Nghymru.

Mae ymwelwyr wedi eu denu yma gan y tywydd hefyd – yn sych a phoeth yn yr haf, yn ddymunol iawn yn y gwanwyn a'r hydref, ac yn fwyn ar yr arfordir, lle mae cysgod rhag gwyntoedd oer y gogledd. Yn y bryniau yng nghanol Profens mae'r hin yn llawer caletach yn y gaeaf, ac fe fydd y *mistral* (y gwynt oer o'r gogledd) yn chwythu am ddyddiau, a'i sŵn, meddir, yn ddigon i godi'r felan neu wallgofrwydd. Does ryfedd nad oes ffenestri tua'r gogledd ym muriau trwchus yr hen ffermdai.

Yr hyn y bydd llawer fu'n ymweld â Phrofens yn ei ddwyn i gof yw arogl y lafant sy'n cael ei dyfu'n rhesi syth o glympiau glas – hynny a'r perlysiau gwyllt – teim, saets, safri, rosmari, mintys y graig. Mae cerdded yn yr haf trwy'r *garrigue* yn brofiad persawrus a phob cam yn gwasgu arogl o'r planhigion sydd wedi eu sychu'n grimp gan yr haul. Does ryfedd mai Profens, a Grasse yn fwyaf arbennig, oedd cartref y diwydiant persawr, ac mae'n dal yn rhan bwysig iawn o economi'r dalaith. Yn ystod yr haf, ar lwyfandir Valensole a'r ardal o gwmpas Grasse, bydd llwythi enfawr o frigau lafant, peth o ddeunydd crai y diwydiant hwn, yn cael eu llusgo gan dractorau i'w troi'n olew yn y distyllfy lleol.

At hyn i gyd mae olion hanes yn brigo ymhob rhan o Brofens. Er nad oes cymaint o olion y cyfnod cyn-hanes nac o hanes hir y Celtiaid i'w gael yma ag mewn rhannau eraill o Ffrainc, mae yma fwy o olion y Rhufeiniaid nag yn unman y tu allan i'r Eidal. Mae theatrau ac amffitheatrau, cofgolofnau a phontydd o'r cyfnod Rhufeinig yn frith. Mae olion yr Oesoedd Canol hefyd yn amlwg mewn llawer iawn o'r pentrefi sy'n glynu'n glòs i ochrau'r clogwyni neu'n clwydo'n swrth ar ben sawl bryn.

Bu'r arfordir deheuol yn fan ffasiynol iawn i bobl ariannog Lloegr, Gwlad Belg, yr Almaen a gogledd Ffrainc osgoi oerfel y gaeaf. Daeth yr arfordir mor boblogaidd (a'i alw'n Côte d'Azur a Riviera) nes bod trefi a phentrefi wedi tyfu ar hyd y glannau o gyffiniau Toulon i Menton ar y ffin â'r Eidal. Yma heddiw mae llygredd yn y môr, prysurdeb annioddefol, crocbris i'w dalu am fwyd a llety, a rhai o'r enghreifftiau mwyaf chwydlyd o rodres cyfoethogion. Ond er gwaetha dyn a'i farusrwydd mae harddwch naturiol y lle yn dal i fynnu sylw. Mae bryniau ysgythrog yn codi o'r traethau ac eira'r gaeaf ar bennau'r Alpau i'w weld o amryw o'r trefi glan môr. Mewn ambell fan, cyn amled â pheidio lle mae'r cyfoethogion, neu'r Weinyddiaeth Amddiffyn weithiau, wedi rhwystro gor-ddatblygu, mae darnau o'r baradwys wreiddiol i'w gweld, ac mae hynny'n dwysáu'r tristwch o weld y baradwys a gollwyd mewn mannau eraill.

Un o'r pethau gwaethaf ddigwyddodd i Brofens yn ystod y blynyddoedd diwethaf oedd Peter Mayle a'i lyfr *A Year in Provence,* a'r gyfres deledu wael a seiliwyd arno. Aeth ardal y Vaucluse yn ail i'r Dordogne fel atynfa i Saeson. Yn ffodus mae'r wasgfa ariannol wedi atal y farchnad dai haf ac mae cefn gwlad Profens, fel ardaloedd gwledig Cymru, a llawer ardal wledig arall yn Ewrop wedi mwynhau saib yn y mewnlifiad, er bod lle i ofni mai byr fydd hwnnw.

Gwahanol Rannau Profens

Mae amrywiaeth mawr yn natur y dalaith a'i hatyniadau. Os dechreuir yn y gorllewin, o gwmpas aber y Rhône fe ellir ymweld â threfi diddorol iawn. Ymhellach i fyny dyffryn y Rhône mae Avignon ac Orange, llwyfandir Vaucluse a'r ardaloedd gwin a mynydd hardd Mont Ventoux. Wrth symud ar hyd yr arfordir tua'r dwyrain fe ddown i'r Côte d'Azur yn ymestyn o Bandol, heibio i Toulon, ynysoedd Hyères, St-Tropez, Port-Grimaud, St-Raphaël i Fréjus. Y tu ôl i'r arfordir mae gwlad ddiddorol y Var. Ymlaen tua'r Eidal mae trefi'r Riviera, Cannes, Juan-les-Pins, Antibes, Nice, Monaco a Menton. Yn ymestyn bron at lan y môr mae bryniau a mynyddoedd yr Alpau, ac mae teithio i'r gogledd ar hyd y ffyrdd mynyddig a throellog yn dasg anodd ac araf. Os llwyddwn fe ddown, trwy Grasse, neu Puget-Theniers, neu Auron i Ogledd Profens, ac yma, i mi, mae'r wir baradwys. Gwlad gymharol wag, Natur ar ei gorau, a phentrefi a threfi cysglyd heb eu poeni'n ormodol gan ymwelwyr, a churiad yr hen amseroedd i'w glywed yn glir.

Mae Marseille yn ddinas ddiwydiannol, yr ail fwyaf yn Ffrainc a phrif borthladd y wlad. Roedd hi'n enwog un tro am ei drwgweithredwyr, ond mae sôn fod y mwyaf llwyddiannus o'r giwed honno wedi mudo bellach i'r Côte d'Azur a'r Riviera gan fod y bywyd a'r enillion yn frasach yno. Oherwydd y porthladd a'r cysylltiad agos gydag Algiers a gweddill gogledd Affrica mae hi'n ddinas aml-hiliol, ac yn lle hynod ddiddorol. I'r gorllewin mae morfa'r Camargue – lle sy'n enwog am gowbois (rhai go-iawn!), sipsiwn, teirw duon, ceffylau gwynion, fflamingos a halen. I'r dwyrain mae maestre Aubagne a'r bryniau calchfaen sydd mor nodweddiadol o Brofens. Am ei fachgendod yn y bryniau hyn yr ysgrifennodd Marcel Pagnol ei hunangofiannau melys-hiraethus, *Le Chateau de ma Mère* a *La Gloire de mon Père* sy'n atgoffa rhywun o waith Laurie Lee a *Pigiau'r Sêr,* J G Williams. Yno hefyd y lleolodd Pagnol ei nofelau enwog *Jean de Florette* a *Manon des Sources* a drowyd yn ffilmiau llwyddiannus iawn gan Claude Berri.

I'r gogledd mae trefi hynod ddiddorol fel Aix-en-Provence, cyn brifddinas y dalaith a phrifddinas gelfyddydol yr ardal heddiw, yn gartref i brifysgol fawr a gŵyl gerddorol ryngwladol enwog iawn ym mis Gorffennaf. Mae hi'n dref hardd a ffasiynol ac yn ymwybodol iawn o'i delwedd, a phrisiau yn adlewyrchu hynny. Ar lan y Rhône mae Avignon a'i hanner pont y canwyd y rhigwm amdani. Yno y daeth y Pab i fyw am gyfnod ym 1303 i osgoi'r helyntion oedd yn bodoli yn Rhufain ar y pryd ac yno y bu ef a'i olynwyr am ganrif. Mae olion y cyfoeth a'r prysurdeb i'w gweld yn y Palas enfawr.

Yn Arles, Nîmesa Pont du Gard mae rhai o'r enghreifftiau mwyaf cofiadwy o adeiladau Rhufeinig. Mae'r ddwy amffitheatr yn Arles a Nîmes (y ddwy â'r un enw, *Les Arènes)* yn cael eu defnyddio heddiw ar gyfer ymladd teirw, cyngherddau a pherfformiadau eraill. Fe gafodd tref Pont du Gard ei henw oherwydd y bont driphlyg ryfeddol y mae ei llun ymhob llyfr ar Brofens. Mae'r ail lefel ohoni'n dal i gario dŵr dros Afon Gard, mae ffordd ar y lefel isaf ac fe ellir cerdded dros y rhan uchaf, h.y. os yw'r cerddwr yn iach o'r pendro. Mae Orange, ymhellach i'r gogledd, yn ymffrostio yn ei theatr Rufeinig a honno hefyd yn cael ei defnyddio i berfformiadau o bob math.

Y tu cefn i drefi a phentrefi prysur y Côte d'Azur mae bryniau ysgythrog a cheunentydd dyfnion y Var. Ychydig o ffyrdd sy'n croesi'r wlad hon ar wahân i'r hen N7 a thraffordd A8 sy'n dilyn yr un llwybr. Mae'r trefi a'r pentrefi yn bell oddi wrth ei gilydd yn enwedig i'r gogledd o'r ddwy ffordd lle mae llawer o'r wlad yn eiddo i'r fyddin (mae'r sefydliad milwrol yn Ffrainc yn fwy gwancus am dir na hyd yn oed y Weinyddiaeth Amddiffyn ym Mhrydain). Mae'r wlad y tu ôl i'r Riviera yn arwach fyth gan fod yr Alpau yn cyrraedd cyn belled â'r arfordir.

Alpes de Haute-Provence

Mae tynfa arbennig i mi mewn un gornel fach o'r rhan ogleddol hon o Brofens. Mae llwyfandir Valensole rhwng afonydd Durance, Asse a Verdon. O'r llwyfan naturiol hwn gellir gweld ymhell tua'r gorllewin tuag at fynyddoedd Luberon a Mont Ventoux, neu Fynydd y Gwyntoedd, gan mai o'r cyfeiriad hwn y deuai'r *mistral* i boeni pobl y de. I'r cyfeiriad arall mae bryniau calchfaen yn esgyn i ryw 5000 troedfedd, epil yr Alpau uchel yn y gogledd-orllewin. I'r de mae hafn dwfn y Verdon.

Ar wahân i'r ceunant hwn, yr hwyaf a'r dyfnaf yn Ewrop, a threfi bach Moustiers a Riez, does dim yma i ddenu ymwelwyr yn heidiau, ac mae'r llonyddwch a'r heddwch yn falm. Dydi hynny ddim at ddant pawb sy'n byw yno, wrth reswm. Roedd un perchennog siop gwerthu-bob-dim mewn pentref bach yn dweud wrthym ei bod yn gweddïo bob nos ar i Dduw sicrhau fod yr awdurdod lleol yn sefydlu *camping municipal* yn y pentre. Hyd yn hyn ni wireddwyd ei breuddwyd. Diolch am hynny wna i, ond, chwarae teg i Josette, mae rhagor rhwng ymweld am wythnos neu ddwy yn yr haf a gorfod gwneud bywoliaeth yno am flwyddyn gron, gyfan.

Ffermio yw'r diwydiant pwysicaf, a thyfu lafant yn bennaf. Mae'r caeau di-glawdd gyda'u rhesi syth o dwmpathau glas yn nodwedd o'r ardal. Mae ŷd yn cael ei dyfu hefyd a rhai llysiau, ac wrth gwrs mae yma goed olewydd a choed almon, ond does dim llawer o lewyrch a heb grantiau mae'n debyg na fyddai amaethu yn economaidd yma o gwbl. Yn anffodus, mae mwy o ddefnyddio cemegau yn lle'r lafant naturiol yn bygwth y rhan honno o'r economi leol. Oherwydd prinder gwaith yn lleol mae rhai yn teithio'n bell i'w gwaith – i Ganolfan Niwclear Cadarache, neu hyd yn oed i Aix. Mae eraill yn gweithio ymhellach mewn lleoedd megis Marseille, Avignon, y Côte d'Azur a Toulouse, hyd yn oed, gan ddychwelyd adref ar y penwythnos.

Mae miloedd o ddefaid ar y bryniau, ac mae'r Ffrancwyr yn talu pris da am ŵyn sydd wedi eu magu ar lystyfiant amrywiol y bryniau yn yr haf ac wedi pori glaswellt y morfeydd yn y gaeaf. I sicrhau hynny fe fyddai'r bugeiliaid, hyd yn gymharol ddiweddar, yn gyrru'r defaid o diroedd y gwaelodion yr holl ffordd i borfeydd yr hafotai ac fe gymerai'r daith dair wythnos a mwy. Erbyn hyn mae'r defaid yn cael eu cario ar y rheilffyrdd ac mewn lorïau at draed y bryniau, ond mae llawer o fugeiliaid yn dal i fyw ar y bryniau drwy'r haf gan ddod lawr i'r pentref agosaf ar y Sadwrn i brynu bwyd a llyncu *pasti* neu ddau i dorri ar undonedd ac unigrwydd y bywyd.

LLEOEDD DIDDOROL

Ceunant Verdon

Bu ond y dim i'r lle rhyfeddol hwn gael ei ddifetha am byth. Roedd cynlluniau i'w foddi yn y 50au ac mae olion o hyd o'r twneli a gerfiwyd yn y graig i baratoi ar gyfer yr argae. Mae rhannau helaeth o ddyffryn y Verdon wedi eu boddi i'r gorllewin (Lac de Ste Croix) ac i'r gogledd (Lac de Castillon). Dim ond yn ddiweddar y daeth y Ffrancwyr yn fwy ymwybodol fod angen amddiffyn harddwch eu gwlad rhag datblygiadau diangen, ac nid oedd dim gwrthwynebiad i'r cynllun bryd hynny. Fe benderfynwyd rhoi'r gorau i'r cynllun oherwydd y gost ac nid oherwydd unrhyw wrthwynebiad.

Mae dyfnder y *Grand Canyon* (mae'r lle wedi cael y teitl crandiach hwn yn ddiweddar, yn hytrach na'r *Gorges* gwreiddiol) dros 2000 o droedfeddi mewn mannau ac yn gul. Mae ffyrdd o gwmpas y ceunant ar y lan ogleddol a'r lan ddeheuol. O'r *Corniche Sublime* (dydi swildod wrth ddisgrifio atyniadau ddim yn nodwedd Ffrengig) ar yr ochr ddeheuol y mae'r olygfa orau. Os oes arnoch awydd cwblhau'r cylchdro yn llawn, cofiwch ganiatáu digon o amser, gan fod y ffordd yn 72 milltir o hyd ac yn gul a throellog mewn mannau ac, yng nghanol yr haf, yn hynod o brysur, gan fod y ceunant ar restr pob ymwelydd i Brofens. Mae'n olygfa ryfeddol ac mae'n werth ei gweld. Mae hi'n bosib cerdded ar hyd llwybr ar waelod y ceunant ac mae'n bosib llogi kayak neu deithio ar rafft i lawr yr afon, ond dylid derbyn cyngor cyn mentro i lawr gan fod y lle'n gallu bod yn hynod beryglus pan fydd lefel y dŵr yn codi ar ôl agor llifddorau yn uwch i fyny'r afon.

Moustiers-Ste-Marie

Mae'r dref fach hon yn hynod brysur yn yr haf, gan ei bod yn agos i'r *Gorges du Verdon*. Mae'r lle'n enwog iawn am y llestri cain a wnaed

LLyn St Croix

yno yn y dyddiau gynt ac mae amgueddfa ddiddorol, y *Musée de la Faïence,* yn dangos y llestri lliwgar gyda'r addurniadau cywrain. Fe gafodd y diwydiant ei atgyfodi ym 1925 ac mae cryn lewyrch arno heddiw a nifer o weithdai a siopau yn y dref. Mae'n braf iawn dringo i fyny'r strydoedd culion di-draffig, heibio i'r eglwys a'i chlochdy deniadol. Ym mhen ucha'r dref mae llwybr yn dringo i eglwys ganoloesol, Notre-Dame-de-Beauvais. Ar draws y ceunant sgythrog a gerfiwyd gan Afon Rioul mae cadwyn yn hongian ac arni seren aur. Y cyntaf i osod cadwyn a seren yma oedd croesgadwr o deulu lleol, de Blacas, yn ddiolch am gael dychwelyd adre'n ddiogel ar ôl cael ei garcharu gan y Mwslemiaid.

Riez

Roedd hon yn dref fach ddiddorol, lle'r oedd bywyd yn hamddenol-gall a'r trigolion yn byw eu bywyd yn ddiffwdan ddigon. Erbyn heddiw mae'r lle wedi prysuro dan bwysau twristiaeth, ond gellir mwynhau awr ddymunol iawn yn eistedd ar y palmant o flaen un o'r caffis yn gwylio'r byd yn mynd heibio. Fe fu'r dref yn ganolfan bwysig un tro gyda phalas esgob yno, ac mae nifer o dai canoloesol yma. Ond erbyn heddiw ychydig o olion yr hen ogoniant sy'n aros, heblaw colofnau hen deml Rufeinig a'r Bedydd-dy a adeiladwyd yn y chweched ganrif. Uwchben y dref mae'r Chapelle St-Maxime a adeiladwyd yn y ddeunawfed ganrif, ac yn y dref mae amgueddfa fach yn arddangos hanes daearegol, planhigion ac anifeiliaid Profens. Rhyw filltir y tu allan i'r dref mae'r *Maison de l'Abeille,* lle gwerthir mêl a phob math o bethau a wneir ohono, a rhoi gwybodaeth fanwl am wenyn a'u cynnyrch yn ogystal.

Rheilffordd Profens

Rhed trên bach *Chenin de Fer de Provence* o Digne-les-Bain i Nice rhyw bedair gwaith y dydd. Mae'n ffordd hwylus iawn i fynd i'r Riviera – yn llawer hwylusach na gyrru car ar hyd y ffyrdd troellog, ac yn siwrnai ddiddorol tu hwnt. Mae'n mynd trwy diroedd garw iawn gyda phontydd uchel ac ambell dwnnel. Fe'i defnyddir gan y trigolion fel bydd Cymry yn defnyddio bysus bach y wlad. Mae'n stopio ymhob stesion ac weithiau lle nad oes un er mwyn cyfleustra i deithwyr sy'n byw mewn lleoedd pur anghysbell ac yn gollwng parseli mewn rhai mannau. Chawsom ni ddim gwybod a oedd y gyrrwr yn gwneud y siopa yn ogystal!

Dilyn y Verdon

Gellir dilyn Afon Verdon o'r *Grand Canyon* i'w tharddiad bron yn hwylus yn y car. O Castellane gellir gyrru gyda gofal dros y ffordd fynyddig gydag ochr y ceunentydd a foddwyd i greu llynnoedd Chaudanne a Castillon i St André-les-Alpes. Mae'r ffordd, yr afon a Rheilffordd Provence yn cydredeg yma nes, ychydig ymhellach na

Thorame-Haute-Gare, mae'r rheilffordd yn troi'n sydyn i'r dde trwy dwnnel yn y mynydd. Aiff y ffordd ymlaen i Colmars ac wedyn i Allos a La Foux d'Allos, y canolfannau sgio, cyn cyrraedd pen ucha'r bwlch, y Col d'Allos (7,300 tr.). O Allos gellir dringo i'r saffir hwnnw ymysg llynnoedd yr Alpau, y Lac d'Allos. Mae'r ardal hon yn rhan o Barc Cenedlaethol Mercantour ac mae llawer yn cerdded yma yn yr haf. Mae tarddle'r Verdon mewn cwm i'r gogledd o Foux d'Allos. Mae llwybrau cerdded diddorol yma. Trueni fod difrod y sgïo mor amlwg yn yr haf, a bod pentrefi sgïo modern mor ddigyfaddawd o hyll.

Colmars

Tref fechan gaerog yw hon a adeiladwyd yn ei ffurf bresennol dan gyfarwyddyd y pensaer milwrol, Vauban. Er mai i amddiffyn y bwlch yr adeiladwyd y muriau a'r ddwy gaer mae'r adeiladwaith yn ddymunol i'r llygad. Mae'n anodd credu y bydd neb ymhen tri chan mlynedd yn cael yr un boddhad esthetig wrth edrych ar adeiladau Foux d'Allos. Mae'r dref yn ddymunol iawn ac yn lle da i letya ynddo er mwyn cerdded yn y Parc du Mercantour.

Crwydro yn y Bryniau

Rhwng Ceunant y Verdon a Digne mae bryniau uchel ond hawdd eu tramwyo gyda digon o lwybrau a ffyrdd yn croesi drostynt. Mae'r Mourre de Chanier tua 6,300 tr ond mae'r rhan fwyaf o'r tir gwag ac anial hwn dros 4,500 tr. Ond y syndod yw gweld cymaint o adfeilion yma – nid yn unig fythynnod syml ond hefyd dai sylweddol ac ambell eglwys a phlasty. Mae'n rhaid fod y wlad wedi gallu cynnal poblogaeth sylweddol ar un adeg. Heddiw nid oes nemor neb yn byw mewn pentrefi fel Majastres ac mae'n lle anghysbell i dai haf, hyd yn oed. Gair o gyngor – os ydych am gymryd car i'r ardal hon holwch am gyflwr y ffordd cyn cychwyn. Yn aml nid oes wyneb caled ac un tro fe gawsom fod hanner y ffordd wedi ei golchi i ffwrdd gan lifogydd, ond gyda gwybodaeth a gofal mae'n bosib gyrru i mewn i ganol y wlad wag a diddorol hon.

Cyrraedd a Theithio Yno

Does dim ond un dull ymarferol o gyrraedd, sef mewn car, gan nad oes trenau na bysiau cyfleus. Yr A51 yw'r ffordd rwyddaf o'r de neu'r gogledd gan ei gadael yn Manosque, ond y ffordd fwyaf diddorol o'r gogledd yw drwy'r mynyddoedd o gyfeiriad Grenoble, heibio i odre'r Vercors a dros y Col de la Croix Haute i Serres, Sisteron a Digne.

Fe ellid hedfan i Marseille neu Nice, neu ddal trên neu fws o Baris i Valence neu Grenoble a newid yno i drenau neu fysiau lleol. Wedi cyrraedd mae'r car yn hanfodol eto os am weld pobman, ac mae hi'n wlad braf i gerddwyr gyda digon o lwybrau o bob math. Fe fyddai prynu mapiau tebyg i rai Didier Richard (graddfa 1:50000) neu rai'r llywodraeth, IGN y *Série Orange* (1:50000) a'r *Série Bleu* (1:25000), yn gaffaeliad mawr, gan eu bod wedi eu llunio ar gyfer cerddwyr a marchogion. Mae un o'r llwybrau hir, y *Sentiers de Grande Randonnée,* yn croesi'r ardal yn y de, sef y GR4 sy'n ymestyn o'r Riviera yn agos i Cannes i Royan ar aber y Gironde ar arfordir yr Iwerydd, ac mae map arbennig ar gyfer hwnnw. Mae mapiau neu atlas Michelin 1:200000 yn gwbl ddigonol i'r gyrrwr car, ac mae gwybodaeth fanwl iawn ynddynt. Mae digon o lyfrau wedi eu cyhoeddi yn Saesneg ar Brofens, ond y llyfrau mwyaf defnyddiol yn fy nhyb i yw cyfres *Guides de Tourisme* Michelin, y llyfrau gwyrdd, hirgul hynny, a'r un ar gyfer yr ardal hon yw'r *Alpes du Sud (Haute-Provence).*

Nice a'r Côte d'Azur

ANDROW BENNETT

Pan deithiodd Tobias Smollett, un o'r estroniaid cynta i sgrifennu yn helaeth am Nice, ym 1763 o Calais i'r *Baie des Anges,* treuliodd bythefnos gyfan ar y ffordd. A phedwar ugain gorsaf cyfnewid ceffylau ar y daith, doedd y broses o adael oerni gaeafol Prydain am haul de-ddwyrain Ffrainc ddim mor bleserus â hynny.

Erbyn hyn, fodd bynnag, gallwch hedfan o Brydain i Nice mewn llai na dwyawr i wneud y ddinas yn gyrchfan penwythnos o ddiwylliant neu hamdden fel y mynnoch. Gan fod sawl cwmni awyrennau yn cystadlu am gwsmeriaid ar ddiwedd y mileniwm, ceir ambell gyfle syfrdanol o rad i hedfan i'r awyrborth modern ar ben gorllewinol 'Bae'r Angylion'. Wrth baratoi i lanio yno yng ngwyll y cyfnos a dod i lawr o'r cymylau uwchben y Maures mae holl oleuadau pentrefi'r arfordir a'r bryniau gerllaw fel gwir ganhwyllau angylion i oleuo'r ffordd.

Mae'r Côte d'Azur a'i holl foethusrwydd wedi tyfu'n chwedlonol bellach ac enw'r awyrborth 'Nice – Côte d'Azur' yn arwydd cynnar eich bod wedi cyrraedd maes chwarae pobl gyfoethog y *Belle Epoque* ar ddechre'r ganrif hon.

Does dim rhaid hedfan i Nice, wrth gwrs, gan fod modd gyrru ar hyd y draffordd yr holl ffordd o Calais. Os taw teithio ar drên sy'n mynd â'ch bryd, yna mae 'na ddewis mynd â'ch car neu beidio. Gallwch deithio reit i ganol Nice ar y TGV *(Train Grand Vitesse)* neu fynd â'ch car dros nos ar y system Motorail i St Raphael sy rhyw hanner awr i'r gorllewin ar hyd y Côte d'Azur o Nice.

Eironi mwya'r *Niçois,* yr enw a roddir i drigolion y ddinas, yw bod gwell ganddynt olrhain eu henw i'r Groeg hynafol, *Nikaia,* sef 'Dinas Buddugoliaeth'. Hyn, cofiwch, er i Nice dreulio canrifoedd dan oresgyniaeth y Ffenisiaid, Rhufeiniaid, Galiaid, Fandaliaid, Fisigothiaid, Ostrogothiaid, Ffrankwyr, Saraseiniaid, Bwrgwyniaid, Swabiaid, Gelffiaid a Gibeliaid, y Profensaliaid a'r Ffrancwyr eu hunain yn ymosod hanner dwsin o weithiau o 1543 hyd nes i

Harbwr Nice

Napoleon III gymryd y lle drosodd o ddwylo Victor Emmanuel II ym 1860. Yn wir, fe sgrifennodd un hanesydd o Brydeiniwr ym 1930 y gellir dweud eu bod wedi magu arfer o fod dan warchae.

Erbyn hyn, mae trigolion Nice yn ymfalchïo yn eu hannibyniaeth, heb fod yn Ffrengig nac yn Eidalaidd, er mor agos yw'r ffin rhwng y ddwy wlad. Gan fod y ffin honno mor agos, mae'n hawdd ildio i'r demtasiwn i'w chroesi bob hyn a hyn, hyd yn oed ar wythnos fer o wyliau. Ond fe fyddai gwneud hynny'n gwneud cam â Nice gan fod cymaint i'w wneud ac i'w weld o gwmpas y ddinas ei hun.

Bydd pawb yn ddigon cyfarwydd â'r ddelwedd o'i haul a'r wybren las llachar sy'n nodweddiadol o Fôr y Canoldir. Ond dinas yn llawn cyfrinachau yw Nice – '… tywyll ac ynghrog …' yn ôl y nofelydd Patrick Modiano, fel petai popeth i'w weld trwy ffenest niwlog. Nid dinas Profensal mo Nice yn y diwedd ond Canoldirol, sy'n hollol wahanol yn ôl y trigolion. Uwchlaw popeth, fodd bynnag, dinas *Niçois*.

129

Ble i fynd i chwilio am gyfrinachau Nice? Er gwaetha'r olygfa ddeniadol ar draws Bae'r Angylion, a'r cyfle i gerdded yn yr haul ar hyd y *Promenade des Anglais* a'r *Quai des Etats Unis,* erys calon y ddinas o gwmpas yr Hen Dref *(Vieux Nice)* a'i strydoedd cul, canoloesol lle bydd aroglau'r coginio yn hofran ar yr awyr lonydd. A dyma, falle, un o'r rhesymau pennaf dros ymweld â Nice: bwyd.

Fel y byddech yn ei ddisgwyl mewn tref ar gyrion de-ddwyrain Ffrainc a gogledd-orllewin yr Eidal, mae'r farchnad ddyddiol yn rhan annatod o fywyd y *Niçois.* Rhwng yr Hen Dref a glan y môr ar draws y *Quai des Etats-Unis* mae'r *Cours Saleya* yn safle i farchnad lysiau a blodau yn y bore cyn troi'n ganolfan bwyta gyda'r nos. Dyma'r lle i gael y dewis druta' o fwytai ond, o bryd i'w gilydd, mae'n werth y gwario er mwyn blasu'r pysgod moethus a gweld y byd yn cerdded heibio.

Rhaid cyfadde 'mod i'n dipyn o gyffurgi lle mae marchnadoedd cyfandirol yn y cwestiwn, yn enwog ymhlith fy nheulu am lusgo pawb a phopeth ar hyd strydoedd culion trefi er mwyn gweld y farchnad leol a dilyn trywydd peraroglau'r amryw fwydydd. I ni Gymry mae'r *Cours Saleya* ben bore'n brofiad ecsotig tu hwnt, yn ymylu ar yr arallfydol heb unrhyw debygrwydd i'n siopa wythnosol a'r frwydr ddiflas trwy'r *clingfilm* a'r llwybrau gwrth-heintiol yn ein harchfarchnadoedd lleol.

Un o'r pethe sy'n taro rhywun ar unwaith am y *Cours Saleya* yw taw amgylchedd ar gyfer cerddwyr yw'r lle. Alltudiwyd y ceir didrugaredd sy'n llyncu gofod ac yn poeri llygredd i feysydd parcio tanddaearol. Am unwaith yn eich bywyd, dyma gyfle felly i flasu a phrofi persawr pysgod, llysiau, ffrwythau a chawsiau o bob lliw a llun na'u trosglwyddir byth i drefi a chefn gwlad Cymru fach.

Does 'na fawr o frys ar siopwyr y *Cours Saleya.* Yn hytrach, rhywbeth i'w fwynhau i'r eithaf yw siopa, gan dreulio dwyawr neu dair yn bwrw golwg dros yr holl gynnyrch cyn mentro ar brynu. A phwy fyddai'n meiddio torri ar draws sgwrs rhwng y gwerthwr a'i gwsmer o gogyddes hollwybodus, yn trafod graddau aeddfedrwydd yr eirin gwlanog ar ei stondin? Rhywbeth traddodiadol yw'r cellwair a'r ymadwaith rhwng y siopwr a'i gwsmer yn Nice. Rhan annatod o wyliau yn y ddinas yw treulio dwyawr neu dair mewn wythnos yn mwynhau adloniant o fath hollol wahanol.

Er taw dyma'r farchnad y bydd y llyfrau taith yn ei hysbysebu byth a hefyd, mae'n werth nodi fod 'na farchnad lawn mor ddiddorol o gwmpas y *Place General de Gaulle,* rhyw filltir o'r traeth moethus ar hyd yr *Avenue Jean Medecin,* prif stryd siopa Nice. Y drafferth yma yw nad oes modd osgoi'r llygredd modurol.

A dyma fi, o'r diwedd, wedi cyrraedd y pwynt lle nad oes modd osgoi olrhain rhywfaint o hanes y teulu *Medecin.* Etholwyd Jean Medecin yn faer Nice am y tro cyntaf ym 1928 ac fe anwyd ei fab, Jacques, yn yr un flwyddyn. Wedi gyrfa wleidyddol lewyrchus ei dad, etholwyd Jacques Medecin bump o weithiau'n faer y ddinas. Gwelir ôl ei weledigaeth ar hyd a lled Nice ond, yn y diwedd, gwelwyd iddo fethu talu trethi personol ac fe ddiflannodd i Dde America am gyfnod.

Cewch gyfle, o bryd i'w gilydd, i glywed y *Niçois* mewn bar neu *cafe* yn hel atgofion am 'Jacquou' pan arferai gyfarch y gwerthwyr blodau gyda'r wawr yn nhafodiaith *Nissart.* Nid tafodiaith ond iaith gyflawn yw'r *Nissart* yn ôl y trigolion lleol, agwedd arall ar eu bywyd sy'n cadarnhau eu styfnigrwydd pan ddaw hi'n amser trafod eu perthynas â Ffrainc. Gwariodd Jacques Medecin filiynau di-rif o ffrancs ar ei ddinas a'i dyrchafu i fod yn bumed dinas y Wladwriaeth Ffrengig. Er hynny, cyn iddo ffoi ym 1990, gwrthododd adael i Nice ymuno yn nathlu'r Chwyldro Ffrengig ym 1989 gan nad oedd ei ddinas yn rhan o Ffrainc adeg y Chwyldro.

Beth bynnag am hynny, nodir nawr fod gan Nice fwy o amgueddfeydd ac orielau (a banciau, gyda llaw) nag unrhyw ddinas yn Ffrainc heblaw Paris ei hunan. Ac mae'r tywydd, wrth gwrs, tipyn yn gynhesach na'r brifddinas. Os bydd rhywun am fanteisio ar yr holl ddiwylliant felly, mae'n werth mynd i Nice rhwng 1 Hydref a 31 Mawrth gan fod mynediad i'r amgueddfeydd a'r orielau'n rhad ac am ddim pryd hynny.

Er mwyn osgoi o fwrlwm canol y ddinas a chael ychydig o ymarfer corff ar yr un pryd (er bod 'na wasanaeth bysus hynod o dda o gwmpas Nice) mae'n werth cerdded i fyny i faestref ffasiynol a moethus Cimiez. Ar ddiwrnod heulog o hydref neu wanwyn, gallwch gerdded trwy erddi'r brifysgol wedi ciniawa falle ar *baguette* wedi ei llenwi â *Salade Niçoise* yng nghwmni myfyrwyr ar lawntydd y campws.

Wedi gadael y brifysgol a cherdded ar hyd yr *Avenue de Prince de Galles,* ry'ch chi yng nghanol y moethusrwydd adeiladol a grewyd yn ystod y bedwaredd ganrif ar bymtheg pan ddaeth y Frenhines Fictoria a'i chyfoedion i dreulio mis neu ddau yn y gwres tra oedd y mwyafrif o'i dinasyddion yn llafurio ym mwrlwm y Chwyldro Diwydiannol yn oerfel gaeafol Prydain. Erbyn hyn, adeilad wedi ei newid i fflatiau llai moethus yw'r *Regina Palace,* ehangle ar fryn Cimiez lle arferai Fictoria a'i pherthnasau o'r Almaen, Rwsia a gwledydd eraill Gogledd Ewrop letya dros y gaeaf, ehangle y gellir ei weld heddiw o ben to unrhyw adeilad yn ninas Nice.

Yma yn Cimiez mae'n werth galw heibio i weld hen fynachdy *Notre Dame* ac olion amffitheatr a thai baddon Rhufeinig ynghyd â'r amgueddfa Rufeinig gerllaw.

Ond y gwir reswm dros ddringo i fyny (na, dyw e'n ddim cymaint â hynny o ddringo, wir i chi) yw i ymweld â'r *Musee Matisse,* â'i ffasâd *Trompe l'Oeil* yn twyllo dyn i gredu fod 'na ffenestri ar y mur plaen. Daeth Henri Matisse (1869-1954) i Nice ym 1914 a'i hudo gan y golau '… clir, grisialaidd, manwl a thryloyw …' a syrthio mewn cariad â'r ddinas. Cyn iddo farw, gadawodd y rhan fwyaf o'i waith yn rhodd i'w ddinas fabwysiedig ac, o fewn naw mlynedd i'w farwolaeth, ffurfiwyd yr amgueddfa mewn fila yng nghanol y parc a saif uwchlaw'r adfeilion Rhufeinig. Er 1993 mae'r adeilad cyfan, ynghyd ag estyniad newydd yn gofeb i ddathlu ei fywyd, gwaith a dylanwad.

Ar y ffordd 'nôl lawr i'r ddinas ar hyd y *Boulevard De Cimiez* mae'n werth cerdded i'r *Museé Chagall*. Adeiladwyd yr oriel ym 1972 i gynnwys cyfres 'Neges Feiblaidd' yr arlunydd Marc Chagall. Ynghyd â 17 cynfas, gwelir yma dair ffenest yn cyfleu'r Creawd a brithwaith wedi ei adlewyrchu mewn dŵr yn portreadu'r proffwyd Elias.

Wrth ddilyn y trywydd crefyddol, un o ryfeddodau mwyaf Nice os nad Ffrainc yw'r Gadeirlan Uniongred Rwsiaidd ar y *Boulevard du Tzarewitch* sydd o fewn hanner milltir i orsaf drenau *Nice-Ville*. Adeiladwyd y Gadeirlan ym 1911-12 yn sgîl y mewnlifiad o gyfoethogion Rwsia. Do, fe ddaeth llawer ohonynt i osgoi gaeafau ffyrnig eu mamwlad i'r ddinas a mynnu eu lle yn arweinwyr cymdeithas y *Belle Epoque*. Ymwelwyr dros dro oedd y Rwsiaid, fodd bynnag, ac er bod y Gadeirlan foethus a nifer o eglwysi Uniongred llai, prin iawn yw'r Rwsiaid erbyn hyn. Prinnach byth yw'r hen Rwsiaid cefnog ond, ar un ymweliad diweddar â Nice, ces fy rhyfeddu i glywed taw brodor o Rwsia oedd gyrrwr y bws roeddwn yn teithio arno.

'Nôl yn y *Vieille Ville* mae'r Gadeirlan Babyddol, *Ste-Réparate* a chanddi gryndo hardd a'r muriau wedi eu haddurno â marmor, gwaith plastr a phaneli gwreiddiol. Ychydig funudau i ffwrdd yn y *rue Droite* mae'r *Palais Lascaris* baróc a fu unwaith yn bedwar gwahanol dŷ wedi eu hadeiladu tua chanol yr ail ganrif ar bymtheg. Wedi awr yn edmygu'r grisiau coeth wedi eu haddurno â cherfluniau, beth gwell i'w 'neud, na … Ie, meddwl am fwyd unwaith eto!

Y prif reswm dros feddwl am fwyta yn yr hen ddinas gerllaw'r *Palais Lascaris* yw am fod bwyty *L'Acchiardo* gerllaw. Pan es i yno'r tro cyntaf, cerddais 'nôl a 'mla'n sawl gwaith cyn mentro trwy'r drws.

'Doedd y lle ddim yn edrych fel bwyty o gwbl ond fel bar lle'r oedd adeiladwyr lleol wrthi'n brysur dorri syched yn eu *Bleu de Travail* llychlyd.

Ond, erbyn hyn, dysgais taw *L'Acchiardo* yw Y LLE am gael blasu cawl pysgod gorau Nice. Bwyty di-lol a gwasanaeth diffwdan y teulu Acchiardo sy'n siŵr o'ch denu'n ôl drosodd a thro i flasu naws yr hen le. A, gyda llaw, os y'ch chi'n mynd i flasu'r cawl pysgod gyda chymar, cofiwch annog y cymar i fwyta'r cawl hefyd gan nad oes modd mwynhau heb fwyta *croutons* mawr o fara Ffrengig a'u rhwbio'n frwd â garlleg!

Oes, mae 'na fwytai moethus iawn yn Nice, fel *Le Chantecler* yn Ngwesty'r *Negresco,* bwyty sydd wedi bod ar y brig ers dyfodiad y tywysogion Rwsaidd a arferai fwyta yno ar ddechre'r ugeinfed ganrif. Y *Negresco* yw gwesty enwoca'r Côte d'Azur, yn cadw at safonau uchel y *Belle Epoque* ond byddwch yn barod i dalu pris uchel am fwyta yno, heb sôn am aros dros nos.

Ymhlith y dewis enfawr o fwytai yn y ddinas, *Le Grand Pavois* yn *rue Meyerbeer* yw, yn ôl y gwybodusion, y gorau am fwyd môr tra bod *Le Saëtone* yn *rue d'Alsace Lorraine* yn enwog am fwyd traddodiadol *Niçois.* Wedi dweud hynny, mae 'na ddigon o gaffis bach o amgylch yr Hen Dref sy'n darparu *socca,* crempog enfawr o flawd corbys *(chickpeas)* wedi crispio neu *pissaladière,* fersiwn Profensal o'r *pizza* bondigrybwyll yn llawn o stwnsh winwns ac ychydig o ffrwyth yr olewydden a môr frwyniaid wedi eu gwasgaru dros y cyfan.

Dylid cofio fod Nice yn ganolfan cyfleus iawn ar gyfer teithio ar hyd y Côte d'Azur a, heb groesi i'r Eidal, mae modd i ni Gymry hel atgofion am Lydaw gyda chriw o'n cefndryd Celtaidd sydd wedi ymfudo ar draws Ffrainc a chyrraedd Menton i agor *Creperie St Michel* yn *rue Piéta.* Er bod 'na lawer o enwogion y celfyddydau wedi eu claddu hwnt ac yma ar hyd y Côte d'Azur, falle taw'r enw mwyaf cyfarwydd i lawer o ddynion o Gymru yw William Webb Ellis, y ficer a 'greodd' gêm y bêl hirgron pan oedd yn ddisgybl yn ysgol fonedd Rugby ac sydd wedi ei gladdu ym Menton.

Menton yw'r dref olaf yn Ffrainc cyn cyrraedd y ffin â'r Eidal ac mae'n werth teithio ar fws o Nice ar hyd y *Corniche,* yr heol sy'n glynu'n agos at lan y môr ac weithiau'n twnelu trwy'r graig i greu siwrne hynod. Peidied neb, fodd bynnag, â meddwl am y daith fel un bleserus ym mis Awst neu ar benwythnos y Monaco Grand Prix gan fod yr arfordir fel penwaig yn yr halen bryd hynny. Yn y gwanwyn a'r hydref mae'r daith ar y bws yn ddigon rhad ac mae'n werth mynd yr holl ffordd i Menton a cherdded yn yr haul o gwmpas yr harbwr sydd, diolch byth, yn llawer llai moethus na'r rhai yn Nice, Antibes a la Napoule, porthladd Cannes.

Wedi mynd am dro o gwmpas yr harbwr, fe fydda i'n mwynhau galw heibio i Oriel Jean Cocteau mewn hen gaer bentir gerllaw. Roedd Cocteau ymhlith deallusion praffaf y ganrif, yn ddramodydd o fri, yn gyfarwyddwr ffilmiau swrreal ac yn arlunydd dawnus. Ar ôl ymweld â'r oriel dylid meddwl am alw yng Ngwesty Welcome yn Villefranche-sur-Mer, sy'n nes o lawer i Nice i geisio blasu naws y safle a ysbrydolodd Cocteau i ddenu beirdd yn siarad ieithoedd di-rif ac arlunwyr ym mhob cyfrwng i drosglwyddo'r dref fechan honno'n '... Lourdes celfyddydol ...' – yn wir ganolfan chwedlau a dyfeisiadau.

Bydd Monaco foethus yn siŵr o ddenu ymwelydd chwilfrydig ond, rwy'n amau os bydd llawer o Gymry'n teimlo'n hollol gartrefol yno, er i'r Parchedig Barry Thomas ymgartrefu dros dro fel ficer Anglicanaidd yr eglwys sy'n sefyll ar yr Avenue de Grand Bretagne. Diddorol oedd treulio awr yng nghwmni Mr a Mrs Thomas ym mis Hydref 1996 a chlywed pa mor wahanol yw bywyd ym Monaco i fywyd yng Nghaernarfon. Un ffaith i'w chofio am fyw yn y dywysogaeth yw fod rhai o'r trigolion yn gadael yn ystod wythnos y Grand Prix a llogi eu cartrefi ar lwybr y ras i bobl sy'n barod i dalu gwerth blwyddyn o rent am gael lletya yno am YR WYTHNOS!

Anodd credu weithiau eich bod mewn gwlad wahanol i Ffrainc wrth groesi'n ôl a 'mla'n i Monaco ond o leia mae'r Tywysog yn byw yno – y rhan fwyaf o'r amser. Rhaid cyfaddef nad wyf wedi trafferthu i ymweld â'r Palas a'i gelfi drudfawr a'i olchluniau. Ar y llaw arall, cymwynas fawr y teulu Grimaldi yw'r *Musée Océanographique* a sefydlwyd gan y Tywysog Albert I ym 1910. Dyma lle sefydlodd y chwilotwr tanddwr Jacques Cousteau ei ganolfan ymchwil ac os yw treulio diwrnod yn breuddwydio eich bod yn ei efelychu heb wlychu'ch traed (heb sôn am eich trôns!) wrth eich bodd, dyma'r lle i fynd iddo. Mae'r olygfa o'r teras gyda'r orau ar y Côte d'Azur ac, er eich bod yn gallu gweld trafnidiaeth yr hofrenfa islaw i'ch atgoffa o haid o wenyn, dyw'r sŵn ddim bob amser yn cario ac yn amharu ar eich paned.

I rywun sy'n mwynhau garddio a chrwydro o gwmpas gerddi, yna mae'r *Jardin Exotique* ym Monaco gyda'r gorau yn Ewrop, yn cynnwys ystod eang o blanhigion trofannol ac isdrofannol. Tristwch mawr yw nad yw'r ardd gyfan yn addas i gadair olwyn ond mae 'na Ardd Siapaneaidd ar lan y môr islaw'r Eglwys Anglicanaidd sy'n addas ac yn werth galw heibio iddi.

Diffyg cyfleusterau i gadeiriau olwyn yw un o'r pethau prin sy'n amharu ar y *Musée Ephrussi de Rothschild* draw ar benrhyn Cap Ferrat rhwng Nice a Monaco. Enillodd Cap Ferrat enwogrwydd dros y blynyddoedd wedi i'r Brenin Leopold II o Wlad Belg adeiladu tŷ o'r enw *Les Cèdres* ar ochr orllewinol y penrhyn yn wynebu porthladd Villefranche. Erbyn hyn mae yma barc gor-boblogaidd gydag anifeiliaid i ddifyrru plant. Daeth nifer o enwogion fel Somerset Maugham, David Niven ac Edith Piaf i setlo yma ond y person a adawodd yr argraff orau oedd Beatrice Ephrussi de Rothschild, aelod o'r teulu enwog o Iddewon sydd wedi llwyddo mewn nifer o feysydd ledled y byd. Gallai Beatrice fod wedi dilyn trywydd diog a moethus ond gwell oedd ganddi deithio a dysgu am y celfyddydau cain. Breuddwydiodd am greu 'Fila Hudolus' y Côte d'Azur ac erys yr amgueddfa sy'n dwyn ei henw'n gofeb i wraig angerddol ei gweledigaeth.

Un o'r problemau wrth feddwl a sgrifennu am gyfoeth celfyddydol Nice a'r cyffiniau yw fod 'na gymaint o ddewis fel nad oes digon o ofod mewn ysgrif fel hon i roi disgrifiad manwl o bob man sy'n denu'r sylw. Ymhlith y mannau eraill sy'n werth eu gweld mae'r *Musée Picasso* yn Antibes a'r *Musée Escoffier* yn Villeneuve Lubet lle gallwch ddarllen tua 500 o fwydlenni! Uwchben pentref St-Paul-de-Vence mae'r *Fondation Maeght* ymhlith y goreuon o orielau celfyddyd fodern Ewrop tra bo'r *Musée Renoir* a'r *Château Grimaldi* yn Cagnes-sur-Mer yn gyrchfannau diddorol.

Ond i rywun sy'n ymweld â Nice dros benwythnos yn unig neu sydd heb yr awydd i deithio'n bell o ganol y ddinas, mae gan y *Musée d'Art Contemporain* (sy'n digwydd bod yn agos iawn at yr orsaf fysiau) gasgliad hynod ddiddorol yn adlewyrchu hanes y mudiad *Avant-Garde*, yn cynnwys gwaith gan Andy Warhol, Roy Liechtenstein ynghyd â gwaith gan aelodau o'r *Ecole de Nice* fel César ac Yves Klein.

O fewn tafliad carreg i'r Negresco ac yn wynebu'r môr ar draws y *Promenade des Anglais* saif y *Musée Massena* sy'n cynnwys casgliad diddorol o weithiau crefyddol ac enghreifftiau o waith cyntefig *Niçois* ynghyd â mantell aur a arferai berthyn i Josephine, cymar Napoleon. Gwelir cynrychiolaeth o dair canrif o gelfyddyd gain yn y *Musée des Beaux Arts* yn *Avenue des Baumettes* gan gynnwys gweithiau gan Chéret, Van Loo, Van Dongen, Bonnard, Dufy a Vuillard.

Wedi darllen am hyn oll, mae'n hawdd deall pam fod yr awyrborth Nice-Côte d'Azur yn ail i awyrborth Charles de Gaulle o ran prysurdeb.

Ond, wrth gwrs, yng nghanol yr haf y tywydd, y traeth a'r bywyd hamddenol sy'n denu'r ymwelwyr. Traeth o gerrig mân sydd gan

Nice ond mae 'na ddigon o ddewis gerllaw, yn arbennig i'r gorllewin yr holl ffordd i St-Tropez bell er nad yw'r tirlun mor ddiddorol â'r daith i'r dwyrain.

I rywun sydd am weld ychydig o gefn gwlad Profens, mae 'na nifer o *villages perché* o gwmpas a'r unig ffordd i ymweld â nhw yw mewn car gan nad yw bysus yn rhedeg yn rheolaidd o gwmpas y wlad. Mae 'na drên bach sy'n mynd yn ddyddiol o Nice ac yn galw heibio i nifer o bentrefi mynyddig yr *Alpes-Maritimes*.

I rywun sy'n ymddiddori mewn chwaraeon mae Nice yn ganolfan cyfleus ar gyfer pob math o weithgareddau hamdden ac mae yma gyfle i wylio pencampwyr yn gyson. Mae ras geir Grand Prix Monaco yn fyd-enwog am greu cyffro ar strydoedd y Dywysogaeth bob mis Mai ac, yn oes y lloeren, ry'n ni wedi cael y cyfle i wylio tenis o'r clwb moethus yno lle bu mawrion y gamp fel Boris Becker a Bjorn Borg yn ymarfer yn eu tro. Er nad wyf i'n chwaraewr tenis wrth reddf, bûm yn ffodus yng nghanol yr wythdegau i fynd i gynhadledd ym Monaco lle'r oedd 'na weithgareddau hamdden wedi eu trefnu ar ein cyfer. Ces gyfle i gael gwers denis dan ddiwtoriaeth David Lloyd a fu'n chwaraewr a hyfforddwr dawnus. Rhaid cyfaddef taw ar dir digon caregog y syrthiodd cyfarwyddyd y pencampwr ond erys y profiad yn un o ddigwyddiadau rhyfedda 'mywyd.

Cyn gadael Monaco a dychwelyd i Nice rhaid sôn am y *Stade Louis II* yn y dywysogaeth lle mae tîm pêl-droed enwog AS Monaco yn chwarae. Rhyfeddod o gampwaith pensaernïol yw'r lle sy'n llawn haeddu ymweliad hyd yn oed os nad oes gêm yn ystod eich gwyliau yn Nice. Ar y llaw arall os y'ch chi'n aros yn Nice, does dim rhaid gadael y ddinas i wylio gêm o bêl-droed neu o rygbi er na fu'r clybiau lleol mor llwyddiannus â hynny. Mae tîm pêl-droed Nice yn chwarae yn y Stade du Ray ar gyrion gogleddol y ddinas ac enw cyfarwydd i gefnogwyr rygbi 'nôl yng Nghymru rwy'n siŵr yw Jean-Francois ('Jeff') Tordo, bachwr a blaen asgellwr yn ei dro a fu'n gapten ar dîm

Ffrainc cyn i anaf difrifol roi diwedd ar yrfa addawol. Gan fod 'na glwb pêl-droed llewyrchus yn Cannes i'r gorllewin o Nice hefyd, mae 'na'n siŵr o fod o leia un gêm o fewn cyrraedd bob penwythnos yn ystod y tymor.

I'r rheini sy'n ymddiddori mewn rasys ceffylau, mae 'na gwrs rasio rhwng y rheilffordd a'r môr yn Cagnes-sur-Mer. Clywais sibrydion fod 'na garfan fechan o Gymry'n mwynhau ambell daith i'r Côte d'Azur yn arbennig i wylio diwrnod o rasio ceffylau ac, wedi imi deithio heibio Cagnes-sur-Mer ar y trên, digon hawdd yw gweld atyniad y lle.

Yng nghanol y gaeaf mae Nice yn ddigon cyfleus i alluogi rhywun i yrru i'r mynyddoedd am ddiwrnod o sgïo. Rhyfeddod arall o feddwl y gallech dorheulo drannoeth ar y traeth yn Nice tra ydym ni yma yng Nghymru'n gwisgo'n cotiau glaw byth a beunydd!

Ond YR amser i fwynhau Nice yw yn y gwanwyn neu'r hydref, pan fo'r torfeydd wedi gadael a phan fo'r costau llety a llogi car yn rhatach a phan nad yw'r tywydd yn rhy boeth i fwynhau'r holl atyniadau.

Cyfeiriadau Defnyddiol

Office de Tourisme et Acceuil de France,

avenue Thiers,	*neu*	5 avenue Gustave-V
NICE		NICE
Ffrainc		Ffrainc
ffôn: (00 33) 93.87.07.07		ffôn: (00 33) 93.87.60.60

Hedfan i Nice

Air France, British Airways a British Midland yn teithio o nifer o fannau ledled Prydain.

Yn teithio o Luton yn unig mae cwmni o'r enw EASYJET yn cynnig y prisiau rhrataf ar hyn o bryd ond rhaid i chi dalu am fwyd a diod ar y daith. Heblaw am hynny a'r diffyg darpariaeth papurau newydd yn rhad ac am ddim, rwyf wedi cael Easyjet yn addas iawn ar gyfer y daith i Nice-Côte d'Azur. (Rhif ffôn Easyjet:- 01582 700056)

Mannau addas ar gyfer cadair olwyn:

Musée Matisse yn Cimiez, Nice
Musée Chagall yn Cimiez, Nice
Musée d'Art Contemporain, Nice
Cathédrale Orthodoxe Russe, Nice
Palais Princier, Monaco
Cathédrale, Monaco
Musée Océanographique, Monaco
Jardin Exotique, Monaco (rhan fechan o'r ardd yn unig)
Jardin Japonais, Monaco
Musée des Beaux Arts, Menton
Musée Picasso, Antibes

L'Escala a'r Costa Brava – Catalunya

Parc Dŵr Rosas

JOHN A DOREEN WYNNE THOMPSON-SMITH

Y Costa Brava (Y Traeth Garw) – Talaith Girona

I'r rhai sy'n meddwl am wyliau yng Ngatalunya, y Costa Brava ddaw i'r meddwl oherwydd ei fod wedi bod yn ffefryn ymysg ymwelwyr o Brydain ymhell cyn i'r Cadfridog Ffranco ddechrau adeiladu busnes twristiaeth Sbaen. Yn y dyddiau cyn y Rhyfel Cartref roedd y Costa Brava'n cael ei gyfrif yn gyfartal os nad yn well na'r Rifiera yn Ffrainc. I'r Costa Brava y deuai'r ymwelwyr mwyaf chwaethus, a heddiw mae'n dal i gadw'r ansawdd arbennig yma sy'n ei osod ar ei ben ei hun ymysg y Costas eraill yn Sbaen.

Yn ddaearyddol rhennir y Costa Brava'n dri rhanbarth gan ddechrau gyda La Selva ar yr ochr ddeheuol. Mae La Selva'n cynnwys trefi glan y môr fel Blanes sydd ar ffin Talaith Barcelona, Lloret de Mar, sy'n enwog fel cyrchfan ymwelwyr sy'n chwilio am wyliau bywiog – mae digon o glybiau nos a chasinos ac ati yma, ac yn olaf, Tossa de mar a fu ar un adeg yn gyrchfan arlunwyr ac awduron oedd yn chwilio am rywle rhad i fyw mewn awyrgylch hardd a chynnes.

Y rhanbarth sy'n denu'r mwyaf o ymwelwyr yw'r Baix (Is) Emporda oherwydd dyma lle ceir y traethau hiraf a llyfnaf. Mae'r Baix Emporda'n cynnwys dyrnaid o drefi a phentrefi glan y môr sy'n dechrau gyda Sant Feliu de Guixols sydd wedi ei adeiladu ar aneddle Iberaidd. Yn S'Agaró mae un o westai mwyaf moethus Sbaen, yr Hostal de la Gavina, lle byddai paned o goffi'n siŵr o roi tolc yn eich cyllideb! Mae porthladd prysur Palamós yn cynnal marchnad bysgod ffres bob nos lle ceir dewis ardderchog o bysgod. Mae'r ardal sy'n cynnwys traethau Llafranc, Tamariu a Calella de Palafrguell, yn hynod brydferth, ac yn Calella de Pallafrguell y ganed un o awduron mawr Catalunya, sef Josep Pla. Mae'n werth rhoi tro o gwmpas dwy dref fach hynafol Begur a Pals, y naill yn mynd yn ôl i'r bymthegfed ganrif a'r llall cyn belled â'r ddegfed ganrif. Yn Torroella de Montgri mae hen blasty brenhinoedd Aragón yn ogystal â marchnad ardderchog ar ddydd Llun. Daw'r Baix Emporda i derfyn yn L'Estartit sy'n ganolfan dwristaidd brysur. Mae traeth baner las yma ac ychydig allan i'r môr ar ben eithaf y bae mae ynysoedd byd-enwog y Medes sy'n Warchodfa bysgod er mwyn diogelu'r bywyd morwrol sydd yno. Mae'r ynysoedd hefyd yn bwysig ymhlith llysieuwyr gan fod pob math o flodau gwyllt yn tyfu yno. Os ydych yn hoffi gêmau tanddwr fel plymio i'r dyfnderoedd ar ôl y pysgod sy'n llechu o dan y dŵr, dyma'r lle i chi. I'r rhai llai anturus mae gwibdeithiau yn mynd o'r dref mewn cychod arbennig gyda gwaelodion gwydr.

L'Escala

Mae L'Escala yn y rhan fwyaf ogleddol o'r Costa Brava sef yr Alt (Uwch) Emporda sy'n rhedeg am tua 50 cilometr o'r dref at y ffin rhwng Ffrainc a Sbaen yn Portbou. Mae hyn y fonws i'r rhai sy'n dymuno profi ychydig ar Ffrainc yn ystod eu gwyliau. Mater o tua hanner awr yw hi i'r ffin yn La Jonquera ac awr i Perpignan. Mae'r dref fach ddeniadol hon wedi ei lleoli ar ochr ddeheuol Gwlff Rosas a anfarwolwyd gan y cymeriad dychmygol hwnnw o nofelau C S Forester, Capten Horatio Hornblower, oherwydd yma, yn nyfroedd gleision y Gwlff yr ildiodd Hornblower ei long, y *Sutherland* i'r Ffrancwyr.

Mae'r gornel fach hon o Ogledd Catalunya i ni'n un o'r mannau harddaf a mwyaf diddorol yn Sbaen. Ceir yma gyfuniad perffaith o fôr, mynydd a chefn gwlad lle mae Natur yn gwisgo'r gweirgloddiau a'r meysydd mewn mantell o flodau gwyllt o bob llun a lliw, ffermydd bach prysur yn swatio yn y pellter a'r fforestydd pîn a derw yn ymestyn o'r cymoedd hyd odreuon y Pyreneau yn y pellter. Ac i goroni'r cwbl dyfroedd gwyrddlas Môr y Canoldir a'r traethau melyn yn amgylchynu'r bae hyd y gwêl llygaid.

Daw llawer o ymwelwyr o bob rhan o Ewrop i L'Escala am wyliau ac mae llawer o deuluoedd yn dychwelyd yn rheolaidd bob blwyddyn. Does dim pentyrrau o adeiladau aml-loriog i ddifetha prydferthwch yr arfordir, na thafarndai swnllyd ar bob cornel ac arogl pysgod a sglodion a bwytai sy'n hysbysebu mit a tw feg *(meat and two veg)* y tu allan i'r drws!

BLE I FYND A BETH I'W WNEUD

Y traethau a lleoedd diddorol o'u cwmpas

Does dim prinder o draethau a childraethau da yn L'Escala, gan ddechrau gyda'r traeth islaw pentref caerog hynafol Sant Marti d'Empùries ar ochr ogleddol y dref. Cyn dechrau diwrnod o dorheulo a diogi ar y traeth mae'n werth cerdded i fyny i'r pentref i fwynhau paned o goffi neu ddiod oer y tu allan i un o'r caffis bach sydd yno.

Gerllaw Sant Marti, ar hyd llwybr y traeth tua'r de mae adfeilion Groegaidd-Rufeinig Empùries, sydd yn un o safleoedd archaeolegol pwysicaf Sbaen. Ymsefydlodd y Groegiaid yn y rhan yma o Iberia oddeutu 600 C.C. a thua 218 C.C. cyrhaeddodd y Rhufeiniaid i ymladd y Carthegeniaid. Yn ôl eu harfer cododd y Rhufeiniaid dref oedd ddengwaith mwy na'r dref Roegaidd a losgwyd bron i'r llawr gan y Mwriaid. Gorffennwyd y dinistr gan fôr-ladron Normanaidd – pwy arall! Mae'n werth ymweld â'r adfeilion lle mae rhan helaeth o'r farchnad – *agora* yr hen dref Roegaidd – i'w gweld hyd heddiw yn ogystal â'r fangre sanctaidd lle bu'r temlau. Mae yno hefyd gerflun ffug o Aesculapius – Duw Meddygaeth. Mae'r gwreiddiol yn yr amgueddfa yn Barcelona.

Mae wal ddeheuol y dref Rufeinig, yr arena a'r amffitheatr wedi cadw'n dda, yn ogystal ag un fila sydd â lloriau mosäig gwych. Mae'r amgueddfa fach sydd ar y safle yn llawn o bob math o greiriau ac arteffactau Groegaidd, Rhufeinig ac Iberaidd.

Wrth ymadael â thraeth Empùries mae'n werth oedi i astudio'r enghraifft ryfeddol o gerfluniaeth fodern a gomisiynwyd gan Bwyllgor Gêmau Olympaidd Barcelona ym 1992. Cerflun o ddyn Groegaidd

Adfeilion Empúries ger Sant Marti

yn dal torch yn ei law ydyw, oherwydd ar draeth Empùries y glaniwyd y dorch Olympaidd ar ddiwedd ei thaith o fynydd Olympws cyn ei rhedeg i Barcelona. Yr hyn sy'n rhyfeddol yw'r ffaith nad oes gan y dyn ddim pen – ddim hyd yn oed o dan ei fraich arall!

Ymlaen yn awr nes cyrraedd hen dref a harbwr L'Escala lle mae'r La Platja – Y Traeth – gwreiddiol ynte? Mae yma ddigon o le i'r plant chwarae ac ymdrochi a digon o siopau sy'n gwerthu popeth ar gyfer y traeth ac ati. Mae digon hefyd o gaffis bach lliwgar y gallwch eistedd y tu allan iddynt. Os ydych am flasu'r danteithfwyd lleol, mae'r *Sardinas amb pa i tomàquet i all i oli* – sardîns ar ddarn hir o fara wedi'i rwbio â thomato, olew a garlleg – yn wych. Ar wahanol adegau yn ystod y dydd mae cychod yn mynd o'r traeth ar wibdeithiau difyr. Mae'r amserau'n cael eu hysbysebu'n eglur ymhob iaith Ewropeaidd yn ymyl yr harbwr.

Yma yn yr hen dref mae calon ac ysbryd L'Escala. Dyma lle mae'r Catalaniaid yn byw a gweithio, lle mae'r banciau, y swyddfeydd, a'r siopau cyffredin fel y siop fara a'r cigydd, y fferyllfa, y feddygfa a lle'r deintydd, ac mae'r cyfan yn ymdoddi'n hollol naturiol ag ymwelwyr o bob rhan o'r byd.

Pentref bach tawel oedd L'Escala cyn dyfodiad twristiaeth, a'r trigolion yn dibynnu am eu cynhaliaeth ar bysgota ac ar gynnyrch amaethyddol ffermydd bychain yr ardal. Heddiw, yn ystod gwyliau'r haf mae tua 50,000 o ymwelwyr yn dod i L'Escala, ond tua 6,000 yw nifer y boblogaeth weddill y flwyddyn. Mae pysgota'n dal i chwarae rhan bwysig ym mywyd dyddiol y dref ond ar raddfa llawer mwy wrth gwrs, ac adeiladwyd harbwr newydd ar gyfer y gwaith. Os ydych yn hoffi pysgod mae'n rhaid i chi flasu'r *Anxoves de L'Escala* sy'n enwog drwy'r byd.

Er gwaetha'r newidiadau, mae'r dref yn rhoi'r argraff nad oes dim byd sylfaenol wedi newid a bod y Catalaniaid wedi goroesi'r cyfan heb adael i ddim effeithio ar eu hagwedd gyffredinol. O gofio hanes cythryblus a'r gothrymderau a ddioddefodd y genedl ddewr a balch hon, hawdd yw deall yr athroniaeth ddigynnwrf.

Pobl hyfryd yw'r Catalaniaid, yn hynod o groesawus yn enwedig os ydych yn dod o *Gallés* – mae'r Cymry'n *amics especial.* Maent yn ymwybodol o'u treftadaeth, eu hiaith a'u diwylliant, ac yn falch ohonynt. Maent yn mwynhau safon byw uchel ac yn barod i weithio'n galed amdano. Does dim llawer o'r *manana* yn perthyn i'r Catalaniaid, ac mae eu lletygarwch yn dod o waelod calon a chroeso mawr i chi ymuno â hwy yn eu ffiestâu a'u partïon, sy'n debygol o fynd ymlaen hyd yr oriau mân. Fodd bynnag, gallwch fod yn sicr y byddant wrth eu gwaith yn brydlon yn y bore. Mae'r Catalaniad yn annibynnol o ran ei natur ac yn barchus ei ymddygiad at bawb, ond mae'n wir hefyd ei fod yn cyfrif ei hun o dras uwch na phobl gweddill taleithiau Sbaen. Mae'n ystyried ei hun ar wahân i'w gymdogion Sbaenaidd a'r brif ffactor i gyfrif am hyn yw iaith arbennig y Catalaniaid. Deuthum ar draws nifer o bobl a oedd o dan y gamargraff mai rhyw ddeialect o'r Gastileg oedd y Gatalaneg! Y gwir amdani, wrth gwrs, yw fod yr iaith yn hanu o gangen Galaidd yr ieithoedd Romawns yn hytrach na'r gangen Iberaidd, ac yn fwyaf arbennig 'occitan' neu'r 'langue d'oc' fel y cyfeirid ati yn yr Oesoedd Canol. Yn ddiweddarach datblygodd yr iaith Profensaleg, sy'n esbonio pan fod gan y Gatalaneg heddiw fwy o nodweddion sy'n gyffredin i'r Ffrangeg nag i'r Gastileg.

Cyn ymadael â'r hen dref mae'n werth rhoi tro o gwmpas y strydoedd bach culion sy'n rhedeg i lawr at yr hen harbwr. Mae yma drysorfa o siopau bach cyfrin sy'n gwerthu popeth o grochenwaith lleol i watshis Gucci!

Mae'r Passeig Maritim, y rhodfa ddymunol sy'n cychwyn o Passeig Lluis Albert, yn cynnwys rhai o westai a bwytai gorau'r dref (mwy am hyn ymhen tipyn). Mae'r rhodfa'n arwain tua'r De i Riells, a oedd ar un adeg yn bentref bach ar wahân ond sydd heddiw wedi ei ddatblygu ar gyfer ymwelwyr. Mae blociau o randai a filâu preifat o bob maint a llun i'w cael yma, ac mae'r Platja Riells yn draeth hyfryd, yn enwedig os ydych yn hoffi bwrddhwylio neu sgïo dŵr, ac mae'n bosib llogi cychod at y pwrpas o gwmpas y traethau. Yn Riells mae ardal La Clota lle mae'r harbwr newydd, ac mae digon o gaffis bach awyr agored a bwytai da sy'n cynnig pob math o fwydydd yn ogystal â physgod ffres o ddalfa'r bore. Mae rhai yn dweud mai La Clota yw porthladd pleser L'Escala, efallai'n wir, yn sicr mae yno ddigon o fwytai, clybiau nos da, bariau diddos a disgos. Mae golygfeydd hyfryd i'w cael yno hefyd, a hyfryd yw bwyta yn yr awyr agored fin nos a gweld goleuadau'r bae yn cael eu hadlewyrchu yn y dŵr, yn ogystal â goleuadau'r *trainyeros,* llongau arbennig sy'n ymadael â'r harbwr yn ystod y nos i bysgota.

Ychydig ymhellach ymlaen o La Clota mae bryncir o'r enw La Montgo lle mae filâu mwyaf moethus L'Escala, y rhan fwyaf ohonyn yn dai haf teuluoedd o Barcelona a rhannau eraill o Ewrop. Yn swatio yng nghesail y Montgo mae traeth Cala Montgo sy'n boblogaidd iawn efo teuluoedd. Gallwch nofio a snorclo wrth y creigiau, torheulo tra fo'r plant yn chwarae'n ddiogel gerllaw, mwynhau picnic neu, os nad ydych yn hoffi crensian hanner y traeth efo'ch brechdanau mae yna gaffis bach digon rhesymol gerllaw, a siopau sy'n gwerthu popeth o dorth o fara i sandalau plastig. Does dim angen poeni felly os ydych wedi anghofio cewyn i'r babi neu sbectol haul nain!

LLEOEDD O DDIDDORDEB Y TU ALLAN I L'ESCALA

Rosas
Y tu allan i'r dref hynafol hon sydd wedi ei hadeiladu ar safle Groegaidd Rhodes ceir Parc Dŵr ardderchog i'r plant. Gair o gyngor, fodd bynnag, ewch a phicnic efo chi, mae prisiau bwyd yn ddrud iawn a'r rhan fwyaf o'ch hamser yn cael ei wastraffu'n ciwio amdano.

Aigua Molls
Diwrnod diddorol i'r teulu, yn enwedig os ydych yn hoffi natur, yw ymweliad â Pharc Natur Aigua Molls heb fod nepell o bentref bach Sant Pere Pescador, tuag 8 cilometr o L'Escala. Tir gwlyb a chorsiog yw'r ystyr ac mae yn y parc gasgliad o bob math o adar ymfudol sy'n galw heibio ar eu ffordd tua gogledd Affrica.

Cadaques
Mae'r dref fach bert hon ar benrhyn Cap de Creus (Pen-y-Groes), tua 15 cilometr o Rosas yn ffefryn mawr i'n teulu ni. Mae iddi hanes diddorol a chythryblus gan iddi ddioddef gormes gan fôr-ladron, yr enwocof ohonynt oedd Barbarossa a ddifrododd y dref a llosgi'r Eglwys wreiddiol i'r llawr yn yr unfed ganrif a'r bymtheg. Heddiw mae enw'r arlunydd swrrealaidd, Salvador Dali, yn ddigon i wneud y dref yn fyd-enwog. Dyma oedd ei hoff le, ac mae awyrgylch arbennig Cadaques gyda'i thai bach gwynion yn disgleirio yn yr heulwen,

tonnau gwyrddlas y môr a'r traethau euraid i gyd yn cael eu hadlewyrchu yn ei waith. Ymgartrefodd ef a'i wraig, Gala yn Portlligat, dafliad carreg o Cadaques.

Figueres

Tua 25 cilometr o L'Escala mae prif dref Alt Emporda, Figueres. Yma, yn Calle de Monturiol ar 11 Mai 1904 y ganed Salvador Felipe Jacinto Dali, ac yma hefyd yr ymunodd Laurie Lee â'r Frigâd Ryngwladol yn ystod y Rhyfel Cartref. Dinistriwyd theatr y dref yn ystod y rhyfel ac ailgodwyd hi ar ffurf amgueddfa yn gartref i waith Salvadol Dali. Heddiw, mae'r Dali Teatre-Museu yn werth ei gweld, ac os dewiswch chi fynd ar ddydd Iau, mae marchnad ardderchog i'w chael yn y bore.

Girona

Girona yw prifddinas y dalaith lle mae afonydd Onyar, Ter a Galligants yn cyfarfod. Tref Rufeinig oedd Girona, neu Gerunda, ac mae'n rhaid i chi gadw un dydd beth bynnag i ymweld â hi. Yn yr hen ran o'r dref, yn y Plaça Catedral, mae Eglwys Gadeiriol hyfryd gyda 90 o risiau baróc yn arwain at Ddrws yr Apostolion, a mynedfa'r eglwys. Mae yna ran Iddewig a baddonau Arabaidd diddorol yn yr hen ran hefyd a llawer mwy. Os am siopa, mae digonedd o siopau bach yn y strydoedd culion, ac yn y rhan fodern mae digonedd o siopau at chwaeth pawb, yn enwedig siop fawr foethus El Corte Inglés (The English Cut). Ceir un o'r siopau hyn ymhob dinas fawr yn Sbaen, ac maent yn gwerthu pob math o ddillad, bwydydd ac ati. Mae digonedd o dai bwyta gwych yn Girona a'r rhan fwyaf ohonynt yn arbenigo ar goginio Catalanaidd sy'n cael ei gyfrif ymysg y gorau yn y byd.

Barcelona

Yn dechnegol nid yw Barcelona yn y Costa Brava, ond teimlwn na fyddai'r erthygl hon yn gyflawn heb air am brifddinas hyfryd Catalunya. Mae'n amhosib gwneud cyfiawnder â'r ddinas mewn erthygl – mae angen cyfrol gyfan i wneud hynny. Yn fyr felly dyma ychydig o sylwadau defnyddiol.

Mae Barcelona tua 125 cilomet o L'Escala ac mae angen cychwyn yn fore iawn os ydych am ymweld â'r ddinas.

Sut i fynd yno

- Gwibdaith wedi ei threfnu o L'Escala – am fanylion cysyllter â'r cwmni gwyliau, neu'r Swyddfa Dwristiaeth.
- Gyda thrên o Figuers neu Girona – mae lle i barcio'n eithaf diogel y tu allan i'r gorsafoedd.
- Yn eich car, ond os nad oes gennych brofiad helaeth o yrru mewn dinasoedd tramor, yna nid doeth fyddai'r dewis hwn. Mae stryd y Diagonal yn bum lôn unffordd!

Mae'r dewis o le i fynd mor eang wnawn ni ddim dechrau rhestru, ond yn hytrach eich argymell i brynu llyfr da am Barcelona a map stryd, ac astudio'r ddau yn fanwl cyn mynd. Fodd bynnag, mae un lle y dylai'r Cymry ei weld a hynny yw'r Palau de Generalitat, lle mae Senedd Awtonomaidd Catalunya yn cyfarfod. Cewch fanylion am yr amserau y bydd ar agor i'r cyhoedd gan y Swyddfa Dwristiaeth.

Llety a Bwytai

Carwn ddweud fod y sylwadau canlynol yn gwbl oddrychol ac yn seiliedig ar brofiad a barn bersonol. Credwn eu bod yn ddigon teg, ond cadwer mewn golwg mai canllawiau yn unig ydynt.

Gwestai

- Hotel Nives Mar*** – Passeig Maritim s/n. Ffôn: 770300/770304. 80 ystafell, pwll nofio, gardd a theras, tenis, parcio. Bwyd ardderchog, croeso cynnes.
- Hotel Bonaire*** – Passeig Lluis Albert, 4. Ffôn: 770068. Bwyd da. Dim parcio.
- Hotel Voramar*** – Passeig Lluis Albert, 2. Ffôn: 770108/770377. Pwll nofio. Disgo a theras. Dim parcio. Bwyd eithaf da.

Hostelau

- Hostal Miryam** – Rda. Padro, 1. Ffôn: 770287. Llety da, bwyd ardderchog, yn arbenigo ar goginio Catalanaidd.
- Hostal El Roser** – Iglesia, 7. Ffôn: 77019. Llety a bwyd da.
- Hotel Riomar* – Sant Marti 'd Empuries. Ffôn: 770362. Dim profiad personol, ond yn cael gair da gan gyfeillion. Llecyn hyfryd tawel. Gardd fawr a theras, tenis a pharcio. Digon o fwytai ar drothwy'r drws.

Gwely a Brecwast – Pensiónes

- La Vinya. Avinguda Girona, 10. Ffôn: 770346. Enw da iawn ymysg ymwelwyr a thrigolion. Ystafelloedd cysgu cysurus gyda phopeth wrth law. Mae'n cael ei redeg gan y teulu sy'n gyfrifol am fwyd ardderchog a gwasanaeth tacsi ac ati. Ynghanol y dref.
- Can Roura. Sant Marti 'd Empuries. Ffôn: 770305. Dim profiad personol, ond y gair yw ei fod yn gysurus a chroesawgar.

Gwyliau Hunanarlwyol

Filâu, Rhandai a Thai

Yn wahanol i'r Costas eraill yn Sbaen, nid yw'r gwyliau pecyn yn boblogaidd iawn yn y Costa Brava, ac eithrio mewn pentrefi fel Lloret a Tossa Del Mar. Fodd bynnag gall eich swyddfa deithio leol rhoi mwy o wybodaeth i chi am hyn.

Mae gwyliau hunanarlwyol yn llawer mwy poblogaidd, yn enwedig ymysg teuluoedd. Mae dewis eang o filâu, rhandai, ac ati, a'r ffordd orau i gael gwybod mwy amdanynt yw drwy gwmnïau sy'n arbenigo ar rentu o'r math hwn. Mae dewis da o gwmnïau o'r fath sy'n gweinyddu o swyddfeydd ym Mhrydain drwy asiantiaid yn L'Escala. Gallwch anfon am eu llyfrynnau sy'n cynnwys yr holl fanylion o sut i deithio yno i beth i'w wneud wedi cyrraedd. Dyma restr o'r rhai yr ydym ni'n gyfarwydd â hwy:

- Spanish Harbour Holidays. 53 High Street. Keynsham, Bristol, BS18 1DS. Ffôn: 0117/9860777.
- PCI Holidays. Druitt Buildings, Hight Street, Christchurch, Dorset BH23 1AW. Ffôn: 01202/486611.
- Interhome Ltd. 383 Richmond Road, Twickenham TW1 2EF. Ffôn: 0181/891/1294.
- Assistance Travel Services (Gwasanaeth ar gyfer yr anabl.) ATS House, 1 Tank Hill Road, Purfleet, Essex RM16 1SX. Ffôn: 01708/863198.

Y Teithiwr Annibynnol

Os gwell gennych wneud eich trefniadau eich hun a bod gennych ddigon o amser i fwynhau taith hir, yna mae mynd yn eich car eich hun o'r porthladd agosaf yn bleserus iawn. Ein hoff daith ni yw o Portsmouth i San Malo gyda Brittany Ferries gan adael fin nos, ymlacio ar fwrdd y llong gyda chinio da, gwely buan a chychwyn cynnar, fore trannoeth. Anelu am Bordeuax gan stopio ar y daith mewn gwesty dethol a sbwylio ein hunain gyda gwledd o goginio Ffrengig. Ymlaen fore trannoeth gan gymryd yr Autoroute des deux Mers i Toulouse, Carcasonne, troi i'r dde cyn Narbonne ac ymlaen i Perpignan gan groesi'r ffin yn Pertheus. Cyrraedd L'Escala mewn pryd i gael siesta!

Mae dewis o ddau faes awyr os ydych am hedfan. Girona (o'r gwanwyn i'r hydref) 50 cilometr o L'Escala, a Barcelona 125 cilometr. Holwch eich cwmni teithio lleol am fargeinion a manylion cludiant ar ôl cyrraedd pen eich taith. Bon Viatge.

BLAS AR GATALUNYA

Mae coginio Catalanaidd clasurol yn nodweddiadol o goginio canoldirol lle mae cynnyrch ffres yn hanfodol bwysig. Pysgod o bob math, cigoedd cefn gwlad (porc, cig oen, gafr, llo ac eidion, cywion ieir, hwyiaid, baedd gwyllt, cwningod ac adar gwyllt), toreth o lysiau lleol, a'r cyfan wedi eu coginio mewn olew olewydd. Dyma ychydig enghreifftiau:

L'amanida catalana –

tafellau amrywiol o borc wedi ei gadw ar ffurf selsig e.e. *botifarra negre* selsig du a *xoriço*, sy'n llawn sbeisys poeth a *pernil*, ham wedi ei ysmygu. Dalier sylw: *amanida* yw'r gair cyffredinol am salad o bob math.

pollastre amb escamerlans –

cyw iâr wedi ei goginio mewn caserol efo *langwstîn*.

coníl a la caçador –

cwningen yn null yr heliwr wedi'i goginio efo saws tomato, nionod a madarch.

civet de senglar –

stiw baedd gwyllt mewn gwin coch.

153

llenguado –
lledan wedi'i choginio o dan y gril.
musclos a la marinera –
misglod mewn saws sy'n cynnwys gwin gwyn a phinsiad o ffenig.
Pysgod eraill poblogaidd yw *lluc* (cegddu), a torbwt.

Pwdin

crema de catalana – cwstard gyda chroen oren a lemwn a haen o
siwgwr wedi'i grisialu arno – yr enw cywir yw *crema de Sant Josep,*
oherwydd mae'r Catalaniaid yn paratoi pob math o felysion arbennig
ar gyfer dyddiau gŵyl eu seintiau.

Gwinoedd

Mae'r gwinoedd lleol yn ardderchog o'r *Vi de casa* i'r rhai drutaf.
Mae gwinllannoedd Penedès yn cynhyrchu rhai o winoedd gorau'r
ardal. Os am win gwyn – *Vi blanc* – rhowch gynnig ar *Torres Vinya
Sol,* neu *Esmeralda* sy'n debyg i winoedd hock yr Almaen. Gwin
coch – *Vi negre* – yna *Cabernet Sauvignon* o winllannoedd bach neu
Torres Gran Corona. Rhaid trio un o'r gwinoedd pefriol gwych efo'ch
pwdin, neu'r *vi de cava,* ddim i'w gymysgu â Siampên Ffrainc ar
unrhyw gyfrif – bu hyn bron yn achos rhyfel rhwng y ddwy wlad!
P'run bynnag, mae'r cava mewn dosbarth ar ei ben ei hun, ac os am
un da, wel, beth am y gorau o Penedès – *Cordoniu Non Plus Ultra* –
mae'r enw'n dweud y cyfan. *Bona Cuina* – a *bon apetit!*

Cyn mynd allan am ginio yn ystod y penwythnos, cofiwch ymuno
yn y traddodiad pwysig o ddawnsio'r *sardana* – dawns genedlaethol
Catalunya. Bydd hyn yn siŵr o godi archwaeth arnoch!

Morocco –
Ardal Marrakesh

Y farchnad yn sgwâr Marrakesh

SIONED ELIN

'*La prochaine fois, Insha' allah*', medd Mohammed Bhousta (crefftwr lledr) gan osod ei law ar ei galon. 'Tan y tro nesaf, a bod Duw yn caniatáu.' A dw i wedi dychwelyd droeon i'r wlad hon sy'n llwyddo i'm cyfareddu bob tro.

Gwlad yng ngogledd Affrica ydyw sy'n ffinio gydag Algeria a Mauritania a dim ond 13 cilometr o fôr sydd rhyngddi a Sbaen. Mae dylanwad Andalusia i'w weld yn amlwg yn adeiladau trefi'r gogledd ac mae'r Sbaenwyr wedi dal eu gafael hyd heddiw ar ardaloedd bychain Ceuta a Melilla ar arfordir Môr y Canoldir. Fodd bynnag, mae'r dylanwad Ffrengig ym Morocco yn ehangach – coloneiddiwyd y wlad gan Ffrainc ym 1912 tan iddi ennill ei hannibyniaeth ym 1956. Er gwaethaf hyn, Arabeg yw'r iaith swyddogol a Ffrangeg yw'r ail iaith (ar arwyddion ffyrdd, mewn mannau cyhoeddus ac ati). Dylech ddysgu ychydig o eiriau Arabeg o leiaf – mae'r croeso a'r wên a gewch mewn caffi, siop neu gan grefftwr yn eitha gwobr. I gymhlethu pethau, mae gan lwythi'r Berbers dair tafodiaith wahanol ac Arabeg yw eu hail iaith nhw. Y Berbers oedd yno cyn i'r byddinoedd Arabaidd gyrraedd tua 700 O.C. a lledu dysgeidiaeth Mohammed .

Islam yw crefydd trwch y boblogaeth a dilynir dysgeidiaeth y proffwyd Mohammed yn y Qu'ran. Gwelwch fosgiau cywrain yn codi'n dal ymhobman a chri'r *muezzin* yn galw'r trigolion i weddïo bum gwaith y dydd. Rhaid i bob Mwslim gyflawni nifer o orchwylion yn ei fywyd:

Datgan ei ffydd – 'Dim ond un Duw sydd, sef Allah, a Mohammed yw ei broffwyd', a adroddir mor aml â'n Gweddi'r Arglwydd ni.

Gweddïo'n ddyddiol (5 gwaith) – pan eilw'r *muezzin* gwelwch fatiau ar lawr yn pwyntio tuag at Mecca a thinau yn yr awyr ar ochr stryd, mewn gorsaf bysiau neu ble bynnag y trowch.

Ramadan – am fis cyfan mae'n ymprydio (ac ymatal rhag yfed, smocio a chael rhyw) rhwng toriad gwawr a machlud haul. Nid yw'n adeg ddelfrydol i ymweld â'r wlad gan fod llefydd gwerthu bwyd a diod ar gau yn ystod golau dydd ac yn orlawn gyda'r nos.

Rhoi i'r tlodion – disgwylir i'r brodorion wneud hyn a gwelir dynion dall yn begera ar bob cornel stryd a phlant â llygaid ymbilgar yn ailadrodd yn gwynfanllyd *'un dirham, un dirham'*.

Ymweld â Mecca.

Er bod dylanwad Islam yn gryf ar gymdeithas yno, nid yw'n wlad ffwndamentalaidd megis gwledydd Islamaidd y Dwyrain Canol.

Brenhiniaeth yw Morocco a Hassan II sy'n frenin. Byddwch yn gyfarwydd â gwep hwn gan fod llun mewn ffram ohono ynghrog ym mhob caffi, siop, banc, gwesty, swyddfa ac ar sawl polyn lamp. Enwir strydoedd dirifedi ar ei ôl hefyd. Fel cwîn Lloegr mae'n reit farus a thriga mewn sawl palas – pump a bod yn fanwl gywir. Ar hyn o bryd adeiledir mosg rhwysgfawr yn Casablanca ac yno bydd yn cael ei gladdu.

O ran tirwedd, gwlad o wrthgyferbyniadau anhygoel yw Morocco. O fewn 1600 cilomedr o hyd a thua 500 cilomedr ar draws gellwch ymlacio ar draethau gwag ar lan yr Atlantig neu ryfeddu at wyrddni'r mynyddoedd Rif yn y gogledd, cerdded at gopaon gwyn yr Atlas Uchel neu fentro i eangderau y Sahara. Fe synnwch hefyd at symlrwydd pentrefi cyntefig a'r modd y mae'r modern a'r hynafol yn cyd-fyw mewn *souqs* yn y trefi brenhinol.

Marrakesh i mi sy'n goron ar holl brofiad Morocco – mae'n wyllt, yn wallgo ac yn siŵr o'ch cyffroi. Tref o adeiladau cochlyd wedi ei hamgylchynu gan wyrddni coed palmwydd ydyw a mynyddoedd enfawr yr Atlas Uchel yn amddiffyn y trysor hwn. Rhennir trefi mawrion Morocco yn ddwy – yr hen dref a'r dref newydd. Codwyd y trefi newydd yn ystod dyddiau trefedigaethol y Ffrancwyr. Mae mentro i'r *medina* (yr hen dref) fel camu'n ôl ganrifoedd. O fewn muriau coch hynafol yr hen dre mae miloedd o bobl yn byw, gweithio a gwerthu.

Dyffryn Ourika ger mynyddoedd yr Atlas

Gellwch hedfan yn syth i Marrakesh neu gyrraedd mewn bws, trên neu *grand taxi* o drefi eraill yn y wlad. Ond pa ffordd bynnag y dewch yno cofiwch stopio *petit taxi* lliw hufen ac anelu'n syth am y sgwâr mawr sy'n ganolbwynt i Marrakesh sef y Place Djemaa El-Fna. Cofiwch ofyn am y pris a pheidio â'i dderbyn – bargeiniwch! Gwell ichi ymgyfarwyddo â'r dull hwn o dalu.

Gofynnwch i'r gyrrwr tacsi eich gollwng ger 'Hotel C.T.M.', gwesty rhad â theras lle ceir golygfa wych o'r sgwâr. Mae'r stafelloedd gwely'n reit foel ond gellwch dalu mwy am rai gyda chawod a thŷ bach. Byddwch yn barod i rannu gyda chocrotsien neu ddwy. Yn ddi-os, dyma fy hoff westy gan ei fod ynghanol bwrlwm y sgwâr ac mae'r perchnogion yn ddigon cymwynasgar (cewch adael bagiau trwm yn y dderbynfa os am deithio am ychydig ddyddiau). Nid oes prinder gwestai rhad yn yr ardal hon o'r dref ac am ychydig mwy o foethusrwydd (a phapur tŷ bach) rhowch gynnig ar yr 'Hotel Foucauld'. Am lety rhad iawn, iawn mae'r 'Hotel de France' yn ddigon derbyniol.

Sefwch ar deras gwesty'r C.T.M. ac fe'ch diddenir am oriau. Amgylchynir y sgwâr gan stondinau gwerthu sudd oren, pob un â phentwr taclus o orennau a phob un yn gwasgu'r sudd ohonynt am ychydig geiniogau. Gwelwch glystyrau o bobl mewn cylchoedd yn gwrando ar araith neu ddadl, yn gwylio drama neu'n chwarae gêm. Eraill wrthi'n gwerthu pob math o drugareddau o ddillad ffair sborion i fflip-fflops plastig. Mae'r mwnci druan wrthi bob dydd yn perfformio triciau a gwenu mewn lluniau a'r cariwr dŵr mewn gwisg oren a choch wrthi'n canu'i gloch yn feunyddiol a'i gwpanau pres yn fflachio yn yr haul. Clywch bibau'r hudwyr nadredd yn ffyrnigo pan welant fws yn orlawn o Americanwyr/Almaenwyr yn nesu at y sgwâr. Allan â nhw fesul dau gan ddilyn *guide* mewn Fes a siwt Arabaidd wen. Un rhes hir o gamcorders, siorts, hetiau haul dwl a wynebau coch yn croesi'r sgwar – ac er mawr siom i'r hudwyr nadredd, dim cwstwm.

A dweud y gwir mae'n syniad reit dda i ddilyn haid o dwristiaid i mewn i'r *souqs*. Gellwch wedyn gael cyfle i osgoi'r hyslwyr neu'r *faux guides*. Bu rhain yn bla gwirioneddol yn ystod f'ymweliadau cyntaf, ond bellach o achos cyfuniad o laru ar weld fy ngwep a'r ffaith fod yr heddlu'n fwy llawdrwm wrth ddelio â hwy, ni chaf broblem. Os clywch lais poenus yn galw English … Deutsch … Français … Italien … mae'r hyslwr ar eich gwarthaf. Maent yn rhugl mewn sawl iaith a'u gwaith yw eich poeni tan y cytunwch i'w talu am eich tywys o gwmpas y *medina*. Byddwch yn bendant, cerddwch yn bwrpasol (hyd yn oed os ydych ar goll yn llwyr) a thriwch eu hanwybyddu. Byddwch yn barod am sylwadau fel 'Rydych chi'n hiliol' ac ati.

Unwaith yn y *medina* byddwch ar goll. Mae fel drysle – ceir peth wmbreth o strydoedd cul gyda siopau bychain yn gwerthu pob math o drugareddau diddorol. Os am fod yn saff, cadwch at y brif stryd Rue Souq Smarine sy'n arwain at y Souq Cherratine (y *souq* lledr). Golyga *souq* yn llythrennol, farchnad a rhennir y *medina* yn farchnadoedd neu ardaloedd sy'n gwerthu yr un nwydd. Gellwch droi i ffwrdd o'r brif stryd ac ymweld â'r *souq babouches* (sliperi lledr traddodiadol), crochenwaith, pren, carpedi, lliwyddion, nwyddau metel, nwyddau pres, *djellabah* (clogyn hir â chapan pig o wlan neu gotwm sy'n peri i'r dynion edrych fel Rala Rwdins).

'*Oi, gazelle.*' Dw i wedi laru ar glywed y cyfarchiad yna gan siopwyr, mae *gazelle* yn cyfateb i *bird*. '*Gazelle, I give you a good price*', a dw i ddim yn trystio neb sy'n siarad Saesneg yno chwaith. Atebwch mewn Ffrangeg, Arabeg neu Gymraeg. Ni all y siopwyr mwyaf diffuant, sy gan amlaf yn gwneud y nwyddau hefyd, brin siarad Ffrangeg. Bydd pob un siopwr yn eich cymell i gamu i'w siop a rhyfeddu – rhai'n eiriol, ond gwnaiff eraill gymryd eich llaw neu'ch braich a'ch tynnu yno. Os gwelwch rywbeth sydd at eich dant, peidiwch â dangos hynny. Gofynnwch yn cŵl, faint yw hwn? Maent fel arfer yn gofyn o leia bedair gwaith y pris cywir. '*Deux cent dirham.*' Chwarddwch a rhoi'r nwydd yn ôl. '*Madame, le premier qualité, c'est un bon prix … wakha … cent cinquante dirham.*' Dywedwch mai'ch '*dernier pris*' fydd '*trente dirham*'. Fe ddowch i gyfaddawd ac ar ôl sawl '*wakha, wakha*' (oce, oce) byddwch yn talu tua 50 dirham. Mae twlu popeth i mewn i fasged Tesco yn haws. Efallai y cewch chi gynnig tê mintys sef *Whisky Marocaine*. Te gwyrdd a phlanhigyn mintys yw e gyda sawl siwgwr lwmp. Mae'n felys, yn flasus ac yn torri syched. Fe'i weinir mewn tebot pres a gwydrau bychain sidêt.

Yn y *souq* lledr caf gyfle i eistedd ar stôl yn un o'r siopau a syllu ar y byd yn mynd heibio. Yn y prynhawn tywynna pelydrau'r haul trwy do'r *medina* (to o ddarnau o bren a choesau bambŵ) gan roi gwawr arallfydol ar y lle. Mae prysurdeb yn llanw'r aer: morthwylion yn taro, taro stamp i'r lledr, degau o beiriannau gwnïo yn swnian, mopeds yn gwau trwy'r strydoedd cul a bron â bwrw asynnod llwythog neu ddynion dall neu fenywod â feils du, cathod sgryffi'n sgrialu o'r ffordd a chantores Arabaidd undonog yn bloeddio o radios di-ri. Ewch i weld y gweithdai lledr, sef tyllau bach gyda phlant a dynion hen ac ifanc yn torri, taro, gwnïo a gludo darnau o ledr. Os am fargeinion, ewch at Ahmed Bahij, Rhif 47 a fydd yn siŵr o roi pris da i chi yn enwedig os dywedwch eich bod chi'n Gymry.

Yr amser gorau i ymweld â'r *souqs* yw tua 10 y bore neu 3 y pnawn, heblaw am bnawn Gwener pan mae'r Mwslemiaid mwya pybyr yn gweddïo mewn mosg, a nifer o'r siopau ar gau. Os cewch eich dal yno rhwng 5 a 6 y nos bydd ceisio cyrraedd y sgwâr fel ceisio cyrraedd bar mewn tafarn adeg Steddfod. Dyma adeg *promenader* ac yn feunosol bydd pob Mohammed, Sahida, babi, plentyn, cath a chi yn mynd am dro (yn gwbl ddiamcan hyd y gwela i). Rhaid i chi wasgu eich ffordd trwy dyrfa sy'n hamddenol *promenader* ac os ydych yn dilyn dyn yn tynnu trol yn llawn stoc, mae'n fwy o hwyl. Gwaeddwch *Balek, Balek* (mas o'r ffordd, mas o'r ffordd). Mae pob moped, cart, ceffyl a dyn yn llwythog o sachau yn ymuno yn yr hwyl ac yn trio cyrraedd rhywle. O'r diwedd … y sgwâr.

Wrth iddi nosi mae'r bywiogrwydd ar y sgwâr yn cynyddu. Ceir llai o fflip-fflops a nwyddau bob dydd ond mwy o grefftau hynod draddodiadol ac *ancien* wrth gwrs! Peidiwch â chredu bod pob mwclis a welwch yn grair hynafol, gwerthfawr wedi ei gludo o'r Sahara'n arbennig ar eich cyfer. *Fakes* yw'r mwyafrif o'r tlysau mae'n debyg, ond gwnant anrhegion gwahanol. Mae'r stondinau bwyd wedi eu gosod yn y canol, dwsinau ohonynt. Dewiswch stondin fwyd, cymerwch le ar fainc, cymerwch blat a dewiswch lwyaid o aubergines, pupurau, ffa, sglods. Mae cig ar gael hefyd – *brochettes* (darnau o gig ar sgiwar), ffowlyn a physgod. Gofalwch eich bod yn cytuno ar bris cyn bwyta.

Crwydrwch a cewch eich dal gan ddynes hy mewn feil ddu yn trio gwerthu basgedi gwellt i chi … ac mae hi'n ddyfalbarhaus. Yna, dynes arall â breichledi arian dirifedi yn ei dwylo … clinc-clinc … ac mae un ar eich garddwrn. Trio'i thynnu i ffwrdd, a hithau'n mynnu eich bod yn ei chadw. Gofynna bris rhad amdani, ond dw i ddim moyn hi. Y cyfaill sy gyda hi yn ddwlach byth ac yn siarad Saesneg fel hipi. Ry'n ni'n wan wrth chwerthin gymaint a'r ddynes freichledi a'r dyn acen hipi'n ein dilyn yn ddi-drugaredd o gwmpas y sgwâr. Caiff fy chwaer ei thynnu gan ddyn â chapan doniol a rhaid iddi ddawnsio gydag e i gyfeiliant band gydag offerynnau taro. Llwydda'r sgwâr i'n gwanio'n llwyr ac ry'n ni'n awchu am beint. Gan mai gwlad Fwslemaidd yw Morocco, does dim tafarndai na bariau amlwg. Yr unig lefydd sy'n gwerthu alcohol yn yr hen dre yw'r 'Hotel Foucauld' a'r 'Grand Tazi'. Mae yna dwrw parhaus ac awyrgylch gŵyl ar y sgwâr (a hynny heb alcohol) hyd oriau mân y bore ym misoedd yr haf. Yn y gaeaf mae popeth yn cau ynghynt a rhoir cadeiriau'r caffis i gyd i glwydo tua deg .

Mae diwylliant y caffi yn gryf yno. Ceir caffi ymhob twll a chornel o'r hen dre a'r dre newydd. Fel arfer, dim ond diodydd cynnes ac oer a werthir mewn caffis ond os yw'r lle yn lan ac yn olau bydd gwell siawns o gael cynnig amrywiaeth ehangach. Nid yw'r caffi anferth drws nesaf i westy'r C.T.M. yn nodweddiadol gan fod merched a thwristiaid yn eistedd ar y tu allan. Ewch at y Cafe Diamond am brofiad – lle tywyll, myglyd, hamddenol. Rhaid i mi egluro, dynion a dynion yn unig sy'n mynychu'r llefydd yma. Yn yr hafanau hyn cânt sipian *café au lait* neu de mintys, smocio (sigaréts neu fwg drwg), sgwrsio, syllu ar wagle, darllen papur ac yn aml syllu ar deledu sy fry yn y nen mewn rhyw gornel. Os oes gêm bêl-droed ymlaen, bydd pob caffi yn orlawn. Cynt, fel yr unig ferch mewn caffi ro'n i'n ymwybodol o'r môr o lygaid brown fyddai'n syllu ar fy nghoesau gwyn. Ond bellach dw i'n becso mwy am faint o goffi fydd yn y *café au lait* (gan 'mod i'n ferch cymerant yn ganiataol 'mod i moyn coffi gwan.)

I ddianc rhag y gwres a'r gwylltineb dylech fwrw golwg ar ysblander y gorffennol. Mae'r palasau hynafol yn gyforiog o hanes ac yn arddangos nodweddion addurnwaith Morocco. Adfail diddorol yw'r

Palas el-Badi a fu'n enwog iawn ond adferwyd y Palas de la Bahia. Ynddo cewch hanes arferion Bou Ahmed sef prif gynghorydd i'r Swltan Moulay al-Hassan. Cewch ymweld â stafelloedd a gerddi harem y carwr prysur hwn. Trwyddo draw gwelir y cyfuniad o mosaics cywrain, gwaith *stucco* – darluniau a chaligraffeg o bâst a wnaed â phowdr marmor, a cherfiadau celfydd ar bren cedrwydd. Nid oes tâl mynediad i'r palas hwn ond disgwylir i chi dalu *guide* i'ch tywys ac adrodd yr hanes. Gellwch gerdded i weld y rhyfeddodau yma ond mae'n fwy hamddenol teithio mewn *calâche*. Saif y ceffylau a'r ceirt fel rhes o dacsis gerllaw'r Bank al-Maghrib. Ymlaciwch wrth i'r ceffylau druain wau trwy'r traffig prysur mor ddigyffro ynghanol y randibw. Cewch ymlacio'n llwyr fel y brodorion yng ngerddi Menara, a'r coed olewydd yn cynnig cysgod rhag ffyrnigrwydd yr haul. Llyn a phafiliwn urddasol a godwyd ym 1866 yw canolbwynt y gerddi ac mae mynyddoedd yr Atlas yn gefnlen trawiadol.

Os ydych yn bwyta cig mae Morocco'n bleser. Couscous yw'r saig draddodiadol fwyaf adnabyddus. Grawn tebyg i *bulgar wheat* yw couscous ac fe'i weinir gyda chig a llysiau wedi eu coginio mewn saws. Coginir y saws mewn *Tajine* sef yr enw ar ddisgyl â chlawr crochenwaith. Gellwch fwynhau ffowlyn mewn lemwn, pysgod ag almwnau, *brochettes, kafta* sef peli o friwgig mewn saws neu bastai sguthan, wyau ac almwnau. Nid yw'r wledd lysfwytäol mor ddeniadol – bydda i'n byw ar sglods ac amrywiaeth o lysiau, omelet, cawl llysiau, YOP (iogwrt hylifol), sudd oren a bara crwn, fflat, ffres sy'n rhad ac yn flasus. Testun llawenydd fydd canfod lle pizza – mae'r Pizzeria Venezia gerllaw'r Place Djemaa El-Fna yn baradwys! Cewch ddewis o fwyd Eidalaidd neu Forocaidd, potel o win coch digon derbyniol o Meknes a golygfa wych o Koutoubia. Dyma'r mosg uchaf (70 metr) ac adeilad amlycaf Marrakesh. Gan ei fod yn wyth can mlynedd oed gwisga fantell o ysgaffaldau ers blynyddoedd.

Os am fywyd nos bywiog nid Marrakesh fyddai'r dewis doethaf!

Mae yna glybiau nos yn y dre newydd – gallech ddechrau yn y Cafe/ Bar Renaissance lle gwerthir coffi ac ati ar y llawr gwaelod. Os am ddiod cryfach cewch eich tywys gan borthor mewn lifft i'r chweched llawr. Byddwch yn barod i dalu crocbris am gwrw wedi ei fewnforio megis Heineken. Flag yw'r cwrw brodorol. Gyferbyn â'r bar yma ceir clwb nos mewn seler gyda diodydd drud a dewis o dri – cwrw, gin neu ouzo! Clwb sy'n denu pobl hŷn, unig – osgowch! Mae'r Diamant Noir yn cynnig gwell cerddoriaeth, awyrgylch a gwasanaeth.

Gwell nag unrhyw Glwb Nos yw'r dathliadau traddodiadol – ac os byddwch yn ddigon ffodus i fod yn dyst i ddathliadau cyn priodas, ymbaratowch am wledd. Yn hwyr y nos gwelwch tuag wyth dyn mewn gwisgoedd a chapiau gwyn trwsiadus yn canu a tharo tam-tams a thamborins a siglo maracas. Bydd tyrfa'n ymgasglu gan ymuno yn y canu, curo dwylo a'u dilyn trwy'r strydoedd. Tu cefn gwelwch bedwar cart yn llwythog gydag anrhegion priodas a dwy ddafad fyw yn barod am y wledd. Er mor draddodiadol y dathlu sylwais ar un o'r criw yn gwneud fideo o'r cyfan!

TEITHIAU POSIBL:

1) Taith Gerdded 2/3 diwrnod ym mynyddoedd yr Atlas Uchel:

Ewch at ardal y *Grand Taxis* a llogi un i'ch cludo i Setti Fatma yn Nyffryn Ourika. Wnaiff y tacsi ddim gadael tan bod chwe pherson ynddo – pedwar yn y cefn a dau yn y sedd flaen (yn ogystal â'r gyrrwr.) Pan gyrhaeddwch Setti Fatma, daw'r heol addas i gerbydau i ben. Gofynnwch am Ait Mohammed Bein. Bydd yn dywysydd effeithiol gan ei fod yn adnabod yr ardal fel cefn ei law, gwnaiff hefyd fachu mul i gario'r bagiau a'ch cario chi os byddwch yn flinedig! Peidiwch â gadael i'r eira ar gopaon y mynyddoedd eich twyllo – mae'r haul yn llosgi. Cofiwch bacio ffactor 15, het/sgarff i amddiffyn y pen rhag yr haul, bara, dŵr a sgidiau cerdded. Byddwch yn dilyn llwybrau igam-ogam i fyny llethrau'r mynyddoedd gan fynd trwy bentrefi bychain sydd heb unrhyw gysylltiad â'r byd heblaw am y mulod. Bydd plant yn tyrru atoch â'u cri byddarol *un stylo, un stylo* neu *'bonbons, bonbons'* nes y teimlwch fel rhyw bibydd brith yn cerdded o'r pentrefi. Ceir golygfeydd godidog o'r dyffrynnoedd islaw a'r mynyddoedd uwchlaw a gwelwch fynydd uchaf Morocco i'r gorllewin. Mae mynydd Toubkal bedair gwaith uchder yr Wyddfa, sef 4165metr.

Mae'n daith o tua 30 cilometr o Setti Fatma i Oukameiden. Cerddais i am ryw bum awr y diwrnod cyntaf ac aros tua hanner ffordd mewn *refuge*. Cewch stafell heb drydan, croeso gan deulu hawddgar a thegellaid o ddŵr poeth i olchi'ch traed. Paratoir pryd bwyd ar eich cyfer a phorfa i'r mul. Cysgais fel clawdd a chodi gyda'r wawr. Roedd yr ail ddiwrnod yn anos – y coesau'n stiff, y daith yn fwy serth a'r mul mewn hwyliau drwg. Mor falch o'n i pan gerddodd ein tywysydd i mewn i dŷ cyfaill a chawsom de mintys. Un stafell oedd i'r tŷ – yno yr oeddent yn cysgu, bwyta a choginio. Cymer rhyw chwe awr i chi gyrraedd Oukameiden o'r *refuge*. Dyma ganolfan sgio Morocco – nid oedd yn fywiog iawn ym mis Mai.

2) Marrakesh > Ouarzazate (trwy'r Tizi n Tichka)

Dyma'r daith fwyaf dramatig o Marrakesh dros yr Atlas. Llogi car yw'r dull gorau o sicrhau profiad bythgofiadwy (gellir llogi car yn y dref newydd trwy gwmnïau rhyngwladol megis Avis neu Hertz neu fargeinio gyda chwmni lleol). Os llwyddwch i ganfod y ffordd gywir allan o Marrakesh (buddsoddwch mewn map gyda chynllun o strydoedd y dre!), cewch ddringo trwy fryniau coch sy'n codi o dyfiant gwyrdd toreithiog. Bob hyn a hyn gwelwch bentref coch yn swatio ar y llethrau. Daw pob cilometr â'i ryfeddod yn gollage o fynyddoedd o bob lliw a llun – rhai'n goch, gwyrdd, piws, llwyd-frown a'r copaon gwyn yn goron ar y cyfan. Diflanna'r cochni a nadredda'r heol trwy

Ar ben un o fynyddoedd yr Atlas

lethrau anial lliw tywod. Weithiau mae'r heol yn troi'n sydyn gan ddatgelu dibyn serth i'r dde, yna disgynna'n ddirybudd fel reid ffair; coda eto i'r uchelfannau a'r car fel malwen – ac mae'r dibyn ar y chwith! Llama gwerthwr ffosiliau i ganol yr hewl gan geisio'ch cymell i stopio a phrynu carreg sy'n agor gan fflachio'n binc neu'n arian. Os meiddiwch aros ac edrych i lawr y dibyn bydd y pentrefi'n fach a'r dynion fel morgrug. Daw cyfle i chi gael eich gwynt atoch a rhynnu wrth gyrraedd y man uchaf – 2260 metr. Ac eto bydd rhes o siopau ffosiliau a mwynau yma ac ambell Rala Rwdins â phen tost sy'n fodlon cyfnewid mwyn am aspirin!

3) Essaouira

Fe'ch cynghoraf i deithio ar fws am awr a hanner (120 cilometr) nes cyrraedd y dref wen hon ar lan y môr. Lleolir yr orsaf fysiau ger Bab Doukkala sef un o'r pyrth yn waliau'r *medina*. C.T.M. yw'r prif gwmni bysiau ac mae'r tocynnau'n ddigon rhad a'r seti'n gyfforddus ond cyfyng. Yr adloniant yw fideo Kung Fu wedi'i ddybio, ac mae'r teledu wedi'i osod fel nad yw'r gyrrwr yn colli'r cyffro! Ceir nifer o gwmnïau lleol hefyd sy'n cynnig prisiau rhatach a chwmni ambell ddafad ar y to.

Wedi cochni a phoethni llychlyd Marrakesh gwerthfawrogir gwynder a ffresni Essaouira. Cofiwch siwmper achos mae'r gwynt yno'n gafael. Cofiaf sythu yno yn fy nillad tenau yng nghanol haf. Atyniad Essaouira yw waliau'r dre a thonnau'r Atlantig yn curo'n ffyrnig arnynt, y dewis anhygoel o fwyd môr ac arogl sawrus y nwyddau pren. Ceir stryd o weithdai bychain sy'n creu blychau, hambyrddau, powlenni o bren *Thuya* – pren llyfn, sgleiniog gyda chlymau tywyll. Prynwch ddîs, bwrdd gwyddbwyll neu fel fi, anghofiwch letchwithdod cario anferth o fwrdd pren 'nôl gyda chi – mae'r pris am fyrddau coffi crwn ag argaenwaith yn rhesymol iawn.

Cynghorion:

* Cariwch rolyn o bapur tŷ bach gyda chi bob amser (a pheg i roi ar eich trwyn)! Mewn nifer o gaffis (yn enwedig ar ochr y ffordd) tyllau yn y llawr yw'r tai bach. Taflwch y papur i fasged gerllaw.
* Cariwch ddŵr potel gyda chi bob amser – peidiwch ag yfed dŵr tap.
* Cofiwch fargeinio pan fyddwch mewn tacsi neu mewn siop yn y *medina* ond nid mewn gorsaf reilffordd, bws, caffi/bwyty, gwesty ayb! Disgwylir cildyrnau gan borthorion ac mewn bwytai.

- Gwisgwch yn synhwyrol – cofiwch eich bod yn parchu'r diwylliant lleol (byddwch yn destun sylw annymunol yn crwydro mewn sgert/ siorts i fyny at eich tin neu mewn top tyn/heb fra). Mae trowsus llac, blows/crys-T llac yn fwy ymarferol ac yn llai tebygol o dramgwyddo.
- Diogelwch – mae'n annoeth i ferch deithio ar ei phen ei hun. Cadwch wyliadwriaeth, gofalwch am eich eiddo fel y gwnaech mewn unrhyw wlad – ond pwysleisiaf nad ydw i erioed wedi cael fy mygwth na dioddef lladrad na bod yn dyst i unrhyw drais yno.
- Peidiwch â gadael dos go helaeth o amynedd a synnwyr digrifwch 'nôl yng Ngymru.

Patagonia

Morys o flaen arwydd 'Tai Te' yn Gaiman

MORYS GRUFFYDD A
MELERI MACDONALD

Ymlaciwch! Does dim angen i chi bacio'ch telyn ar eich cefn er mwyn cael mynediad i'r Wladfa. O'r diwedd, mae'r Archentwyr yn dechrau gweld math newydd o ymwelydd â'u gwlad – Cymry bywiog, ifanc o ran oedran ac agwedd sydd wrth fodd y gwladfawyr, ac yn gyfrwng adfywio'r diddordeb yn y Gymraeg. Ydi, wir, mae'r Gymraeg yn ffasiynol yno o'r newydd, ac mae pob ymwelydd o Gymru yn hwb i ganolfannau fel y Dafarn Las a'r Bwthyn Bach!

Mynd ar wyliau i Chubut wnaethom ni, sef y Wladfa – a phrin iawn yw'r Cymry sy'n sylweddoli mai rhan fach iawn o Batagonia yw'r ardal Gymreig a Chymraeg. Yn ddaearyddol, Patagonia yw taleithiau Neuquen, Rio Negro, Chubut, Santa Cruz a Tierra Del Fuego – rhanbarth eang sydd yn cynnwys de yr Ariannin i gyd. Glaniodd y *Mimosa* ym Mhorth Madryn, talaith Chubut ym mis Gorffennaf 1865, ac yn y dalaith honno y mae'r mwyafrif o'u disgynyddion o hyd, ar lannau Afon Camwy, neu'r Rio Chubut. Gallwch ymweld â nhw yn Nyffryn Camwy (Porth Madryn, Rawson, Trelew, Gaiman a Dolavon) neu yng Nghwm Hyfryd (Trevelin ac Esquel). Ac er mwyn i chi gael syniad o faint y wlad a'r eangderau anferth, mae talaith Chubut ei hun bum gwaith yn fwy na Chymru, ond ei phoblogaeth heb fod yn fwy na Chaerdydd!

Pasport a Fisa

Does dim angen fisa mynediad ar deithwyr o Gymru, er y bydd gofyn i chi lanw ffurflen ar yr awyren i'w chyflwyno i reolwyr mewnlifiad yn y maes glanio. Mae'n rhaid i chi gario'ch pasport a'i ddangos mewn rhai llefydd heblaw am y maes glanio, megis gwestai, banciau, swyddfeydd post ac ati.

Arian

Y peso yw pres yr Ariannin, er bod nifer o fusnesau yn derbyn doleri Americanaidd hefyd. Fe welwch fod y prisiau ymhobman wedi eu nodi gyda '$'. Dyma arwydd y peso, ac nid yw'n golygu o reidrwydd fod doleri yn dderbyniol oddi mewn. Mae cardiau credyd Mastercard yn gyffredin iawn ac yn dderbyniol yn y rhan fwyaf o siopau (ond mae'n werth i chi chwilio am arwydd yn y ffenest), ac mae Visa yn dderbyniol mewn rhai llefydd, ond nid yw mor gyffredin. Os ydych yn ddigon pwysig neu ariannog i ddal cerdyn American Express, fydd ddim problem o gwbl i chi dalu am bethau. Dyw sterling ddim yn gyffredin iawn yn Chubut, ac ni fydd modd i chi newid punnoedd. Mae rhai banciau yn fodlon newid sieciau teithio mewn doleri Americanaidd.

Buenos Aires

Byddwch yn cyrraedd yr Ariannin ym maes glanio Ezeiza. Os ydych yn bwriadu mynd yn syth i'r Wladfa, bydd angen i chi deithio ar draws Buenos Aires i faes awyr Aeroparque, ond cyn hedfan i lawr i'r dyffryn (taith o tua dwy awr) beth am dreulio ychydig amser yn y brifddinas. Ar ôl teithio mor bell, mae'n werth i chi geisio gweld gymaint o'r wlad ag sy'n bosibl. Ystyr enw'r brifddinas yw 'awelon iach', a pha bynnag adeg o'r flwyddyn fydd eich ymweliad, rydych yn siŵr o ddeall yr enw, wrth weld yr awyr ddi-gwmwl! Mae'r ddinas hon wedi ei lleoli ar lan Afon Plata, aber lleta'r byd, ac mae'n ymfalchïo mai hi yw'r ddinas fwyaf Ewropeaidd ei naws yn Ne America. Yn wir, gallwch gerdded ar hyd ei strydoedd yn ddigon cyfforddus ac yn ddigon diogel. Gair o gyngor er hynny. Ceisiwch sicrhau gwesty yng nghanol y ddinas. Ein dewis ni oedd *Hotel Waldorf,* Paraguay 450 [ffacs (54-1) 312-2079]. Mae Stryd Paraguay yn croesi Stryd Florida yn agos i'r gwesty – cyfleus iawn os ydych am fentro allan i siopa ganol nos. O ran diogelwch a hwylusdod yn hwyr y nos, awgrymwn eich bod yn aros o fewn strydoedd canol y ddinas, sef Florida, Lavalle, a Corrientes.

Mae'n weddol anodd colli'ch ffordd yn Buenos Aires. Cofiwch

fod bob stryd yn cadw'r un enw o un pen i'r llall, ac yn ffurfio sgwariau taclus. Florida yw'r brif stryd i'r rhai sydd am siopa. Gallwch dreulio'r diwrnod yn crwydro ar hyd y canolfannau hyfryd, o siop i siop. Manteisiwch ar y cyfle i brynu nwyddau lledr, cewch siaced neu fag o ansawdd llawer gwell am eich arian nag a gewch yma yng Nghymru. Fe welwch nifer o werthwyr ar y stryd yn ceisio tynnu'ch sylw er mwyn hysbysebu siop neu gasglu arian. Yn ein profiad ni, roedd yn annoeth dangos dealltwriaeth o'r Sbaeneg, ac roeddent yn ddigon abl a pharod i siarad Saesneg â ni hefyd. Y polisi gorau yw siarad Cymraeg yn unig, ac fe allwch ddianc â'ch arian yn ddiogel yn eich poced! Yn croesi Florida mae Lavalle, stryd y sinemau a'r sioeau. Beth bynnag yw'ch chwaeth, rydych yn siŵr o gael sioe i'ch plesio yma! Yma hefyd mae bwyty *La Estancia,* nefoedd os ydych yn hoff o gig, gan y gallwch gael pryd o fwyd *asado.* Bwyd y gaucho yw *asado,* math o farbeciw lle mae darnau anferth o gig yn cael eu coginio ar dân agored. Gwelwch y traddodiad hwn wedi ei addasu yn y ddinas, gyda'r cig yn coginio ar dân agored yn ffenestr y bwyty. Cig, bara a gwin coch – a dyna'ch swper! Os nad yw cig at eich dant, beth am bizza neu basta. Rydym ni'n argymell *Il Gatto,* bwyty Eidalaidd lle mae strydoedd Corrientes a 9 de Julio yn cwrdd (ger yr obelisg). Yno cewch fwyd blasus – digonedd o basta am bris rhesymol.

Tra'ch bod yn yr ardal honno, byddai'n werth crwydro ar hyd av. Roque Saenz Pena at adeiladau'r llywodraeth. Rydych chi wedi clywed am y Tŷ Gwyn, wel dyma'ch cyfle i weld y Tŷ Pinc, neu'r *Casa Rosada,* y palas arlywyddol. Mae wedi ei leoli ger y *Plaza de Mayo,* ac yn sicr dylech fynd at y *Piramide de Mayo,* obelisg fach ynghanol y sgwâr. Yma bob prynhawn dydd Iau daw mamau'r miloedd *desaparecidos,* y 'diflanedigion', gwrthwynebwyr y llywodraeth filwrol a herwgipiwyd yn ystod rhyfel brwnt y saithdegau. Dônt bob wythnos, gydag enwau eu plant wedi eu gwnïo ar sgarffiau am eu pennau, yn y gobaith y bydd y llywodraeth rhyw ddydd yn dweud wrthynt beth ddigwyddodd i'w meibion a'u merched. Sylwch ar y llawr o amgylch yr obelisg bach, lle mae siapiau sgarffiau wedi eu peintio.

Gaiman

Dyma, i ni, oedd uchafbwynt y daith, cael cyrraedd at deulu yn Gaiman. Gaiman oedd y lle a ddewisom fel cartref yn ystod ein arhosiad, gan ymweld â'r trefi eraill – Dolavon i'r gorllewin, Trelew, Rawson a Phorth Madryn i'r dwyrain. O ganlyniad i hyn, rydym am ganolbwyntio ar Ddyffryn Camwy, yn hytrach na Chwm Hyfryd. Mae Trevelin ac Esquel, yng nghysgod yr Andes, hefyd yn sicr yn werth ymweld â nhw – cewch adroddiad gennym yn y gyfrol nesaf!!

Mae Gaiman yn lle hyfryd i aros ynddo, er nad dyna arfer y twristiaid. Trelew yw'r dewis amlaf gyda Gaiman yn ddim ond lle i ymweld ag ef am y diwrnod, ac o ganlyniad, prin iawn yw'r llety yno. Nid oes gwestai yno ar hyn o bryd, er bod nifer o'r tai te a chartrefi yn cynnig gwely a brecwast. Galwch ym Mhlas y Coed, Michael D Jones 123, am wybodaeth.

Tref fach yw Gaiman, o tua 5,000 o bobl, ond mae'n dref Gymreig iawn ei naws, ac yn gynyddol felly o ran yr iaith. Mae'n werth i chi ymweld â'r fynwent, sydd ar y ffordd i mewn wrth ddod o gyfeiriad Trelew, i ddarllen y cerrig beddau. Gwelwch bob math o rai gwahanol yno, rhai pabyddol, rhai trawiadol, a rhai syml a phlaen. Ac wrth gwrs, mae nifer fawr ohonynt yn Gymraeg. Darllenwch yr englynion sydd ar rai ohonynt, er enghraifft ar fedd David Ernest Roberts mae englyn gan ei dad, William Roberts o Langollen (Gwilym Ceiriog):

O'i wanwyn gwyn yn gynnar – i'w fedd aeth
   Dafydd wiw a hawddgar;
A'i gwsg ym mron estron âr
O'n golwg drymha'n galar.

Gallwch weld llawer o henebion a oedd yn eiddo i'r hen Gymry yn yr amgueddfa sydd wedi ei lleoli yn hen orsaf reilffordd y dref. Yno mae hen luniau, mapiau, dillad, offer ffermio a bob math o greiriau diddorol. Gerllaw mae *Tunel Del Ferrocaril,* sef hen dwnnel rheilffordd drwy'r bryn. Gallwch gerdded o un ochr i'r llall yn ddiogel, er bod y canol fel bol buwch!

Does neb yn medru gadael heb ymweld â Thŷ Te neu ddau, neu dri, a'n bwriad gwreiddiol ni oedd ymweld â'r wyth yn eu tro – fel gwaith ymchwil wrth gwrs! Er na chaniataodd amser i ni alw ym mhob un, llwyddom i ffurfio barn gyffredinol am y safon. Daethom i'r casgliad ei fod i gyd yn dibynnu ar chwaeth yr ymwelydd. Os ydych eisiau bwyta'r cacennau blasusaf, dewiswch Tŷ Gwyn. Os am y croeso gwresocaf, galwch gyda Marta Rees, Plas y Coed (y tŷ te gwreiddiol). Ond os am ddilyn camau 'Ledi Di', fel mae'n cael ei galw, wel Tŷ Te Caerdydd amdani. Ydi, mae bob 'gimic' posibl wedi cael ei weithredu yma i ddwyn cwsmeriaid oddi ar y tai te eraill – ac mae'n llwyddo! Cerddwch drwy'r gerddi, heibio i'r tebot anferth, ac at yr adeilad newydd sbon. Ar ôl i'r dawnswyr ifainc orffen eu dawns Gymreig (a pheidiwch mentro'u beirniadu, maent bron i gyd yn siarad Cymraeg!), cewch gerdded drwy'r fynedfa, heibio i gadair 'Ledi Di'. Yn anffodus, chewch chi ddim eistedd arni, mae rhuban bach wedi ei osod ar ei thraws i rwystro meidrolion rhag gwneud hynny. Ac os ewch chi ymlaen, fe welwch gwpwrdd gwydr yn cynnwys ei chwpan (heb ei golchi), a photel fach yn cynnwys y te nas yfwyd! Ydi, mae'r perchennog wedi'i deall hi, ac mae'r ymwelwyr yn llifo drwodd yn eu cannoedd bob dydd o'r wythnos!

Pan fydd te a theisen ddu wedi troi arnoch chi, ac nad ydych am weld teisen hufen na tharten afalau fyth mwy, mae braidd yn denau arnoch o ran bwyd yn Gaiman. Os nad ydych am goginio eich hun, ac nad oes gwahoddiad i chi i un o gartrefi croesawgar y pentref y noson honno, beth am fynd i *El Angel?* Bwyty cymharol newydd yw hwn, ar ben uchaf Stryd Michael D Jones. Ceisiwch anwybyddu'r holl angylion sydd ar y bwrdd, wal, to, ffenestr a llawr, a chanolbwyntiwch ar y bwyd – mae'n hyfryd. Ond gair o rybudd i chi lysieuwyr unwaith eto – rhybuddiwch y perchennog o flaen llaw nad ydych am fwyta cig, ac fe gewch canelones llysieuol hyfryd!

Ar eich taith o amgylch tai bwyta'r Ariannin, dyma'r geiriau allweddol:

Empanadas – Pastai yn cynnwys cig eidion, ham a chaws, neu unrhyw beth arall a dweud y gwir! Mae modd eu prynu yn barod fel *take-away*

Milanesas – Darn o gig eidion neu gyw iâr wedi ei orchuddio â briwsion bara

Albondigas – Peli o gig eidion mewn saws

Chorizos – Selsig trwchus (gan gofio mai cig da ac nid gwastraff sydd mewn selsig yn yr Ariannin)

Salchichas – Selsig pinc, tenau

Verduras – Llysiau

Pollo – Cyw iâr

Pescado – Pysgod

Carne – Cig coch

Vino Tinto – Gwin coch

Vino Blanco – Gwin gwyn

cervesa – Cwrw

Os cewch chi wahoddiad i *asado,* peidiwch â'i wrthod. Mewn gwlad lle mae pawb yn bwyta cig, cig, a mwy o gig, dyma yw'r bwyd traddodiadol. Achlysur cymdeithasol ydyw yn fwy na phryd o fwyd, ac er nad oes ymgais i ddarparu ar gyfer llysieuwyr, bydd modd i chi lanw'ch bol ar gaws, salad, bara a thomatos anferth ynghyd â gwinoedd hyfryd. Bydd pawb yn ymgasglu yn nhŷ un o'r ffrindiau, ac yn coginio'r cig ar dân agored naill ai yn yr ardd, neu yn y *quincho,*

sef math o fwthyn yn yr ardd ar gyfer y pwrpas hwn. Gall *asado*
gymryd oriau i'w goginio a'i fwyta, felly mae digon o amser i sgwrsio
a chanu, ond cofiwch fod y gwladfawyr yn dechrau diflasu ar Bing
Bong Bei (ers ein hymweliad ni). Clwb yn arbennig i ddynion Gaiman
yw'r Bwthyn Bach, ac mae croeso i bob ymwelydd o Gymru. Yno
bydd cyfle am *asado,* canu, a gêm fach o *Truco* (gêm gardiau
Archentaidd gymhleth tu hwnt!). Ar ôl yr *asado,* cewch gwrdd â'r
merched yn y Dafarn Las.

Parque El Desafio

Hoff neu beidio o Disneyland, mae'n werth i chi neilltuo bore neu
brynhawn i ymweld â fersiwn Gaiman o'r parc pleser! Yn ffrwyth
blynyddoedd o waith gan ŵr lleol, Joaquin Alonso, mae 'Parc yr
Her' wedi ei adeiladu'n llwyr o sbwriel cyffredin. Gallwch ddod o
hyd iddo ar yr heol allan o Gaiman i gyfeiriad Dolavon. Mae'r
arwyddion lliwgar y tu allan wedi eu gwneud o hen ganiau diod, ac
ar ôl i chi dalu'r pris mynediad, gallwch grwydro ar hyd llwybrau
lliwgar, wedi eu haddurno â chordyn, poteli a phob math o sbwriel
arall. Hen setiau teledu sydd yn eich cyfeirio i'r ffordd gywir, poteli
plastig neu duniau sydd yn hongian o'r coed fel blodau, ac mae popeth
nad oes neb eto'n siŵr beth i'w wneud ag ef wedi ei osod yn y parc
ffosiliau. Yno mae darnau o geir, beiciau ac yn y blaen yn aros yn
amyneddgar am y dyddiad agor, sef tua thri o'r gloch, wyth miliwn o
flynyddoedd yn y dyfodol! Os yw'ch Sbaeneg yn ddigon da, gallwch
ddarllen y cannoedd o ddiarhebion a dywediadiadau sydd ar hyd y
lle – ac ar ddiwedd y daith, dau ddrws – un yn datgelu'r dyfodol, y
llall yn cuddio rhyfeddod mwya'r byd! Gair o gyngor os byddwch yn
mynd â phlant yno – cofiwch nad yw deddfau iechyd a diogelwch yr
Ariannin mor llym â rhai Cymru. Wrth ddringo i dŷ Tarsan yn y
goeden sylwom fod nifer o'r trawstiau yn rhydd, ac mae llawer o'r
'blodau' yn finiog tu hwnt – cymerwch ofal!

176

Y Morfilod a'r Pengwiniaid

Mae Chubut yn enwog am ei bywyd gwyllt, ac fe fuasai'n drueni mawr ymweld â'r dalaith heb fynd i weld rhai o'r creaduriaid sy'n gymaint rhan o'r lle. Mae Punta Tombo ar yr arfordir i'r de o Drelew, ac yn gartref i gannoedd ar filoedd o bengwinod o fis Medi i fis Ebrill. Mae'n werth teithio'r 100 km er mwyn eu gweld yn eu cynefin naturiol. Er mor hoffus yw eu golwg, ac er mor agos y gallwch fynd atynt, cofiwch eu bod yn gallu cnoi yn gas iawn yn enwedig wrth iddynt warchod eu hwyau. Mae'r ffordd i Punta Tomo yn un wael iawn, ac os yw hi wedi glawio (sy'n anhebygol tu hwnt) mae'n debyg ei bod hi'n amhosib teithio ar hyd y ffordd mewn car na bws. Oherwydd anawsterau cyrraedd y lle, mae'n haws i chi fynd ar drip wedi ei drefnu.

I'r Gogledd o Drelew, oddi ar Peninsula Valdes yn nyfroedd Golfo Nuevo, mae'n bosib mynd i'r môr i chwilio am forfilod. Dylai hon fod yn eitem anhepgor ar agenda unrhyw ymwelydd â Dwyrain Chubut rhwng misoedd Mehefin a Rhagfyr. Puerto Piramide yw un o'r mannau cychwyn mwyaf hwylus, ac unwaith eto mae'n haws mynd fel rhan o drip wedi ei drefnu. Unwaith yr ydych allan ar y môr, ac wedi diffodd peiriant y cwch mae'n bosib mynd yn agos iawn atynt, a bron na allwch chi gyffwrdd â'r cyrff sy'n gallu pwyso 40 tunnell a mwy. Un o'r golygfeydd mwyaf trawiadol yw gweld cynffonnau'r morfilod yn ymddangos uwchben wyneb y dŵr wrth iddynt blymio i'r dyfnderoedd. Mae'n rhaid bod yn gyflym gyda'r camera i ddal yr olygfa odidog hon ar ffilm, ond mae rhai o'r capteniaid yn gweiddi 'clic' ar yr eiliad dyngedfennol, sy'n gymorth mawr i'r rhai trwsgl yn ein plith.

Porth Madryn

Ar y ffordd yn ôl i Gaiman o Peninsula Valdes, galwch ym Mhorth Madryn. Unwaith eto, mae'r daith yn llawer mwy diddorol os oes gennych arweinydd a all adrodd straeon i chi, gan y byddwch yn pasio sawl lle o ddiddordeb i ni'r Cymry yn yr ardal hon. Dyma lle glaniodd y Cymry ar 28 Gorffennaf 1865, ac yn ôl y traddodiad, buont yn byw mewn ogofâu ar y traeth. Go brin fod hynny yn wir – wedi'r cyfan roedd gweithwyr wedi bod yno yn paratoi ar gyfer eu glaniad. Mae'r ogofâu i'w gweld o hyd yn y creigiau clai, ac mae'n wir mai'r Cymry eu hunain a'u ffurfiodd, ond i'w defnyddio fel stordai yn hytrach na lletty. Mae'n debyg fod tua phedair ar ddeg yn wreiddiol, ond maent wedi eu treulio gan y gwynt a'r môr. Dim ond rhyw chwech sydd i'w gweld bellach, a dim ond dwy neu dair o'r rheini sydd mewn cyflwr digon da i'w dychmygu fel ag yr oeddent. Erbyn hyn mae llywodraeth yr Ariannin wedi cael eu perswadio fod y safle yn un o ddiddordeb cenedlaethol – mae angen eu perswadio eto i gymryd camau cadarnhaol i amddiffyn yr ogofâu rhag yr elfennau, y fandaliaid a'r twristiaid!

Dilynwch yr heol heibio i'r ogofâu, allan o'r dref, ac fe ddewch at gerflun o Indiad ar ben y bryn. Cofgolofn ydyw i'r Indiaid *Teuelche*, yn dangos un o'u llwyth yn edrych allan i'r môr gan weld y *Mimosa* yn cyrraedd. Dydi hynny eto ddim yn wir, gan nad oedd yr Indiaid yn yr ardal ar y pryd – ond os gellir gosod cofgolofn i'r fenyw Gymreig yng nghanol y dref, mae'n deg i'r dynion Indiaidd gael yr un fraint!

Wrth deithio ar hyd heol yr arfordir, cadwch eich llygaid ar agor am fryn bach ar yr ochr orllewinol – bryncyn sydd yn edrych yn hollol allan o'i le, ynghanol gwastadeddau'r paith. Tŵr Joseff yw hwn, wedi ei enwi ar ôl Cymro a gollodd ei ffordd wrth gerdded o Rawson i Borth Madryn. Credai ei fod yn siŵr o farw, a phan welodd y bryn, dringodd i'w gopa i geisio gweld y môr. Ar y copa daeth o hyd i aderyn marw, ac fe ddiwallodd ei newyn drwy ei fwyta'n amrwd. Adenillodd ddigon o nerth i fynd yn ei flaen, a chyrraedd Porth Madryn.

Eisteddfod Chubut

Ystyriwch yn ofalus pa gyfnod o'r flwyddyn yr ydych am ei ddewis ar gyfer eich ymweliad. Mae'r mwyafrif ohonom yn cael gwyliau yn ystod yr haf, ond gaeaf fydd hi bryd hynny yn y Wladfa, ac fe fydd pawb yn eu gwaith. Adeg y Nadolig mae'n haf yno, ac yn gallu bod yn arbennig o boeth. Yr adeg gorau yn ein tyb ni yw ym mis Hydref neu Dachwedd, pan mae'n wanwyn braf. Yn ystod ein hymweliad ni yn y misoedd hynny, roedd yr haul yn ddigon i'n plesio ni'r Cymry fel haf da! Ac yn ogystal â'r tywydd, cewch atyniad ychwanegol – Eisteddfod y Wladfa.

Yn hytrach na'i galw yn Eisteddfod y Wladfa, dylai'r eisteddfod hon gael y fraint o gael ei galw'n ŵyl genedlaethol yr Ariannin gyfan. Yn sicr mae'n llwyddo i ddenu digon o ddiddordeb o du cystadleuwyr o bob rhan o'r wlad, a thrwy hynny yn codi ymwybyddiaeth o'r cysylltiadau Cymreig. Pobl ifanc sydd â diddordeb yn y Gymraeg yw'r arweinyddion dwyieithog, ac mae cystadlaethau'n cael eu cynnal yn y ddwy iaith hefyd. Fydd 'Arafa Don' fyth yr un peth i ni ar ôl clywed bechgyn ifanc heb ddefnyn o waed Cymreig yn ynganu'r geiriau'n berffaith gydag acen Sbaenaidd! Anthem yr Ariannin sy'n agor y gweithgareddau, a 'Hen Wlad Fy Nhadau' sydd yn cloi bob sesiwn. Cofiwch fod modd cael eich arestio am wrthod sefyll yn ystod anthem yr Ariannin! Peidiwch â chael eich dychryn os na fydd bardd y gadair yn codi pan fydd y corn gwlad yn galw amdano, does neb wedi anghofio hysbysu'r buddugol. Mae'n arferiad yma fod y bardd yn aros am y drydedd alwad, cyn codi ar ei draed. A bob hyn a hyn, bydd y gynulleidfa i gyd yn uno i ganu caneuon gwerin. Y gwahaniaethau bach hyn sydd yn eich atgoffa eich bod mewn gwlad lle mae'r traddodiadau yn hanu o'r un gwreiddyn, ond wedi datblygu i gyfeiriadau gwahanol.

Meleri ger Ceg y Ffos

Trelew

Os nad ydych yn eisteddfodwr brwd, ac nad yw eistedd i wrando ar
y cystadlu drwy'r dydd yn apelio atoch, manteisiwch ar y cyfle i
grwydro Trelew. Dyma'r ddinas a enwyd ar ôl Lewis Jones (llywydd
cynta'r sefydliad), a'r ddinas fwyaf yn yr ardal. Mae'r rheilffordd o
Drelew i Gaiman wedi cau bellach ac amgueddfeydd sydd heddiw
yn yr hen orsafoedd yn y ddwy dref. Saif amgueddfa Trelew yn Plaza
Centenario (yn agos iawn i'r orsaf fysiau). Yno gallwch olrhain hanes
yr ardal o safbwynt y myrdd diwylliannau gwahanol sydd wedi cyd-
blethu erbyn hyn. Mae yno adran ar fyd natur, adran Indiaidd, ac
adran Gymreig yn cynnwys bob math o lyfrau ac eiddo personol –
yr unig drueni yw fod yr hen lyfrau hyn o dan orchudd gwydr.

Yn y Plaza mae dwy gofeb anferth, un i Lewis Jones, a'r llall i'r bechgyn lleol a laddwyd yn Rhyfel y Malvinas. Gwelir agwedd yr Archentwyr yn glir yn y geiriau ar y gofeb – teyrnged i'r rhai a syrthiodd yn amddiffyn ein hynysoedd.

Weithiau bydd yr Eisteddfod yn cael ei chynnal yng nghanolfan Dewi Sant. Dyma'r neuadd a godwyd ym 1915 er mwyn dathlu hanner can mlwyddiant glaniad y Cymry, ac mae'n ganolfan ddiwylliannol Gymreig hyd heddiw. Nosweithiau llawen, nosweithiau te, maent i gyd yn cael eu cynnal yn yr oruwchystafell, a chyngherddau yn y neuadd fawr. Yn agos iawn i'r ganolfan honno mae Capel Tabernacl, un o'r hen gapeli Cymraeg. Dyma adeilad hynaf Trelew, a adeiladwyd ym 1889.

Os oes gennych ddiddordeb mewn deinosoriaid, ewch i'r amgueddfa baleontolegol yn Nhrelew. Arddangosfa fach iawn yw hi, yn cynnwys wyau deinosoriaid, a rhai deinosoriaid lleol, ychydig yn wahanol i'r rhai a fyddai wedi byw yn hemisffer y gogledd. Nid dyma'r lle i chi os ydych yn ofni pryfed cop, oherwydd mae yma ffosil o gorryn anferth! Os cewch chi flas ar yr arddangosfa, a'ch bod awydd gweld mwy, yna ewch i'r parc paleontolegol ym Mryn Gwyn, ochr ddeheuol y Camwy ger Gaiman. Yno gallwch ddringo i ben y bryniau a gweld ffosiliau anifeiliaid yn y creigiau, yn dyddio yn ôl tua 40 miliwn o flynyddoedd. Mae angen trefnu eich taith i barc Bryn Gwyn gyda'r amgueddfa, er mwyn i chi gael arweinydd – chewch chi ddim mynediad ar eich pen eich hun.

Anrhegion

Cyn ymadael â Chubut, byddwch yn siŵr o fod eisiau prynu anrhegion i gyfeillion a theulu, neu i chi'ch hunan. Mae siop *Jaguel* ar stryd 25 Mayo yn Nhrelew, yn gwerthu nwyddau chwaethus a safonol, er ychydig yn ddrud. Os ydych wedi cael blas ar yfed *maté* beth am brynu'r llestr *maté* a *bombilla* (gwelltyn) gan brynu'r *yerba* (dail) o'r archfarchnad gyferbyn. Efallai fod poncho a het gaucho yn apelio, neu luniau wedi gwneud ar ledr. Mae tipyn o alw am nwyddau'r Indiaid brodorol erbyn hyn hefyd. Yn Gaiman mae siop Crefft Werin yn gwerthu'r un math o nwyddau gan gynnwys y *torta negra Galesa* neu'r deisen ddu Gymreig ynghyd â losin, crysau-T a nifer o bethau eraill.

A dweud y gwir, mae nifer fawr o siopau sy'n darparu ar gyfer twristiaid ledled y dyffryn, ac ni ddylech gael unrhyw drafferth i ddod o hyd i nwyddau sy'n plesio.

Rhaeadrau Iguazú

Daw yr amser i chi adael y dyffryn yn llawer rhy gyflym, dyna yw profiad y mwyafrif o ymwelwyr beth bynnag. Rhaid bod gwirionedd yn y dywediad fod amser yn hedfan pan ydych chi'n cael hwyl! Gallwch hedfan yn syth o Drelew i Buenos Aires. Ond os oes gennych chi amser ac arian ar ôl, peidiwch â dal yr awyren nesaf yn ôl i Gymru. Hedfanwch i dalaith yn Missiones yn gyntaf, talaith yng ngogledd y wlad, ar y ffin gyda Brasil. Yno gallwch weld un o ryfeddodau'r byd. Ydych chi wedi bod yn y Niagra? Bach iawn yw'r rhaeadrau rheini ar bwys rhaeadrau Iguazú! Gallwch dreulio diwrnod ar ochr Ariannin o'r rhaeadrau gan grwydro ar hyd y llwybrau ar eu pwys, ac fe allwch hefyd fynd i Frasil am y diwrnod. Peidiwch â phoeni am fisa ymweliad, maent yn caniatáu i ymwelwyr o'r Ariannin fynd yno am y dydd – ar yr amod eich bod yn dychwelyd i'r Ariannin y noson honno! Os ydych yn lwcus, efallai y bydd un o'r tywyswyr yn eich ffilmio, ac yn cynnig gwerthu'r fideo i chi, ond cofiwch nad yw lluniau na fideo yn gwneud teilyngdod â'r lle. Peidiwch â cholli'r cyfle, yn arbennig os mai hwn fydd eich unig ymweliad â De America.

Y cyngor yn fras yw gweld gymaint ag sy'n bosib, gwneud gymaint ag sy'n bosib, a mwynhau gymaint ag sy'n bosib yn ystod eich ymweliad a fydd yn sicr o hedfan.

Cataratas Do Iguaçu – Ffin yr Ariannin, Brasil a Paraguay

Trên Cautiba i Barugua

EINIR WYN

Wedi pythefnos o deithio o gwmpas gogledd y wlad cyrhaeddodd fy chwaer a minnau Puerto de Iguazú, ein dinas olaf yn yr Ariannin, yn lluddedig a chysglyd. Gadawsom Buenos Aires, bron i bedair mil cilometer i ffwrdd, gan deithio dros nos mewn bwsiau moethus a siarabangs er mwyn arbed talu am wely. Aros ym Mendoza ac, yna, Salta nad yw nepell o'r ffin â Bolifia yn y gogledd-orllewin, cyn croesi ar draws gogledd y wlad at y ffin â Brasil. Bu i ni ymweld â'r enwog cataratas, man ffilmio *The Mission*, cyn croesi i grwydro Paraná, talaith gyfoethocaf Brasil a gorffen fy ngwyliau i, beth bynnag, yn y Carnifal yn Rio. Dychwelai fy chwaer i'r Ariannin wedyn a threulio'r pum mis nesaf yn crwydro gweddill y cyfandir enfawr hwn.

Bu'n rhaid wynebu problem fach yn Puerto de Iguazú – yn ôl y *Lonely Planet* rhaid oedd cael fisa i groesi'r ffin i Frasil! Problem ddiangen toc wedi hanner nos ar nos Wener, heb le i aros ac ar ôl teithio am bron i saith awr ar hugain!

Dyma godi'n gynnar trannoeth gan anelu at y ganolfan dwristiaeth a'n siomodd drwy ategu'r neges yn y *Lonely Planet*. Help! Nid oeddem eisiau aros dros y Sul – gorau po gyntaf i ni gyrraedd Rio cyn y tyrfaoedd – ond roedd Conswl Brasil ar gau ar benwythnosau; rhaid fyddai aros tan ddydd Llun cyn cael fisa! Cawsom dynnu ein lluniau'n barod, yn y gobaith y caem groesi efo'r rheini – petai petasai yw hi yn Ne America ynglŷn â rheolau a deddfau, newidir hwy yn ôl y galw! Trwy lwc agorai *Cambio* dros y ffordd ac fe'n cysurwyd yn arw wrth i'r ferch ddangos rhestr o wledydd, a dderbyniodd gan y Conswl ei hun, a enwai drigolion Prydain fel rhai nad oedd angen fisa. Rhoddasom ochenaid o ryddhad! Y *Lonely Planet* yn camarwain eto!

Daliasom fws, yn hapusach ein byd, o'r orsaf fwsiau lawr y ffordd o'r hostel ieuenctid lle buom yn aros. Ai â ni'n syth i Barc Cenedlaethol Iguazú, rhyw 10 cilometr o'r dref, i weld y cataratas, sef y rhaeadrau byd enwog. Er bod rhaid talu tâl mynediad iddo, mae'n werth pob ceiniog. Dyma'r rhaeadrau mwyaf godidog yn y byd, yn enwedig pan maent yn llawn dŵr fel yr oeddent ym mis Ionawr. Mae 275 ohonynt i gyd – 3 cilometr o led ac 80 metr o uchder; maent yn lletach na Victoria, ac yn uwch na'r Niagara. Nid ellir eu cyfiawnhau drwy air na llun – rhaid eu gweld a'u clywed.

Saif y rhaeadrau tuag 20 cilometr i'r dwyrain o gyffordd afonydd Paraná ac Iguaçu a ffurfia ffin Paraguay, Brasil a'r Ariannin. Filoedd o flynyddoedd yn ôl bu'r safle'n fan claddu i lwythau'r Tupi-Guaraní a'r Paraguas. Darganfu'r Sbaenwr, Don Alvar Nunes, hwy ar hap ym 1541 ar ei daith o dalaith Santa Catarina ar arfordir Brasil i Ascunion, prifddinas Paraguay. Fe'i henwodd yn Saltos de Santa Maria ond yr enw Indiaidd, *Iguaçu*, (Dyfroedd Mawr) a gâi ei ddefnyddio. Sillefir yr enw'n wahanol yn y tair gwald – *Iguaçu*, Brasil; *Igauzú*, yr Ariannin; *Iguassu*, Paraguay. Clustnodwyd yr ardal yn safle Etifeddiaeth y Byd gan UNESCO ym 1986.

Ar wahân i fod yn dair tref gyda gwestai rhesymol, nid oes fawr i'w wneud yn yr un ohonynt. Gellir aros mewn gwestai moethus a drud yn y parciau cenedlaethol – un ar ochr Brasil a'r llall yn yr Ariannin.

Rhennir y rhaeadrau yn anghyfartal rhwng Brasil a'r Ariannin – y gyfran fwyaf i'r olaf. Ond, er mwyn eu gwerthfawrogi'n iawn rhaid eu gweld o'r ddwy ochr – parc Brasil am yr olygfa fawr a'r Ariannin am olwg agosach. Awgrymir treulio deuddydd i'w gweld yn iawn. O ran ffotograffiaeth ceir gwell golau yn y bore ar ochr Brasil ac ar ochr Ariannin yn y prynhawn.

Er yr awgrymir y cyfnod rhwng Awst a Thachwedd fel yr amser gorau i'w gweld, cawsom ni brofiad anhygoel yn tramwyo'r llwybrau ym mis Ionawr. Dyma'r tymor glawog ac roedd mwy o li yn y rhaeadrau eleni nag a fu ers pedair blynedd. Mae'r cyfnod o Fai hyd Orffennaf yn dymor gorlifiadau a gall fod yn anodd cerdded y llwybrau. Ceir dros ddwy fetr o law yno'n flynyddol a cheir tipyn o wlybaniaeth hefyd – fe wn i hynny o brofiad!

Ceir gwefr o ymweld â'r ddwy ochr. Mae llai o raeadrau ar ochr Brasil, ond ceir golygfa well ar draws Afon Iguaçu. Mae'r parc cenedlaethol yn fwy – 1550 cilometr sgwâr o goedwigoedd glaw ond mae gwell graen ar un ochr yr Ariannin. Nid yw llwybrau Brasil mor wefreiddiol chwaith – mae tri yr Ariannin yn agosach at y dŵr: *Paseo Inferiores* – taith o gilometr a hanner o gylch godrau'r rhaeadrau tra bo'r *Paseo Superiores* yn mynd â chi y tu ôl iddynt ac uwch eu pennau. Ar un cyfnod âi cyn belled â'r *Garganta do Diablo* (Gwddw'r Diafol) ond ysgubwyd y llwybrau mewn llif mawr ychydig flynyddoedd yn ôl. Gellir mynd ato mewn cwch gwyllt ac i Isla Sant Martin. Plymia'r dŵr 13000 m³ bob eiliad i lawr 90 metr a phedwar rhaeadr ar ddeg. Mae yna enfysau a tharth gwlyb i'w gweld yn ogystal ag adar di-ri yn bachu pryfed o'ch blaen – profiad gwefreiddiol ac anhygoel.

Ar ôl prynhawn llawn cyffro a mwynhad, dyma ddychwelyd i'r hostel wedi penderfynu mentro am Frasil, heb fisa fore trannoeth. Aethom allan am bryd o fwyd arbennig i ddathlu'n penderfyniad ac

Cataratas Iguaçu

i ffarwelio â'r Ariannin am y tro, a chael un o'r stêcs gorau (eto) am y nesaf peth i ddim! (Mae'n anodd talu prisiau Cymru am ddarn o eidion ar ôl y rhai a gaem yno!)

Codasom yn blygeiniol a'i mentro hi am Frasil – siawns na allai'r Carnifal fynd rhagddo hebddon ni! Daeth yr awr – fe'n gollyngwyd gan y bws ac aethom at y swyddog â'n bysedd wedi'u croesi; dim trafferth – caniatawyd i ni groesi i Foz do Iguaçu yn Brasil yn ddidrafferth a difisa, er gwaetha'r *Lonely Planet*.

Wrth aros am fws, sylweddasom nad oedd gennym reais – arian Brasil. Yn y miri o chwilio am fisa roeddem wedi anghofio newid arian. Roedd gennym tua deg peso ar hugain (gwerth tua deg punt ar hugain) rhyngom i bara dros y Sul. Mentrwyd gofyn i Almaenes oedd yn teithio efo ni a fuasai'n fodlon cyfnewid pesos am reais a, diolch byth, cytunodd. O leiaf, cawsom fwyta'n ystod y dydd! Gobaith arall oedd bod yna dwll yn y wal yn y *Rodovario* (gorsaf fysiau genedlaethol).

Yn anffodus, ar ôl cyrraedd, nid oedd yno dwll yn y wal ac oherwydd ein diffyg arian bu'n rhaid aros yno, bron i chwe chilometr y tu allan i'r dref, am chwe awr ddiflas a gwlyb. Cawsom law terfysg nas gwelsom ei debyg o'r blaen ac, o'r herwydd, bu'n rhaid i ni aros dan do, er nad oedd fawr i'w wled na'i wneud y tu allan chwaith!

Er mai ychydig centavos fuasai'n rhaid i ni ei wario i ddal bws lleol arall i'r parc cenedlaethol i weld y rhaeadrau o ochr Brasil – yr olygfa orau o *Garganto do Diablo* – pasiwyd cadw'n harian prin. Efallai y byddai'r ychydig centavos yma yn ein cadw rhag llwgu a sychedu! Roedd yn gyfle i ysgrifennu yn ein dyddiaduron a darllen mwy am ail ran ein taith ym Mrasil ynghyd â chael mymryn o gwsg!

Gadawson Foz yn flinedig tu hwnt a llwglyd, gan obeithio cael 'pryd' ar y bws. Erbyn hyn roedd gennym dabl marciau i bob cwmni bws a ddefnyddiom ynghyd â'r gyrwyr – collodd hwn dipyn go lew o farciau gan iddo godi ein gwrychyn wrth fod mor ffysi ynglŷn â manylion ein tocynnau. Fe'i cywirwyd yn sydyn iawn ar ôl iddo'n galw'n ddau frawd ac yn waeth na hynny yn Saeson!

Roedd gennym daith ddeuddeng awr a 635 cilometr o'n blaenau i Curitiba – taith oedd yn hollol wahanol o ran tirwedd i'r Ariannin. Teithiem drwy wlad amaethyddol gyfoethog iawn – gwyrddni cryf o gnydau india corn yng nghanol aceri o blanhigion *maté*. Yn anffodus, un o'r teithiau hynny a alwai ym mhob tref a phentref ydoedd.

Diod cenedlaethol yw *maté* a yfir gan bawb ym mhob man. Rhywbeth i'w rannu â theulu, ffrindiau a gauchos ydyw – rhannu yw ei fwriad. Ond, yn ein hachos ni, gobeithiem na chaem gynnig yr un gegaid ohono gan nad oeddem yn hoff o de ar y gorau! Deilen sych o deulu'r celyn ydyw ac yfir mwy ohono na choffi gan yr Archentwyr. Llenwir *maté* (potyn) â'r dail a tholltir dŵr poeth, nid berw, arnynt. Yna, llymeitir ohono drwy *bombilla,* gwelltyn arian gyda hidlwr oddfog *(bulbous)* yn ei waelod a nada'r dail rhag dod trwyddo. Rhyfedd oedd gweld trigolion y ddwy wlad, yn arbennig yr Ariannin, yn cario'u fflasgiau ac yn llymeitian am oriau yma ac acw. Fel arfer, arwydd o gael eich derbyn yw gwahoddiad i lymeitian ond, mae'n anghwrtais ei wrthod. Wrth lwc, ni chynigiwyd dim i ni, felly ni chawsom brofi os yw'r dail yn aros yn y pot yn hytrach na dod i fyny'n llond ceg drwy'r gwelltyn arian!

Cyraeddasom Curitiba am bump y bore a mentrodd fy chwaer ofyn i'r Iddew ar y bws a fuasai'n cyfnewid reias am ddoleri ar ôl egluro'r hyn a ddigwyddodd i ni – a chytunodd. Roedd gobaith am fwyd a diod eto! Yr oedd yntau â'r un bwriad â ni wrth ymweld â Curitiba – archebu tocynnau ar gyfer y daith drên i Baranagu ar yr arfordir.

Mae'r daith hon yn arbennig o boblogaidd ac argymhellir ymwelwyr i archebu tocynnau ymlaen llaw – o leiaf ddeuddydd cyn mynd arni. Rhed y trên yn ddyddiol yn ystod y tymor gwyliau ond ar benwythnosau yn unig ar adegau eraill. Mae dau drên – rheolaidd *(trem)* ac ymwelwyr *(litorina)*. Prynir llawer o'r tocynnau gan

Paranagua

asiantwyr teithio ac os nad ydynt wedi eu gwerthu i gyd dônt i'r orsaf i geisio cael gwared ohonynt. Deallom fod tocynnau'n brin ar y bore y cyrhaeddom ni – a sylweddolom pam, hefyd – dim ond un cerbyd oedd i'r trên!

Saif Curitiba, prifddinas Paraná er 1853, 900 metr uwchlaw'r môr ac er bod ychydig o amgueddfeydd a pharciau dymunol yno, prif atyniad y ddinas yw man cychwyn y trên i lawr i'r arfordir. Cwblhawyd y trac rheilffordd 110 cilometr i lawr i'r arfordir ym Mae Parangua ym 1885 a deil yn un o ryfeddodau peirianwaith Prydeinig y bedwaredd ganrif ar bymtheg. Teithia'r trên dros 67 o bontydd a thraphontydd ac 13 twnnel trwy barc cenedlaethol Parque Estadual de Marumbi lle ceir golygfeydd anhygoel o fynyddoedd Serra do Mar.

Taith tair awr ydyw gyda golygfeydd aruchel, swreal ar brydiau, drwy gymylau a glaw – yn ein hachos ni! Gadawa'r *litorina* am naw

189

y bore gan ddychwelyd erbyn hanner awr wedi tri y pnawn. Ceir sylwebaeth ar y daith mewn amryw ieithoedd ac arhosa bob hyn a hyn – nid oes gorsafoedd – er mwyn rhoi cyfle i'r teithwyr dynnu lluniau. Awgrymir eistedd ar y chwith wrth fynd i Paranagua gan fod y golygfeydd yn well. Ceir diod a chreision yn rhan o bris tocyn yn ogystal â chyfle i brynu fideo o'r daith a chardiau post.

Cynghorwyd ni i aros am y *litorina* gan dri o Ganada a giwiai o'n blaenau, er y golygai hynny aros am ddwy awr dda cyn i'r trên gychwyn. Unwaith eto, cawsom gymorth ariannol ganddynt hwy hefyd! Ar ôl darganfod nad agorai'r swyddfa docynnau tan saith aethom i chwilio am fwyd a lle i ymolchi gan ddod yn ôl rhyw bedair o reias yn brin i dalu am y tocynnau – cododd y prisiau yn sylweddol i'r hyn a nodwyd yn y *Lonely Planet!* Diolch i'r drefn am ddoleri fy chwaer!

Tref drefedigaethol, henffasiwn o amgylch yr harbwr yw Paranagua gydag amryw eglwysi ac un amgueddfa. Mae'n un o brif borthladdoedd Brasil a cheir traethau arbennig ar hyd yr arfordir. Adnewyddwyd y farchnad – *Mercado Municipal do Café* – i fod yn bum bwyty bach, amrywiol a rhad – bwyd môr gan fwyaf a chig (rysetiau traddodiadol) – yn y blynyddoedd diwethaf.

Yng nghanol y miri o geisio talu am ein tocynnau, deallwyd mai un ffordd yn unig oedd y daith i fod y diwrnod hwnnw – er i ni dalu am ddwy ffordd – ac ni chafwyd eglurhad. Bu o fantais i ni, i ryw raddau, gan ein bod eisiau teithio i São Paolo yn ddiweddarach yn y dydd; felly, caem adael Paranagua pan oeddem ni'n barod.

Yn anffodus, dwy sedd ar y dde gawsom ni ond nid amharodd gymaint â hynny ar ein taith oherwydd y niwl a'r glaw. Eisteddai'r Iddew o'n blaenau gyda merch a gyfarfu'm chwaer ym maes awyr Buenos Aires pan gyrhaeddodd yno o Dde Affrica bythefnos yng nghynt – byd bach! Roedd rhai o'r golygfeydd yn anhygoel wrth i'r trên ddisgyn y 900 metr am yr arfordir.

Ein prif nod yn Paranagua oedd chwilio am fanc a bwyd. Daethom o hyd i'r banc yn ddidrafferth ond, stori arall oedd ceisio mynd i mewn iddo! Drws troi oedd iddo a adawai i ni fynd at ei hanner ac yna, stopio. Digwyddodd hyn sawl tro i ni, ynghyd â'r bobl leol. Safai dau swyddog diogelwch y tu mewn yn gwneud stumiau arnom. Deallom, yn y diwedd, fod rhaid i ni roi ein cotiau glaw a'n bagiau mewn drôr fechan a'u casglu y tu mewn i'r banc. Ar ôl gwneud hyn, yr un oedd y canlyniad – styc! Erbyn hyn, roeddem yn fyr iawn ein tymer ac oni bai ein bod wirioneddol angen arian buasem wedi gadael. Daeth swyddog diogelwch arall atom a'n hysio am y drws ond, yn ofer! Yn y diwedd, gwasgodd un o'r swyddogion cyntaf *remote control* i agor y drws i ni ac eraill! Effeithiai rhywbeth a gariem ar y synhwyrydd metel yn y drws!

Rhwng popeth, buom yn y banc am dros awr! Un banc i'w osgoi yw Banco do Brasil, Paranagua!

Bwyd oedd y nod nesaf gan obeithio peidio â wynebu'r un broblem a ninnau heb fwyta pryd iawn ers deuddydd. Cawsom bryd rhesymol iawn i'r ddwy ohonom yn y farchnad – a lyncwyd gennym fel gwylanod!

Bu'n rhaid i ni aros ychydig amser cyn dal bws yn ôl i Curitiba er mwyn archebu tocynnau i São Paolo – taith chwe awr arall, 400 cilometr o hyd – lle caem aros â'n teulu cyn gorffen ein hymweliad â Brasil yn y Carnifal yn Rio.

Ein prif argraffiadau am y ddwy wlad oedd y gwahaniaeth yn eu tirwedd – moelni a llwydni'r Ariannin a gwyrddni ffrwythlon Brasil. Yn ogystal, nid oeddem wedi sylweddoli gymaint o fusnes yw teithio mewn bysiau o un pen i'r wlad i'r llall ond mae'r prisiau yn rhesymol iawn o ystyried y pellteroedd.

Brysied y dydd pan gawn ddychwelyd.

Baja California Sur, Mecsico

BETHAN EVANS

Mae Americanwyr yn mynnu mynd dan groen y bobl leol a'i alw yn 'Bêhê', ond 'Bacha' ydi'r ynganiad cywir ac felly mae'r Cymry yn plesio'n arw. 'Mae'r Yanks 'ma'n swnio fel defaid,' meddai Vicente y tu ôl i'r bar, 'ond 'dach chi'n ei ddeud o'n *muy bien.'*

Baja California ydi'r frach hir denau sy'n hongian dan gesail yr Unol Daleithiau, gyferbyn â gweddill Mecsico gyda thonnau mawr y Môr Tawel ar un ochr a Gwlff cynhesach Califfornia ar y llall. Mae'n 1,300 cilometer o hyd ac yn 80 cilometr o led ar gyfartaledd. Tydw i ddim yn adnabod y gogledd, sydd yn sych drybeilig meddan nhw, ond mae'r de, sef Baja California Sur, yn wlad hyfryd o foroedd glas, bryniau sychion llawn cactws o bob math a phobl fywiog a chyfeillgar.

Cortès a'i griw oedd yr Ewropeaid cyntaf i lanio ar draethau Baja, ac ym 1534, fe geisiodd osod ei bac yn La Paz, ond oherwydd prinder dŵr a bwyd ac ymosodiadau gan yr Indiaid brodorol, bu'n rhaid rhoi'r gorau iddi. Cyrhaeddodd y cenhadon ym 1697 a chodi 20 cenhadaeth yma a thraw, ond fel mewn sawl man arall, daethant â chlefydau estron efo nhw a dyna ddiwedd y rhan fwyaf o'r Indiaid. Mae 'na ambell un o gwmpas o hyd mae'n debyg.

La Paz yw prifddinas y de, tref eitha modern, yn prysur dyfu yn anffodus, ond yn hynod gyfeillgar a ffwrdd â hi. Os ewch chi yno yn yr haf, bydd yno lai o dwristiaid ond mae'r haul yn grasboeth, ac os ewch chi yno am heulwen cleniach y gaeaf, byddwch yn barod i wynebu yr heidiau o *yanks on tour*. Wrth lwc, mae La Paz yn haeddu ei henw, sef 'heddwch' ac yn rhy dawel i bobl y clybiau nos. I dref Cabo San Lucas fyddan nhw'n tyrru fwyaf – lle sy'n atgoffa rhywun o Blackpool.

Sbaeneg yw'r iaith ac mae'n syniad da cael gwersi cyn mynd, ond mae llawer yn deall rhywfaint o Saesneg. Wedi dweud hynny, fe gewch chi wên anferth os rhowch chi gynnig ar archebu yn Sbaeneg. Mae 'na gryn dipyn o Americanwyr wedi syrthio mewn cariad â'r lle ac yn byw yno ers blynyddoedd, ond heb drafferthu i ddysgu'r iaith yn iawn, sy'n boen mawr i rai o'r brodorion. Swnio'n gyfarwydd?

Fyddwn i ddim yn eich cynghori i ymdrochi na thorheulo llawer ar draeth La Paz ei hun, gan fod yna ddigon o draethau llawer mwy glân a deniadol ychydig filltiroedd i'r gogledd. Mae'n hawdd iawn dal bws o'r orsaf ar stryd *Aquiles Serdan & Bravo* ac yna neidio oddi arno pan welwch chi draeth at eich dant chi. Mae traeth *El Tecolote* yn hir a hyfryd, ond os ewch chi yno ar benwythnos, bydd cannoedd ar gannoedd o'r bobl leol yno hefyd efo'u 4x4s swnllyd, pob un yn chwarae cerddoriaeth Fecsicanaidd a'r botwm wedi ei droi i'r pen pellaf, neu yn smalio bod yn geir fformiwla un dros a thrwy y twyni tywod. Efallai ei bod hi'n well syniad mynd yno ar fore Llun. Ond cofiwch, mae'r gemau gwirion sy'n cael eu trefnu ar y Sul o flaen y caffi yn gallu bod yn ddigri dros ben.

Er nad yw'r bobl leol yn trafferthu, fe fyddwn i'n eich cynghori i gadw eich sandalau ar eich traed hyd yn oed wrth nofio a hefyd i gofio gwneud y *sting-ray shuffle* cyn rhoi bawd eich troed yn y dŵr. Mae'r pysgod dieflig yma yn hoff iawn o guddio dan haenen denau o dywod ac yn rhoi pigiad echrydus o boenus os byddwch chi'n ddigon anffodus i sathru ar un ohonyn nhw. Os 'shyfflwch' chi eich traed mewn dau hanner cylch wrth gerdded yn bwyllog i'r dŵr, fe gaiff y *sting-ray* ei styrbio a bydd yn nofio i ffwrdd heb anafu'r un ohonoch. Ac os cewch chi bigiad, rhaid llenwi powlen neu fwced gyda dŵr poeth a finagr a dal eich anaf yno am ddwy awr, gan ychwanegu dŵr poeth yn rheolaidd i gadw'r tymheredd yn uchel. Fe gafodd un o'm cyfeillion i ei phigo, ac er iddi ddod â phump o blant i'r byd, roedd hi'n daer fod hyn ganwaith mwy poenus. Ond peidiwch da chi â gadael i hyn eich cadw o'r môr. Ewch am drip cwch i weld morloi, dolffins a phelicaniaid, a chyda lwc, morfilod hefyd.

Os am brofiad bythgofiadwy, cysylltwch ag un o'r cwmnïau sy'n trefnu teithiau canŵio. Mae Ben Gillam yn hanu o Sir Benfro, ac ar ôl syrthio mewn cariad â Mecsicanes, symudodd i fyw i La Paz. Mae o ac Alejandra bellach yn rhedeg cwmni canŵio llewyrchus iawn, sef *Baja Outdoor Activities*. Maen nhw'n cynnig teithiau o bob math, o benwythnosau neu wythnosau llawn antur, yn canŵio o amgylch ynysoedd neu'r arfordir a gwersylla ar draethau, i deithiau mwy moethus a diog. I'r sawl sydd am gael eu sbwylio bydd cwch modur yn mynd â chi i gyfarfod eich *kayaks* ysgafn, gweigion bob bore ac yn eich hebrwng yn ôl i westy moethus bob nos. Maen nhw'n barod iawn i deilwra taith ar gyfer eich anghenion chi, ac yn gallu cynnig teithiau beicio, cerdded, dringo, neu, yn y bôn, unrhywbeth sy'n apelio atoch chi.

Fe benderfynon ni, fel chwech o ferched cymharol ffit yn eu 30au fynd am y daith rataf, sef wythnos yn canŵio o amgylch ynys Espiritu Santo. Roedd Ben a'i griw yn gofalu am y canŵs, y bwyd, y deunydd snorclo ac ati, ond roedden ni'n gorfod dod â sachau cysgu a bagiau dal dŵr ein hunain. Gan ein bod ni'n gwbl hunangynhaliol ac yn cario popeth fyddai ei angen arnom ni yn y canŵs, roedden ni wedi cael cyngor i ddod â chyn lleied o stwff personol ag oedd yn bosib. Chwarae teg, ychydig iawn o ddilladach oedd gennym ni, ond roedd bagiau molchi/manion/meindia dy fusnes ambell un yn wirioneddol anferthol. Fe gafodd Saudiel, ein harweinydd bach tawel o Mexico City, ffit. Roedd o wedi hen arfer mynd â grwpiau o Americanwyr ufudd i'r ynys, ond roedd o'n amlwg yn poeni am *'Las Galesas Locas'* (y genod gwallgo o Gymru). Mae ganddyn nhw ddewis helaeth o ganŵs, ac fe gawson ni amrywiaeth dda fyddai'n apelio at y gwahanol safonau yn ein mysg, un cwch dwbl oedd yn mynd fel y gwynt, cyn belled â bod y ddwy badlwraig yn deall ei gilydd, 3 *kayak* môr cyffredin a dau gwch 'agored' neu *sit-on-tops*. Hyfryd i'r sawl sydd am gael lliw haul reit handi, ond yn arafach o beth coblyn na'r *kayaks* eraill. O'r traeth yn Tecolote, roedd yr ynys yn ymddangos yn bell ofnadwy, ond roedd yr awyr yn las a'r haul yn boeth ac awel y môr yn codi yr awydd ryfedda i'w chychwyn hi. Fe stwffiwyd pob dim i'r *kayaks* yn rhyfeddol o ddidrafferth. Mae *kayaks* môr y pen yma o'r byd wedi eu cynllunio'n gymaint gwell na *kayaks* Ewropeaidd ar gyfer teithio dow dow, yn haws eu padlo a haws eu pacio. Mae padlo *kayaks* Prydeinig yn aml fel ceisio eistedd ar weiren gaws.

Dyma dywallt y ffactor 25-50 dros ein cyrff pinc chwyslyd, gwisgo ein hetiau a sipian lemonêd oer yn y cysgod cyn cychwyn ar yr antur.

Roedd y daith bedair milltir a hanner i'r ynys yn bleser pur, y môr yn las Glas y Dorlan a pherffaith glir. Fe welson ni forlo yn hanner cysgu a'i fflipers yn estyn am yr awyr, yna crwban môr am eiliadau cyn iddo blymio i'r dyfnderoedd. Dyna be sy'n braf am ganŵio, 'dach chi mor dawel, mae'n haws gweld bywyd gwyllt yn agos. A hithau'n ganol Mai, roedden ni'n gwybod fod y morfilod i gyd wedi hen fynd heibio i ddyfroedd oerach y gogledd, ond roedd Saudiel bron yn siŵr mai morfil oedd y smotyn du yn y pellter oedd yn diflannu ac ailymddangos bob hyn a hyn. Os ewch chi yno yn y gaeaf, 'dach chi bron yn sicr o weld morfilod llwyd a hyd yn oed yn gallu eu cyffwrdd.

Roedd gosod y pebyll am y tro cyntaf yn brofiad addysgiadol. Roedden ni wedi dewis pebyll a sachau cysgu tenau, wel gorchudd *duvet* sengl a dweud y gwir, ond sach gysgu dew allan dan y sêr oedd dewis Saudiel. Fo oedd galla'. Mae hi'n oeri yn arw dros nos a gwyntoedd cryfion yn siglo'ch pabell fel cadach a chwythu'ch dillad gwlybion i ben rhyw gactws os na ofalwch chi eu clymu'n sownd o'r cychwyn. Os nad ydych chi'n hoff o dortillas, gewch chi fawr o flas ar y *cuisine*. Roedd y bwyd yn wirioneddol dda gan amlaf, ond roedden ni i gyd wedi hen laru ar y bali tortillas erbyn y diwedd. Gallai brecwast fod yn binafal neu bapaya ffres, neu rawnfwyd blasus efo llefrith UHT, tortillas llawn salad, cig oer neu diwna a chreision a 'dips' bach difyr i ginio, a chymysgedd sbeislyd llawn tomatos ac ati efo pasta a *guacamole* i swper, a thequila neu win neu gwrw llugoer

cyn noswylio. Roedden ni i gyd yn cynorthwyo i goginio a golchi
llestri yn ein tro. Mae tywod yn sebon hynod effeithiol.

I'r rhai oedd yn gwersylla am y tro cynta, roedd glendid personol
oedd yn sensitif i'r amgylchfyd yn boen ar eu henaid, ond buan y
daeth pawb i arfer un ai mynd i chwilio am graig efo rholyn papur tŷ
bach a bocs matsys i losgi'r papur neu luchio brechdan gregyn i'r
môr. Ac mae trochiad yn y môr gystal â bath unrhyw adeg, gydag
ychydig o ddychymyg.

Ond braf oedd cyrraedd traeth ar y drydedd noson oedd â ffynnon
o ddŵr ffres rhyw ddeng munud i ffwrdd ynghanol y creigiau.
Drosodd a throsodd, gollyngai Saudiel fwced i'r pydew a thywallt
dŵr glân, hyfryd dros ein pennau. Gyda chymorth siampŵ
biodegradable, roedden ni i gyd yn teimlo fel hysbysebion Timotei.
Palapa oedd ar y traeth nesaf, sef adeilad o bren a deiliach oedd yn
creu y cysgod hyfryta; angenrheidiol ar ôl diwrnod hir o ffrio mewn
gwres yn agos at 100 gradd F. Bu teulu o *chipmunks* bach digywilydd
yn ein diddanu am oriau.

Y bore canlynol, daeth Felipe a Francisco draw mewn *panga,* sef
cwch modur a tho arno, gyda llond gwlad o fwydiach ffres a diodydd
oer, oer, arallfydol o oer. I mewn â ni i'r *panga* wedyn a saethu i
ffwrdd at ben pella'r ynys, at gartre'r morloi. Doedd gan bawb mo'r
awydd i snorclo yn eu canol nhw, ond roedd o'n brofiad hyfryd. Bu
un yn nofio oddi tanaf a neidio drostaf. Oeddwn, ro'n i'n eitha nerfus,
ond dim ond i chi fod yn gall a pheidio rhythu i'w llygaid, wnân
nhw ddim byd ond nofio gyda chi. Mae ganddyn nhw lygaid anferth,
hypnotig a chroen sy'n edrych fel sidan ac mae'n anodd iawn
ymwrthod â'r demtasiwn i'w cyffwrdd nhw.

Welson ni mo'r un dolffin yn anffodus, ond roedd Saudiel yn ein
sicrhau eu bod nhw yno, yn rhywle. Fe glywson ni ar ôl dychwelyd
i'r tir mawr, fod yna siarcod morfil yn agos iawn, iawn, i'r ynys tra
oeddem ni yno. O wel, fel'na mae hi weithiau. Ond fe gawson ni

sawl perfformiad o neidio a hedfan gwych gan deuluoedd cyfan o *manta rays,* pysgod mawrion duon tebyg i ystlumod, sy'n neidio droedfeddi i'r awyr am ddim rheswm o gwbl, yn ôl y gwyddonwyr. Ond dw i'n credu'n gryf mai neidio am yr hwyl maen nhw. Pam lai?

Wedi canŵio'r 50 milltir o gwmpas yr ynys yn hamddenol braf dros gyfnod o wythnos, yn ymdrochi yn y môr emrallt fan hyn, a snorclo ymysg y pysgod lliw enfys fan draw, roedden ni'n iach, yn ffit ac yn frown, bobol bach. Efallai fod ambell un yn debycach i domato a rhai wedi diodde braidd dan lach y mosgitos, ond diffyg digon o dabledi antihisthamine oedd hynny. Roedd y wefr o gyrraedd y tir mawr yn fythgofiadwy a'r melon dŵr a'r diodydd oer oedd yn ein disgwyl fel neithdar.

Wedi dychwelyd i'r gwesty, fe gawson ni fasâj hirfaith fendigedig gan Nora yn ein tro, ac fe'ch cynghoraf o waelod calon i ffarwelio â'ch doleri er mwyn y profiad. Bonnie, Americanes a pherchennog Casa la Paz all gysylltu â hi. Mae 'na ddigon o westai moethus yn yr ardal os gallwch chi eu fforddio, ond mae awyrgylch hamddenol y Casa yn arbennig. Nid gwesty mohono, ond tŷ digon syml a rhesymol gyda chwe gwely, dau hamoc a dwy gawod. Roedd croeso i ni helpu ein hunain i gynnwys y rhewgell a'r cypyrddau, dim ond i ni roi ambell beso mewn tun am bob potel fechan o gwrw. Ac yn bwysicach na dim, mae ganddi lein ddillad. Gallwch hefyd hurio beiciau oddi yno.

Ble i fynd yn La Paz

Paseo Alvaro Obregon, sef y stryd ar hyd glan y môr. Mae yno ddigon o fwytai da a rhesymol, gyda bwyd môr bendigedig; gofynnwch am fwrdd gyda golygfa dros yr harbwr, lle cewch sipian eich margheritas a'ch pina coladas i gyfeiliant gitârs a lleisiau hyfryd y cerddorion crwydrol wrth i'r haul fachlud.

Yr Amgueddfa:
Museo Antropológico de Baja California Sur
Ignacio Altamirano y 5 de Mayo
Mae'n syml ond yn ddifyr.

- Unrhyw un o'r caffis bychan, di-nod sy'n gwerthu *jugo de naranja* (sudd oren) go-iawn.

- Cyn gwario yn y siopau ynghanol y dref, ewch da chi i weld gweithdy Julio Ibarra a'i deulu yn Pottery Acuario ar stryd Guillermo Prieto. Maen nhw'n gwneud llestri lliwgar bendigedig a phaentio pob darn â llaw; maen nhw'n wirioneddol Fecsicanaidd ac yn fwy na dim, yn rhesymol. Mae'n werth y daith, ac yn syniad cael tacsi i fynd â chi a'ch nwyddau newydd adref. Gewch chi byth drafferth dod o hyd i dacsi yn La Paz, ond cofiwch holi'r pris cyn cychwyn. Maen nhw'n anhygoel o rad, ond mae 'na wastad un fydd am geisio eich blingo.

Cynghorion:
Ewch i grwydro'r ardal ar bob cyfrif, boed mewn bws neu gar wedi'i hurio. Mae'r traethau hirion euraid ar ochr y Môr Tawel yn werth eu gweld ac yn aml yn gwbl wag, ond cofiwch fod y tonnau 'na yn gallu bod yn beryglus tu hwnt. Mae'r trefi a'r pentrefi o amgylch Santiago yn union fel rhywbeth allan o hen ffilm spaghetti, a'r ffyrdd tywodlyd yn eich harwain i'r mannau rhyfeddaf. Fe welwch afonydd wedi sychu, ffynhonnau cynnes, gwartheg a geifr yn gorweddian ynghanol y ffordd ac yn gwrthod symud a bywyd gwyllt o bob math. Peidiwch â cheisio crwydro heb fap da neu Sbaeneg dealladwy.

Ewch i Todos Santos ac aros yn *YR* Hotel California sy'n chwarae cerddoriaeth yr Eagles yn ddi-dor, er nad oes drychau ar y nenfwd na fawr o steil, ond mae'n ddigon clyd. Fe gawson ni bryd gorau y gwyliau yng Nghafé Santa Fé, Todos Santos. Mae'n ddrud ond mae'r bwyd yn anhygoel a'r gwasanaeth yn wych.

Prynwch freichledau a chlustlysau arian ar ôl cymharu prisiau mewn gwahanol siopau. Maen nhw'n llawer rhatach nag yng Nghymru.

Gofalwch ofyn pa rai o'r salsas, sydd yn dod yn awtomatig gyda phob pryd, yw'r poethaf. Mae ambell un yn gallu bod yn debycach i ddeinameit.

Peidiwch â rhoi papur tŷ bach yn y lle chwech!

Ewch â photel o ddŵr gyda chi i bobman, yn enwedig yn yr haf pan mae'r gwres yn llethol.

Gofalwch adael digon o le yn eich cês i ddod â'r holl nwyddau hyfryd yn ôl efo chi.

Cyfeiriadau defnyddiol:

Gwesty Los Arcos
Paseo Alvaro Obregon 498
Ffôn: 2-27-44
Pwll nofio, ayb.

Casa la Paz
Revolucion & Legaspy
Ffôn: (112) 3-48-85
email: casalp@cibnor.conacyt.mx

Granville a'r Slate Valley

Iwan Hughes

Bregus yw'r hen gerdyn post a'm cyflwynodd i'r ardal gyntaf. Golygfa o stryd ddigon cyffredin yr olwg gyda chwpl o geffylau a throliau yn aros yn amyneddgar y tu allan i ambell siop. Mae '*Main Street, Granville, N.Y.*' wedi'i ysgrifennu mewn un gornel, ac er i mi chwilio am flynyddoedd mewn mapiau di-ri, methu oeddwn bob tro â dod o hyd i'r dref hon. Rhyw fudr gofio straeon Nain Penmachno oeddwn i hefyd am ei thaid, Rhys Wyn Jones yn ymfudo i'r ardal hon i chwilio am waith. I ddweud y gwir, digon bregus oedd yr wybodaeth ganddi hithau hefyd ac oherwydd y diffyg hwn fe dyfodd rhyw naws dirgel a rhamantus am y lle.

Roedd fy hen-hen-daid yn fab i bregethwr go adnabyddus ac yn ŵr i ferch aelod hynod flaenllaw o'r Hen Gorff yn y fro. Chwarelwr ydoedd yn ôl ei alwedigaeth, ac yn ôl sawl ffynhonnell roedd yn fardd o safon. Roedd hefyd yn dad i ddwy ferch ifanc pan benderfynodd ymfudo i'r Amerig i chwilio am ei fan gwyn draw dros yr Iwerydd ym 1883. Ond yr oedd cymhelliad arall dros ei ymfudo – yr oedd newydd ei ddiarddel o Gapel Salem ym Mhenmachno am gario genwair ar y Saboth a doedd dim diben aros yng nghanol y fath gulni hurt. Aeth dros y dŵr ei hun gyntaf er mwyn ymsefydlu cyn anfon am weddill y teulu. Cyrhaeddodd yn Granville yng nghanol llif o Gymry o'r gogledd a heidiai yno i'r chwareli. Wedi bod yno am lai na deufis, anfonodd lythyr at ei wraig ar ddydd cyntaf Awst 1883 yn ei hannog i baratoi i ddod drosodd ato gan fod pethau yn argoeli'n dda. Trannoeth roedd yn gelain. Cafodd ei saethu'n ddamweiniol gan gyfaill o Gymro, John Pritchard, wrth i'r ddau ohonynt , a chyfaill arall, John Owens, fynd am dro ar hyd fryniau'r fro wedi diwrnod caled o waith yn y chwarel. Ergyd ysgytwol o drist i'r teulu, ond i mi, bendith wrthnysig braidd gan fod ei anffawd wedi sicrhau fy einioes oherwydd arhosodd y teulu yng Nghymru o ganlyniad i'r drychineb. Yn ôl y sôn, fe glywodd Ellen Solomon, ei wraig, sŵn yr ergyd farwol tra oedd yn gorwedd

Cerdyn post o Granville – danfonwyd i't teulu gan ŵr anhysbys ar droad y ganrif

yn ei gwely liw nos a deffrodd hithau bawb yn y tŷ i chwilio am achos y glec. Cafwyd ateb i'r benbleth ryw chwe wythnos wedyn pan gyrhaeddodd llythyr yn cludo'r newydd trist am dranc ei gŵr. A dyna oedd cynnwys y cerdyn post – gŵr anhysbys yn datgan ei fod wedi ymweld â bedd Rhys Wyn ac yn nodi'r arysgrifiad ar y garreg. Ni bu neb o'r teulu o gwbl i weld y bedd nes i mi fynd yno 113 mlynedd yn ddiweddarach ym mis Chwefror 1996. Mae ei fedd ym Mynwent Elmwood, Middle Granville yn nhalaith Efrog Newydd. Slab o dri math o lechen yn sefyll ym mhen pella'r fynwent.

Ond ble mae Granville yn union? Peidiwch â chamgymryd fel y gwnes i mai ardal gwbl drefol ydi hi. Chwalwyd yn rhacs bob cysyniad oedd gen i o Efrog Newydd gan diroedd gwylltion a harddwch yr ardal. Rydym wedi gweld cynifer o raglenni a ffilmiau o'r Amerig, hawdd iawn ydi meddwl fod pob rhan ohoni yn goedwig goncrit. Fe'm synnwyd gan pa mor debyg i ardaloedd Cymru ydoedd. Mae'r tirwedd yn fryniog ac yn amaethyddol gyfoethog iawn. Mae ffermio llaeth yn bwysig i'r fro – a'r surop masarn, *(maple leaf syrup)* yn fyd enwog. Disgrifiodd E.D. Humphrey yr ardal fel hyn yn *Y Drych* ym Mehefin 1891:

Mae y golygfeydd addurnol, y tawelwch swynol, yr awyr ddymunol, y dyfroedd iachus, a diwydrwydd y trigolion yn odidog a chanmoladwy.

Dyna i chi ganmoliaeth!

Lleolir yr ardal tua phedair awr i'r gogledd o ddinas Efrog Newydd dros Fynyddoedd y Catskill, ond waeth i chi ddweud ei bod tua phedair mil i ffwrdd gan fod bywyd mor wahanol yno. Mae Boston tua theirawr i'r dwyrain a Montreal o gwmpas yr un pellter i'r gogledd eto. Yn bersonol, i gyrraedd y lle byddaf yn hedfan o Fanceinion i Newark cyn dal awyren arall i Albany, prifddinas talaith Efrog Newydd, ond mae'n bosibl i chi yrru car i'r cyffiniau am bris rhesymol iawn ar hyd *Interstate 87*, sef rhan o rwydwaith enfawr traffyrdd yr Amerig. Unwaith i chi adael cyrion y ddinas a miri New Jersey, mae'r siwrne yn ddigon rhwydd. Gellir teithio â thrên hefyd yn ôl pob sôn, cyn belled â Whitehall, sef rhyw bymtheng milltir o Granville.

Mae Granville yn rhan o ardal a elwir y Slate Valley, ond er i'r enw awgrymu ôl 'hagrwch cynnydd' fel sydd yn ambell fro yng Nghymru – mae'r cylch yn arbennig o hardd a'i dirfawredd yn cuddio ôl dyn. Dyffryn o ddau ddwsin o filltiroedd o hyd a chwe milltir o led yw'r Slate Valley sy'n rhedeg ar hyd y ffin rhwng taleithiau Efrog Newydd a Vermont. Mae'n ymestyn o Fair Haven i Pawlet a Rupert yn Vermont, ac yn nhrefi Granville, Hampton, Hebron a Salem yn Efrog Newydd. Amgylchynir y dyffryn gan ddwy gadwyn o fynyddoedd – yr Adirondackiaid anferthol a'r Mynyddoedd Gleision, y Green Mountains, ond rhyfeddol yw nodi mai enw un copa uwchben Granville hyd heddiw yw Mynydd Stiniog!

Mae'r ardal yn enwog am ei *Fall*. Dail euraidd y fasarnen yn trawsnewid y tirwedd yn gyfan gwbl i ryw wlad hudolus o liw. Fe welir heidiau o dyrcwn gwylltion yn y caeau yn ogystal â cheirw bambiaidd dros y bryniau. Er bod Lake Placid, lleoliad Gemau Olympaidd y Gaeaf ddwywaith dim ond rhyw awr i'r gogledd, mae llethrau sgïo Killington, Vermont (tua hanner awr i ffwrdd) yn gyflym iawn yn denu mwy o ymwelwyr i'r fro.

Ond gwrthrych holl sylw y Cymry oedd y chwareli a geir ymhobman. Ers darganfod llechi yno tua 1840 mae'r fro wedi dod yn enwog am amrywiaeth lliwiau ei cherrig, yn arbennig felly y llechi cochion unigryw. Hyd heddiw mae cwmni enwog y Penrhyn yn brysur yn y fro. Fe ddaeth y Cymry yma yn eu miloedd er mwyn dianc rhag y tlodi a oedd yn eu gormesu a'u llwgu yng Nghymru. Cyn i ni'r Cymry gyrraedd yno, tir y Mohegan, y Mohawk a llwyth Sant Ffransis oedd y rhanbarth. Yn wir, fe seliwyd rhan helaeth o antur James Fenimore Cooper yn ei lyfr *Last of the Mohicans* yn yr ardal hon. Ym 1996 fe gynhaliwyd pow-wow cenedlaethol yno dan oruchwyliaeth un o'r Americaniaid Brodorol, sef y Pennaeth *Golden Eagle* o'r Mohegan. Ei enw arall yw'r Bonwr Ron Roberts. A fu'r hen Madog ffordd hyn 'i roi ei droed' tybed?

Beth bynnag, 'antur enbyd' oedd hwn i'r Cymry i deithio dros y don i wlad mor bell ac wedyn i wynebu bywyd mor galed. Ym Medi 1995, agorwyd yr ail amgueddfa lechi yn yr holl fyd i gyd yn Granville i gofnodi hanes y Cymry, a'r cenhedloedd eraill, a heidiodd yma ar ddiwedd y ganrif ddiwethaf. Ffrwyth llafur disgynyddion y chwarelwyr yw'r amgueddfa ac maent a chynlluniau mawr i'r lle. Lleolir y Slate Valley Museum ar 17, Water Street, Granville ac mae'r curadur, Susanne Rappaport, wastad yn chwilio am ffyrdd i ehangu gorwelion y sefydliad. Bwriedir rhyw ddydd troi'r lle'n fan i ymwelwyr ddod i wneud ymchwil am eu cyndadau a ddaeth drosodd o Ewrop i weithio yn y chwareli lleol. Mae'r amgueddfa yn un o'r ychydig lefydd lle medrwch brynu copi am $10 o lyfryn diddorol y diweddar

Ellen Hughes Qua, sef *Growin' up in 'Middle'*. Ynddo fe geir hanes ei theulu yn ymfudo o Fethesda i Middle Granville ym 1911. Oriau agor yr amgueddfa yw dydd Llun a dydd Gwener rhwng un a phump, a dydd Sadwrn o ddeg tan bedwar. Mae tudalen iddi ar gael ar y rhyngrwyd sydd yn arbennig o ddifyr, yn llawn lluniau, erthyglau a chyfweliadau â'r hen chwarelwyr o Gymru. Y dudalen yw *http:// www.slatevalleymuseum.org*. Mae'n werth ymweld â'r fenter anturus hon a chroesawir Cymry yno bob tro yn dwymgalon.

Ystyrir Granville yn 'bentref' gan y brodorion lleol er ei fod mae'n debyg tua'r un maint â Llanrwst. Mae rhyw ymdeimlad o agosatrwydd yn bresennol yno, rhyw deimlad fod pawb bron yn adnabod pawb – yn union fel unrhyw bentref yng Nghymru. Clên a chroesawgar yw'r bobl ac mae siop fel *Scotties* ar y stryd fawr yn eich atgoffa o sefydliadau cyffelyb gartref. Tom Scott yw'r perchennog – dyn lleol sy'n darparu gwasanaeth llawn i'r pentref, hyd yn oed i ni'r ymwelwyr. Mae sawl man arall yn haeddu ymweliad, er enghraifft Capel Peniel yn Quaker Street. Dyma un o fyrdd o hen gapeli Cymreig y fro, ond sydd fel y gweddill bellach yn cynnal y gwasanaethau yn yr iaith fain. Cymraeg oedd iaith y capel tan 1950, a hyd yn oed heddiw mae 60% o'r praidd o dras Gymreig. Ewch i'r festri ac fe fyddech yn taeru eich bod mewn unrhyw ystafell debyg yng Nghymru. Yn achlysurol mae Cymdeithas Dewi Sant Poultney yn cyfarfod yn y festri yno. Dywedir bod aelodaeth o 578 yn y gymdeithas ac maent yn griw ffyddlon iawn i'w gilydd sy'n cynnal cyfarfodydd amrywiol yn eithaf aml.

Man diddorol arall i ymweld ag ef yw'r Pember Library and Museum of Natural History ar y stryd fawr. Mae'r adeilad yn agored o ddydd Mawrth i ddydd Sadwrn ac ynddo fe geir casgliad diddorol tu hwnt o hen luniau y Cymry o'r oes a fu. Mae'r wynebau sydd yn gwgu ar y camera yr un hen wynebau Fictorianaidd llymion a geir mewn cannoedd o hen luniau yma yng Nghymru – lluniau o'r hen chwarelwyr a'u cynefin, meicroffilmiau o'r papur lleol, y *Sentinel*, ac yn ddiddorol, hen luniau o'r eisteddfodau a fu unwaith mor gyffredin yma. Yn ôl rhai fe gynhaliwyd yr eisteddfod gyntaf ar y cyfandir hwn ym 1853 ym Middle Granville. Ym 1907 fe ddaeth 5,000 i Eisteddfod Granville ac roedd y wobr gorawl yn $1,000. Yma hefyd ym 1896 fe ddaeth yr unig nofel o eisteddfod Americanaidd, sef *Dafydd Morgan* gan R.R.Williams. Mae cyfeiriad rhyngrwyd yma hefyd sef, *pember@sover.net* .

Un o brif swyddogion y llyfrgell yw Joan Jones, sydd gyda'i gŵr, John, yn aelodau blaenllaw o'r gymdeithas Gymraeg yn y fro ac yn brysur hefo'r amgueddfa lechi. Enw eu cartref ym Middle Granville yw Bryn Hafod y Wern. Daeth yr enw o gartref hen daid John yn Llanllechid. Trwy John fe ddois i wybod am dranc anffodus fy hynafiaid innau. Yn ôl John mae dros 75% o feddau Mynwent Elmwood o dras Cymreig. Mae'n debyg mai'r bedd amlycaf yw'r gofgolofn sy'n perthyn i Hugh W. Hughes, neu'r *Slate King of America* fel y'i gelwid. Clamp o feddrod sy'n tystio i'r hyn roedd dyn yn gallu ei gyflawni yng ngwlad yr addewid. Fe ddaeth y Llechfrenin, yn wreiddiol o Dirion Felyn ym mhlwyf Llanllyfni, i wneud ei ffortiwn a daeth yn filiwnydd ymhen ychydig – a hynny heb fedru ysgrifennu yr un gair o Saesneg. Nid bod hynny'n broblem y pryd hynny gan mai Cymraeg oedd iaith y stryd yn y fro. Ysgrifennodd Robert D. Thomas yn ei *Hanes Cymry America* ym 1872 pa mor falch ydoedd i nodi fod cynifer o Gymry yn 'ddynion doeth a chyfoethog' wedi iddynt gyrraedd yno.

Mae sawl un o fynwentydd y fro yn frith o gerrig beddau uniaith Gymraeg – gyda chanran uchel ohonynt ac englyn arnynt. Ar fedd Rhys Wyn mae englyn gan Dewi Glan Dulas, sef David Owen Morris o Feddgelert, un blaenllaw ym myd barddoniaeth Cymru ac America y cyfnod hwnnw. Darganfu John ei fod yntau wedi'i gladdu ym Mynwent Mountain View yn West Pawlet, Vermont i'r de o Granville ers 1895, ac i ffwrdd â ni i weld y bedd. Yno roedd englynion di-ri gan feirdd alltud y fro – pob un yn hiraethu am yr hen wlad dros y 'weilgi' neu'n clodfori cyfraniad yr ymadawedig yn ystod ei oes. Mae Mountain View rhyw filltir i'r gogledd o gyrion West Pawlet. Pentref bychan iawn yn gorwedd wrth droed tomen hanner-cuddedig o lechi ydyw – tai pren ydynt yn bennaf gan ei bod yn rhy oer i gael tai o gerrig yn y gaeaf yno. Y peth anffodus am hyn yw fod cryn dipyn o ddifrod yn digwydd pan fydd tân yn gafael! Yn y fynwent ger bedd solet Dewi Glan Dulas mae carreg go gyffredin dyn a roddodd un o'n caneuon mwyaf adnabyddus i ni. Yno mae gweddillion Benjamin Thomas, awdur yr anfarwol 'Moliannwn'. Prin fis wedi i mi ddarganfod bedd yr hen Thomas am y tro cyntaf yr oeddwn yn cerdded heibio i un o dafarnau Dylun ac yn clywed y 'Ffwl-la-la, Ffwl-la-la' yn atseinio oddi yno.

I mi 'mae mwyniant y byd yn disgleirio' yn y Slate Valley ac felly anodd ar y naw yw gwneud cyfiawnder ag ardal sy'n golygu cymaint i mi. Dw i wedi hen laru pobl yn fy ngwaith wrth sôn am yr ardal ac fe fydd yn amhosib ei phortreadu heb i mi eu gweld yn fy meddwl yn rhowlio eu llygaid mewn diflastod. Tydi'r geiriau canodd Llyfnwy, brodor o Granville i alaw *Llwyn Onn* ym 1898 ddim yn helpu'r achos chwaith:

Mor gu gennyf gofio
Dy fryniau a'th gymoedd, a'th nentydd mwyn glân;
Mae'r atgof amdanynt yn tanio fy nghalon,
Nes deffro fy awen i seinio dy gan.

Does fawr o sglein ar lais fy awen innau, mae gen i ofn!

Cyrchfan arall i'r Cymry yw'r Ystafell Gymreig, rhan o Lyfrgell Griswold yng Ngholeg y Mynydd Glas, 16 College Street, Poultney, Vermont. Enwyd y 'pentref' o tua 3,000 o drigolion ar ôl yr un dyn ag enwir y bont enwog yng Nghaerfaddon. Lle digon distaw ydyw, pentref New Englandaidd hardd, ond un â thraddodiad Cymreig iawn – yn wir, yma yn Grove Street y ceir yr unig gapel Cymraeg sydd ar ôl yn Vermont gyfan, talaith hyd heddiw sydd'n dathlu Dydd Gwyl Dewi Sant. Mae casgliad enfawr o 400 o lyfrau Cymraeg a Saesneg i'w gael yn y *Welsh Room*, yn ogystal ag amrywiaeth o bethau Cymreig eraill wedi'u gadael i'r coleg gan ddisgynyddion y chwarelwyr cynnar. Y mae hyd yn oed Cyfarwyddwr Etifeddiaeth Gymreig yn perthyn i'r coleg – Janice Edwards yw ei henw, un sy'n weithgar mewn materion Cymreig ledled America. Roedd hi a John Jones, Bryn Hafod y Wern ymysg y criw gwreiddiol a sefydlodd y WAGS, sef y *Welsh-American Genealogical Society.* Mae'n bosib cysylltu a'r gymdeithas ar y rhwydwaith hefyd ar *wagsjan@sover.net.* Yma yn Poultney hefyd ceir y *Welsh Quilt*, carthen enfawr yng ngofal Gladys Jean Riggs sy'n ceisio cysylltu â phob cymdeithas Gymreig yn y byd er mwyn cael sgwaryn i'r cwilt. Cewch weld Gladys Jean yn gyrru car o gwmpas y fro gyda phlât cofrestru gyda 'NAIN' arno. Poultney hefyd yw cartref William Glyn Williams, bardd swyddogol Vermont ychydig o flynyddoedd yn ôl – mae gwreiddiau Billy G. yn Ffestiniog.

Os am letya yn y fro fe gewch amrywiaeth eang o lefydd gwerth chweil. Un lle yn arbennig sy'n cael canmoliaeth uchel yw'r White Rose Inn (ar droad ffordd *Route 17 a 22*) yn North Granville. Dick a Rose Bloomquist yw'r perchnogion – cwpl sydd ag enw da fel cogyddion. Mae'r llety fel plas Ffictorianaidd ac yn agored yn ddyddiol i westeion ac o 6-8pm ddydd Mawrth i ddydd Sadwrn am swper. Lle da arall am fwyd yw'r Schoolhouse Restaurant yn South Granville dan arweiniad Edward a Muriel Cray. Mae'r bwyd yn fendigedig ac ar rai o'r muriau ceir baneri gan wahanol gymdeithasau o Gymry. Mae'n werth chwilio am rywle i aros gan fod yr ardal yn cynnig gymaint ar ran diwylliant ac adloniant.

Y mae yma ddigon at ddant pawb yma. Cewch ferlota, mynydda,

golffio, beicio, hwylio, siopa, mynd ar drenau stêm, mynd ar agerlongau, ymweld â pharciau thema, gweld sioeau amaethyddol, gwersylla a gwledda … Y brif broblem gen i ydi ceisio dewis ychydig o'r hyn fydd yn apelio atoch yn yr ychydig ofod sydd gen i. Mae'r ardal fel rhyw Eryri enfawr a'r bryniau yn denu pobl di-ri yno i fwynhau.

Rhaid i mi eich rhybuddio am y tywydd. Mae'r hinsawdd yn eithafol ym mhob ffurf – y gaeaf yn felltigedig o oer yn denu gwyntoedd rhewllyd o'r Arctig. A'r haf, wel! Mae Granville ar yr un ledred ag arfordir De Ffrainc a'i thraethau ac felly'n cael tymheredd yn yr 80au a'r 90au ym mis Awst! Cofiwch fynd â dillad addas.

Os am siopa, er bod trefi cyfagos fel Glens Falls yn cynnig amrywiaeth eang, mae'n debyg nad oes unman i guro Manchester Center yn Vermont. Dyma y lle i fynd. Siwrne o tua deugain munud i'r de o Granville i lawr *Route 30* a'i golygfeydd gwych. Yma cewch bob dim – a'r cyfan mewn adeiladau chwaethus a soffistigedig, yn union fel rhyw Gaer wledig! Mae pethau'n rhatach ar y cyfan yma – offer trydanol o tua 30% – ac mae'r fan yn baradwys i siopwyr.

Yr wyf wedi sôn eisoes am lyfr enwog y Mohicaniaid, ond mae sawl lle sydd â chysylltiadau â'r nofel. Glens Falls i dde-orllewin yr ardal oedd lleoliad golygfa'r rhaeadr yn y ffilm. Yn nhref Lake George fe geir Fort William Henry lle ddigwyddodd y gyflafan erchyll ym 1757 a bortreadwyd yn y ffilm. Dyma i chi lecyn anhygoel o braf, yn union fel Llyn Crafnant ond ar raddfa dipyn mwy. Mae'r dŵr mor bur yma does dim rhaid i'r dalaith ei buro cyn ei bibellu i gartrefi'r rhanbarth. Mae tref Lake George wedi'i gwneud i dwristiaid, gallai rhywun deimlo ei fod yn y Rhyl ar brydiau. Mae caer digon dramatig yr olwg i'w gweld yn Fort Ticonderoga yn y gogledd hefyd ar lan yr anferthol Lyn Champlain. Mae'n bosib teithio'n hamddenol ar sawl cwch ac agerfad (*paddle steamer*) o dref Lake George o'r Steel Pier ar Beach Road i werthfawrogi'r golygfeydd

Iwan wrth fedd ei hen hen daid, Rhys Wynn Jones

o gwmpas. Mae Llyn George yn 32 milltir o hyd – Llyn Champlain yn 107! Rhaid cofio hefyd am lyn hyfryd St. Catherine sydd ychydig filltiroedd i mewn i Vermont ar y ffordd i Poultney o Granville. Dyma gyrchfan tripiau ysgol Sul y Cymry lleol ers talwm, a heddiw fe allwch weld y ddraig goch yn chwifio'n urddasol y tu allan i sawl tŷ ar lan y llyn.

I'r rhai mwyaf gwyllt ohonom mae parciau thema Frontier Town a'r Magic Forest, ac yn arbennig Great Escape a Splashwater Kingdom a'r Water Slide World! Profais roler-coster *The Great Escape*, y pedweredd mwyaf yn yr America … cofiwch dynnu allan eich danedd gosod cyn mynd arno! Mae'r rhain i gyd o fewn 30-60 munud o dawelwch Granville i gyfeiriad talaith Efrog Newydd. Yn yr un dalaith hefyd, i lawr yn Salem mae'n bosib teithio ar drên y Batten Kill Rambler i gyfeiriad Shushan – cyfle arall i weld y wlad yn hamddenol.

Dyma fi eto! Gwell i mi ymdawelu – dw i'n teimlo fy hun yn rhestru'n wyllt yn fy eiddgarwch. Peidiwch â gwrando arna i – ewch yno eich hunain i weld mai nid mwydro'r ydw i! Mae'n eironig iawn fod ardal a roddodd y ffasiwn loes i'm teulu ar y bryniau uwchben Truthville ger Middle Granville un Awst yn dod â'r fath bleser i mi erbyn hyn! Canodd y bardd Llyfnwy o Granville yn ei 'Hen Gymru Anwylaf':

Fe hoffwn drigiannu ar lethrau'r Eryri,
A thawel orffwyso mewn bedd yn ei gro!

Dw i'n sicr mai dyma fuasai dymuniad Rhys Wyn Jones ym 1883 hefyd. Ond mae'r ardal y gorwedda ynddi cystal lle ag unrhyw un.

O Gylch y Byd
mewn 30 Diwrnod

Bluff, man mwyaf deheuol Seland Newydd

VICTOR JONES

Oes rhaid wrth esgus i deithio'r byd? Nac oes, efallai, ond roedd gen i dri. Yn gyntaf, roedd mam fedydd y wraig yn byw yn Seland Newydd, yn ail, roeddem newydd ddathlu ein priodas arian, ac yn drydydd, fe glywais sôn gan rai o fy ffrindiau fy mod ar fin dathlu fy mhen blwydd yn hanner cant!

Dyma ddechrau trefnu'r daith. Ystyried yn gyntaf pa bryd a pha ffordd i fynd. Penderfynu ar fis Awst gan deithio i'r dwyrain ac ymweld â Hong Kong, Awstralia, Seland Newydd a Gogledd America. Cysylltu wedyn â ffrindiau a pherthnasau a derbyn cadarnhad bod yna groeso i ni aros yn Seland Newydd ac yn Corvallis yn nhalaith Oregon. Pendroni ynghylch pwy oedd yn cynnig y pris gorau am docyn o gylch y byd a chael ein plesio o'r diwedd gan gwmni o'r enw Trail Finders ym Manceinion. Yn olaf, treulio prynhawn cyfan yn cwblhau'r trefniadau ar gyfer taith a fyddai'n mynd â ni i ddau hemesffer, tri chyfandir, chwe gwlad a deuddeg maes awyr. Byddem yn codi a dod i lawr ddwy ar hugain o weithiau gan deithio hefyd mewn car, bws, trên, cwch, tram, car cabl a hofrennydd.

Hedfan o Fanceinion am 11.00 fore Sadwrn a chyrraedd maes awyr Kai Tak yn Hong Kong ddeunaw awr yn ddiweddarach. Wedi dod i lawr yng nghanol *skyscrapers* allan â ni i wres llethol a llogi tacsi i'n gwesty yn ardal Kowloon ar y tir mawr yn benderfynol o wneud yn fawr o'r tridiau nesaf. Ond bodloni am y tro ar grwydro'n hamddenol ar hyd y strydoedd cefn lle gwerthir pob math o wahanol drugareddau a sydd â nifer di-ri o leoedd bwyta i'ch temtio. Dotio at y goleuadau neon ac ymgolli ynghanol y prysurdeb diflino.

Diwrnod arall a chroesi i ynys Hong Kong ar yr enwog Star Ferry sydd wedi bod yn gwneud y daith hon er 1898. Glanio ynghanol adeiladau newydd o bob lliw a llun ac ymwthio trwy strydoedd cul a phrysur at y tram a fyddai'n mynd â ni i ben Victoria Peak – 554 metr uwch lefel y môr. Ar ôl cyrraedd y copa braf oedd edrych yn ôl dros yr harbwr a gweld y tir mawr yn ymestyn tua China. Yn ôl yn

Ynys Hong Kong o Kowloon

Kowloon ymweld â'r ganolfan gelfyddydau newydd a mwynhau arddangosfa o grochenwaith o gyfnod brenhinlin Song – 960 i 1279 O.C.

Teithio dros nos am Sydney gan hedfan dros fôr de China ac ynysoedd y Philipines. Y wawr ar dorri wrth i ni ddynesu at y cyfandir anferth ac wrth lanio gweld y bont a'r Tŷ Opera enwog. Cyrraedd y gwesty a chwrdd yn syth â theulu Cymraeg o Abergele – toes yna Gymry ymhobman! Penderfynu ar daith mewn cwch o gwmpas yr harbwr. Cychwyn o Darling Harbour a hwylio'n awr o dan y bont a welom wrth lanio. Yn ôl ar dir sych rhaid oedd ymweld â'r Tŷ Opera sydd â phensaernïaeth arbennig iawn. Oddi yno cerdded trwy'r gerddi botanegol ac er mai tymor y gaeaf ydoedd roedd llawer o liw o gwmpas a'r coed camelias yn werth i'w gweld. Taith wedyn ar y mono-rail o gylch y ddinas a dod i lawr wrth waelod tŵr Sydney. Esgyn 300 metr yn y lifft a mwynhau'r ddinas hardd ar ei gorau wrth i'r haul fachlud.

Codi ben bore trannoeth gan deithio gyda bws i'r gorllewin o Sydney i ymweld â'r Blue Mountains – mynyddoedd sy'n cael eu henw oherwydd y gwlybaniaeth sydd i'w weld yn codi'n darth glas oddi ar y coed eucalyptus. Oedi wrth Grand Canyon Awstralia a bod yn ddigon ffodus i weld eirth coala a changarws – ond dim un dingo. Olion y tanau a fu'n gynharach yn y flwyddyn yn amlwg iawn mewn rhannau o'r *bush*.

Ein hamser yn Sydney yn dod i ben yn rhy fuan o lawer; yn bendant bydd rhaid mynd yn ôl yno rhyw ddydd. Ond yn y cyfamser roedd Seland Newydd yn galw.

Croesi Môr Tasman dros nos a chyrraedd Ynys y De o'r gorllewin – golygfa odidog o Alpau'r De dan fantell eira. Glanio yn Christchurch tuag un y prynhawn ac i ffwrdd â ni am ddeg diwrnod yn ein Toyota Corolla gwyn. Gyrru i'r de ar draws y Canterbury Planes a chyrraedd ymhen teirawr dref glan môr fechan o'r enw Oamau. Ystafell yn ein haros a chyn noswylio cerdded at y traeth i weld y pengwins glas lleiaf yn y byd – dônt yma i orffwys ar ôl diwrnod llawn o 'sgota.

Wedi noson dda o gwsg cychwyn am Dunedin, dinas a sefydlwyd gan yr Albanwyr yn 1848 ac a enwyd ar ôl Caeredin. Ar yr arfordir ychydig i'r de o Dunedin mae'r Moeraki Boulders sy'n doreithog o ffrwythau'r môr ac addas iawn yw enw'r Maori ar y creigiau mawr crwn hyn sef Tekaihinake – basged o fwyd!

Ond ymlaen â'n siwrnai, heibio i Balaclutta ac i ardal o'r enw Catalins lle mae'r coedwigoedd glaw, afonydd a rheadrau yn ymestyn i gyfeiriad Invercargill. Dyma gymryd y *scenic route* ond ar ôl milltiroedd lawer o yrru fe amharwyd cryn dipyn ar ein mwynhad o'r golygfeydd gan y sylweddoliad bod y petrol yn dechrau mynd yn isel – ac wrth gwrs doedd yna'r un person, car nac adeilad i'w gweld yn unman. Dechrau cael hunllefau am orfod aros yn y car dros nos a chael ein llarpio … Ond dyma gar yn dod i'n cyfarfod ac ar ôl arwyddo arno i aros daeth dyn mawr barfog atom – perchennog fferm gyfagos. Wrth lwc roedd ganddo bwmp petrol wrth ei giât a dyma lenwi'r tanc i'r top – roeddem wedi dysgu ein gwers!

Oedi yn Bluff, tref fwyaf deheuol yr ynys a thynnu llun wrth arwyddbost ac arno'r geiriau Llundain 18959 km a Phegwn y De 4810 km – braidd yn bell o gartref! Roedd yn dechrau nosi erbyn hyn a thipyn o waith teithio ar ôl gennym a ninnau'n gobeithio aros yn Te Anau ar lan llyn o fewn Parc Cenedlaethol Fiordland. Ond un peth da am deithio yn y gaeaf yn Seland Newydd yw mai ychydig iawn o drafnidiaeth sydd ar y ffyrdd; welon ni ddim mwy na deuddeg car arall trwy'r dydd. Aros am swper mewn pentref bach o'r enw Lundsen ond erbyn dychwelyd i'r car roedd hi wedi dechrau bwrw eira a'r ffordd droellog yn dechrau dringo. Cael pwl arall o banig a cheisio cuddio hynny rhag y wraig. Fûm i erioed mor falch o gyrraedd pen y daith.

Drannoeth roedd yr eira'n drwch ymhobman a gwraig y gwesty yn ein rhybuddio bod y ffordd i Milford Sound wedi'i chau. Treulio diwrnod hamddenol yn crwydro ar hyd glannau llyn Maanapouri gan y byddai'n rhaid i ni gychwyn ben bore ar siwrnai hir a diddorol arall tua Queenstown ar lan llyn Wakatpu. Mentro mewn Skyline Gondola i ben Bob's Peak a'r dref oddi tanom i'w gweld yn brydferth iawn gyda mynyddoedd y Remarkables yn y cefndir. Ychydig y tu allan i'r dref dod at Bont Kawarau sy'n enwog fel man i wneud y naid Bungy. Aros i edrych gan benderfynu peidio â'i mentro hi'r tro hwn!

Ymlaen am Wanaka heibio i olion y Gold Rush. Dringo'r ffordd droellog i gyfeiriad Hasst Pass a dod i lawr wedyn wrth draethau'r gorllewin wrth Fôr Tasman. Gobeithio cyrraedd pentref Fox Glacier ac aros yno am ddwy noson. Fel yr awgryma'r enw pentref yw hwn sydd wrth droed rhewlif enwog sy'n wyth milltir o hyd a 990

Yn ymyl copa Mount Cook, Seland Newydd

troedfedd o uchder. Darganfod yn y bore bod modd mynd i fyny
mewn hofrennydd i weld y rhewlif ac ar ôl dod o hyd i'r swyddfa
dyma fargeinio am drip. I ffwrdd â ni dros y fforestydd glaw gan
ddilyn y rhewlif i fyny'r mynydd. Glanio ar y copa a chael aros yno
yn yr eira am bum munud. Holi'r peilot pa mor uchel yr oeddem ac
yntau'n ateb ein bod dros 12,000 o droedfeddi. Golygfa dda o Mount
Cook, y mynydd uchaf yn Seland Newydd.

Cyrraedd yn ôl erbyn cinio a'i fwynhau o flaen tanllwyth o dan
coed mewn tafarn leol. Cerdded wedyn yn y goedwig a dod ar draws
llyn gwydrog anferth gyda Mount Cook yn disgleirio ynddo.
Dychwelyd i'r car a dilyn y ffordd ar hyd gwely'r afon at droed y
rhewlif. Cwblhau'r daith ar droed gyda degau o adar mawr

llwydwyrdd – y kia – yn hedfan o'n cwmpas. Dim sŵn pobl na thrafnidiaeth a chael mwynhau llonyddwch natur ar ei orau. Cyrraedd yn ôl at y car a gweld ambell i kia yn sefyll ar ei do – roedd y taclau powld wedi bod yn gwledda ar y rwber. Sôn am olwg!

Drannoeth rhaid oedd gadael llonyddwch Fox Glacier a theithio ar hyd arfordir Hokitika a Greymouth am ddinas Nelson ar lan bae Tasman. Dinas hamddenol braf wedi'i henwi ar ôl yr enwog un llygadog forwr. Mewn gwirionedd gallem fod wedi gwneud gyda mwy o amser yma ond rhaid oedd gadael am borthladd Picton i ddal y cwch am Ynys y Gogledd. Dychwelyd y car i gwmni Hertz a diflannu cyn gynted ag yr oeddwn wedi rhoi'r allwedd iddynt gan gofio am ddifrod y kia.

Roedd hi'n haul braf wrth i ni hwylio trwy Queen Charlotte's Sound. Y môr yn dawel wrth i ni groesi Cook Straits a'r dolffiniaid yn ein dilyn. Cyrraedd Wellington ar ôl teirawr ond nid oedd gennym amser i aros llawer yma – i ffwrdd â ni yn ein Ford Laser i gyfeiriad Masterton lle cynhelir cystadlaethau cneifio rhyngwladol bob mis Chwefror. Yna croesi mynyddoedd y Tararura a chyrraedd Napier ar lan Bae Kawke. Dinas yw hon a gafodd ei dinistrio bron yn llwyr gan ddaeargryn ym 1831. Fe'i hailadeiladwyd ar ffurf Sbaenaidd ac wrth syllu ar ei phensaernïaeth gallech yn hawdd feddwl eich bod ar set ffilm.

Noson arall mewn Lodge ac ymlaen â ni i'r gogledd. Aros am ginio yn nhref Taupo ar lan llyn mwya'r wlad cyn ymweld ag ardal Rotorua neu'r enwog Sulphur City – un o'r trefi unigryw hynny y gellir ei harogli cyn ei gweld! Yn wir, roedd ein ffroenau wedi llenwi ag arogl wyau drwg filltiroedd lawer cyn ei chyrraedd ac roedd y pyllau mwd berwedig yn ddigon i godi ofn ar ddyn. Does syndod bod dylanwad traddodiadau'r Maori'n gryf iawn ar yr ardal hon gan mai dyma darddiad traean y boblogaeth. Ar lan llyn Rotorua mae eglwys fechan Sant Failts a'r ffenestr wydr ac arni lun o Grist yn gwisgo mantell y Maori. Dyma'r ffenestr liw fwyaf trawiadol i mi ei gweld erioed oherwydd o eistedd cewch yr argraff fod Crist yn cerdded ar y llyn.

Treulio'r noson yn Hamilton – tref sy'n enwog am ei gerddi. Ond cofio fyddwn ni mai yma y gwelon ni unig law y gwyliau!

Auckland oedd y stop nesaf – dinas yr hwyliau a chartref mam fedydd y wraig. Cafom groeso twymgalon a braf oedd cael ymlacio am bedwar diwrnod yng nghwmni ffrindiau. Erbyn hyn roeddem yn nes o lawer at y cyhydedd ac roedd y tegeirianau yn tyfu'n wyllt ynghyd â choed oren, lemon a grawnffrwyth. Roedd Auckland yn ddinas hawdd crwydro ynddi a dyma benderfynu hefyd mentro ymhellach ar hyd glannau Arfordir Hisbucuss a chael ein cyfareddu gan brydferthwch y golygfeydd.

Daeth dydd ffarwelio yn rhy fuan o lawer. O'n blaenau roedd taith hir ar draws y Môr Tawel. Digon swnllyd oedd rhan gyntaf y daith gan fod y rhan fwyaf o'r teithwyr yn blant a phobl ifainc o Ffrainc ar eu ffordd i Tahiti. Uchafbwynt ein dwyawr ar yr ynys hon oedd derbyn tusw o flodau gan enethod prydferth. Cael cyfle i gysgu yn ystod ail ran y daith a chyrraedd Los Angeles am 1.30 pm (er i ni adael Auckland am 6.30 pm ar y diwrnod rhyfedd hwnnw). Roedd hi'n dipyn o ras arnom i ddal awyren Air Alaska i Portland, Oregon ond roedd y golygfeydd o arfordir California'n hudolus. Cyrraedd Portland am 6.25 pm! Ein ffrindiau yno i'n cyfarfod a theithio am ddwyawr ar yr Interstate 5 i dref Corvallis. Aros ar y cyrion mewn tŷ hardd wedi'i adeiladu o goed lleol. Nid ein bod wedi treulio llawer o amser yn y tŷ gan fod y tywydd yn braf ac arfordir talaith Oregon yn denu. Yma hefyd y cefais fy mhrofiad cyntaf o yrru yn yr Unol Daleithiau a hynny trwy ganol y dalaith trwy fforestydd enfawr a Gwarchodfeydd Indiaidd Warm Springs. Ar hyd y daith roedd Mount Hood (11,235 troedfedd) i'w weld yn y pellter a dyma ddilyn yr Oregon Trail trwy geunant Afon Columbia am dipyn cyn danfon y car yn ei ôl i faes awyr Portland.

San Francisco a gwesty traddodiadol gartrefol y King George oedd cyrchfan olaf ein gwyliau. Roedd yma lawer i'w weld mewn diwrnod felly dyma benderfynu mynd ar daith bws wedi'i threfnu gan gwmni Greyline. I ffwrdd â ni am ganol y ddinas ac i ardal sy'n enwog am ei phoblogaeth hoyw – ac yn ymfalchïo yn hynny trwy chwifio baneri lliwgar oddi ar eu tai. Cyrraedd llecyn ucha'r ddinas a gweld y niwl yn ymdreiddio'n dawel o'r môr. Croesi'r Golden Gate ac yna'n ôl i ardal yr harbwr a phier 39 i ddal cwch i Ynys Alcatraz. Treulio oriau yn y carchar a chael cyfle i sgwrsio ag un a fu'n gaeth yno am flynyddoedd.

A dyna ni – diwedd y gwyliau wedi cyrraedd. Un awyren arall i'w dal a byddem wedi cwblhau ein taith o gwmpas y byd. Taith gwbl fythgofiadwy! Does gen i ond un cyngor. Os cewch gyfle byth peidiwch ag oedi eiliad. I ffwrdd â chi!

Am restr gyflawn o lyfrau'r wasg, anfonwch am eich copi personol, rhad o'n Catalog lliw-llawn — neu hwyliwch i mewn iddo ar y We Fyd-eang!

Talybont Ceredigion Cymru SY24 5AP
e-bost ylolfa@ylolfa.com
y we http://www.ylolfa.com
ffôn (01970) 832 304
ffacs 832 782
isdn 832 813